knowledge. 知識工場
Knowledge is everything！

Knowledge is everything！

知識工場
Knowledge is everything！

知識工場
Knowledge is everything！

會寫就會說！

三木 勳 著

日本老師教你用
寫日記學日文

用寫的學日文，進步最神速！

頑張ります。

日語實力養成，
　　就從寫下生活大小事開始！

本書的特色

① 藉由閱讀短篇文章加強閱讀能力

本書收錄的日記全是日本老師自己的生活體驗編寫而成的。由於文章篇幅簡短、詞句運用盡量簡單化，讀者可輕鬆培養閱讀能力，還能從中了解到日本當地的風俗文化，並透過老師的示範而清楚了解寫出一篇完整文章的寫作方法。

② 學習日語的表達方式

在每篇日記的例句中，所使用的「日本語表現」都有其文法表達及句型說明，所以在日語表達上可更清楚了解其不同點與使用方法。每個句型都會搭配例句示範及造句練習，讓讀者能快速熟悉、即學即用，輕鬆就能自己寫出小日記。

③ 可記住各種場景所需具備之單字庫

收錄生活大小事即最實用的題材和情境相關聯的單字讓讀者可以舉一反三，將可藉由聯想各不同之場景之情況來學習。讓學習不再只是「單」字，而是精準表達語意的「字串」！

④ 貼心的雙目錄設計

本書目錄特別設計雙目錄，除了可以從情境主題查找，也可以從文法級數或使用句型來查找所需要的頁面。

會話要流利先從寫開始

　　學了一段時間的日語後，如果只是單純買會話書來練習，在會話能力上是不會有太大的進步的。還必須要透過和人說話聊天，把快樂的、悲傷的、後悔的事，將親身體驗練習表達出來，才能漸漸增強會話能力。

　　近年來，「日記學習法」在日本掀起熱潮，大家發現只要每天花一點時間練習用外語寫日記，大約兩個月過後，外語的實力就能大幅提升！

　　日文要學得好，不外乎多練習句型和單字，只要勤於使用與練習就能達到流暢運用特定的句型與單字。所以很多日本老師尤其建議寫日記就是快速提升日語力的最有效方式。此外，日文寫作需要具備單字、文法、慣用語等知識，是統整日文素養的最佳方法！

 到處都有題材

　　像是今天早餐、午餐吃了什麼？都可以將其紀錄下來。是不是有看了電視、聽了什麼廣播或好聽的歌曲？有和家人說了什麼話、聊了什麼？還記得哪些？有沒有和誰見了面？花了多少錢？

　　寫日記這並不是要你寫小說，所以不需要絞盡腦汁來寫。一定有很多可寫的題材。

　　為了提升會話能力，若只是光聽CD的話，也只能提升已知單字聽的能力，在文法和新單字上是不會有進步的空間的。據說日本一流大學東京大學的學生筆記寫得很好，他們不只是將老師上課的內容抄下來而已，甚至還將上課老師所說的內容記錄下來並歸納整理。有專家指出「就算是無聊空洞的容，也可能引發出不同的情報，而這情報也有可能會是另一個關鍵聯的重要句」。

　　本書以「日記思考力學習法」的方法帶領讀者進入每天一定會用到的生活日語話題，引導學習者用日記寫下生活點滴，並在抒發心情的同時不知

不覺中就學習了各種生活大小事的關鍵詞彙與慣用句。每個單元都會附上範例，讓學習者可以模仿寫作，跟著本書一起學，輕鬆寫日文！

用日語慢慢練習寫作

大家平常有寫日記的習慣嗎？記錄每天生活中平凡的小事或者和朋友出遊的記事等等……在寫日記的同時又能再次回想起那些快樂的回憶，是不是非常有趣呢？

現在開始試著把一天裡發生的事用日文寫下來，只要每一天寫一小段。不論是當天吃了什麼或和朋友一起做了什麼？每天不斷地重複寫、小筆記也可做練習。

就算什麼事都沒發生也要寫「沒事」，重點是要持之以恆。

聚焦在自己的生活情境、工作場域及興趣上，即使單字認識得不夠多，也無妨，不如就先用你會的單字來寫看看，不要用中文思考，直接用日文想，把你想要講的話變成很簡單的日文表達。慢慢地養成以日文思考來表達的習慣，並用最簡單的單字組合成一個完整的句子，養成寫作習慣就是進步的開始！如此一來不只是你的日記，就連FB、部落格，處處都可以是你練習日語的塗鴉牆！

寫日文日記不怕一錯再錯

你想寫出正確的日文嗎？找不到人替你修改寫好的日文日記嗎？

與大家分享一個超實用又免費的好站：Lang-8

網址http://lang-8.com/

這個網站，就是你在這個網站上寫下的日文句子，就會有以日語為母語的朋友們替你修改句子唷，是一個很棒的學習平台！有興趣的朋友們可以試試看！！

「書信用語」很重要

　　「口語」其特性是在於文法表現上若出現錯誤，不致於太被吹毛求疵。比如說演講，會議或聊天，是在聲音上的表達。

　　但是，「書信用語」則不相同。其特性在於其文法表現上的準確度相對來說會更加要求。由於是用文字來表達，可多次閱讀及保存，也沒有空間限制，像報紙、雜誌、論文、小說、書信等等。

　　現今的年輕人因為閱讀量減少，雖然在口語上的表達是沒有問題，但卻沒辦法掌握住書信用語。也就是說他們往往是用年輕人用語或白話文在寫文章。

　　不過，書信用語是屬於理論上的語言。口語則會因場地，也就是用於表達人際關係的語言。所謂的書信用語就是玩味深思熟慮推敲再推敲的表達。

　　如能精確地掌握住書信用語，也就能客觀性地領悟出其語言之意。理智上來說，也就更能操縱語言。

　　要能精確的掌握書信用語，最好的方法就是寫文章。

　　不只是單單閱讀，經由練習書寫就能探索出文章的邏輯。

「書信用語」和「口語」的不同表現

口語	書信用語
話<ruby>はな</ruby>してる。	話<ruby>はな</ruby>している。
テレビなんて見<ruby>み</ruby>ない。	テレビなど見<ruby>み</ruby>ない。
ぼくだって知<ruby>し</ruby>っている。	ぼくでも知<ruby>し</ruby>っている。
ちょうおもしろかった。	とてもおもしろかった。
雨<ruby>あめ</ruby>が降<ruby>ふ</ruby>っている。なので、家<ruby>いえ</ruby>で本<ruby>ほん</ruby>を読<ruby>よ</ruby>む。	雨<ruby>あめ</ruby>が降<ruby>ふ</ruby>っている。だから、家<ruby>いえ</ruby>で本<ruby>ほん</ruby>を読<ruby>よ</ruby>む。 雨<ruby>あめ</ruby>が降<ruby>ふ</ruby>っているので、家<ruby>いえ</ruby>で本<ruby>ほん</ruby>を読<ruby>よ</ruby>む。

現代口語的表達方式

書信語的表達，大致可區分「です‧ます」和「である」兩大類型。

基本上，在同一篇文章裡，不會將兩大類型混合寫在一起，通常都會統一使用一種型式。

在論文或報告上的表達，一般是使用「である」型式，而信件或兒童閱讀之書刊，則是「です‧ます」型式。日記、自傳、感想、小說之類，就依照筆者的喜好，並無一定的型式。

語尾	優點	缺點
です‧ます調	溫和的、有親近感	沒有說服力、文字數太多
である調	有說服力、文字數較少	生硬的、高壓的

 文章的起‧承‧轉‧合

構成作文的四大要素是「起‧承‧轉‧合」。

一開始可以試著依照這個順序來練習，等到熟練之後，再用自己的方式來表達。

舉例來說，我們常看的四格漫畫也是依照此型式來表現。

第一格通常表達的是事件起源。→ 再下來是延續其發展性。

之後是轉換。→然後最後才是著地來做出結尾。

 避免曖昧不明的文章

《朝日新聞》早報連載的短篇專欄「天声人語」中有以下之報導。

「有一位飼養泥鰍的朋友。名字叫做『どーちゃん』。他很溫順，只要颱風要來就會躲進沙堆中。據說因此具備了衝出水槽洞隙的瞬間暴發力。主人觀察出牠雖然很膽小卻很機靈。」

一開始我閱讀此文章時，以為天声人語的筆者的朋友叫做『どーちゃん』。但是再往下看時，覺得很奇怪，他的朋友怎麼會鑽到沙堆裡去呢。後來才發現到原來那『どーちゃん』是他朋友所飼養的泥鰍。

這專欄裡如果是這樣寫的話，朋友養了一隻泥鰍，牠的名字叫『どーちゃん』。這樣就比較不會引起誤解吧。

人們經常很容易相信別人所說、所寫。所以意識上就容易會用要聽的，要閱讀的人所接受的來寫。

在曖昧文章裡，常被提出的一句「黑色頭髮的漂亮女子」。根據標點斷句的不同，所表達的意思也會有所不同。

例如「黑色頭髮很漂亮，那女孩」裡的漂亮是指黑色頭髮，而「黑色，那頭髮很漂亮的女孩」的話有可能是指那女孩是黑色肌膚吧。也還可做其他不同的解釋方式。所以要運用逗點「，」、句點「。」清楚地使閱讀者能夠明確地理解內容是很重要的。

簡潔地表達

以下也是《朝日新聞》的報導。

由於這篇文章很長，我認為連一般的日本人看完了，能夠馬上可理解的人也不多。如果在表達上能更簡短化些，是否就能更容易理解。雖然短句式的容易被認為幼稚不成熟，但這總比被誤解或難以理解要來得好吧。

「山形で放火」息子を脅す　江東の女性殺害前に容疑者

東京都江東区のマンションで昨年11月、大塚達子（みちこ）さん（当時７６）を殺害し部屋に放火したとして殺人と現住建造物等放火などの疑いで逮捕された名古屋市の無職浅山克己容疑者（４６）が事件前、一時同居していた大塚さんの息子に対し、山形市で夫婦が死亡した火災について「夫婦の長男とのトラブルから自分が火をつけた」と言っていたことが19日、捜査関係者への取材でわかった。

● 若是將文句改變成如下簡潔的話，將更容易理解。

東京都江東区のマンションで昨年11月、大塚達子（みちこ）さん（当時７６）が殺害され部屋が放火される事件があった。

容疑者として名古屋の無職浅山克己（４６）が殺人と現住建造物等放火などの疑いで逮捕された。

この事件の前に、浅山容疑者が一時同居していた大塚さんの息子に「山形市の夫婦死亡の事件は夫婦の長男とのトラブルから自分が放火したのだ。」と脅していたことが19日、捜査関係者への取材でわかった。

「在山形縱火」威脅兒子　江東女性殺害前

名古屋市失業者山克己嫌疑犯（46）在去年11月殺害了住在東京都江東區公寓大塚達子（みちこ）さん（當時76）。被以殺人放火之嫌疑遭逮捕。在案件發生前，他對當時同居人，大塚的兒子説了有關於山形市之夫妻死亡事件。他説「因為和夫妻的長子有糾紛，所以就放火殺人」。19日在採訪的搜查相關人員查出後，才使整個事件明朗化了。

本書使用的文法用語一覽表

名詞	★辞書形	本
	★原形	本だ
	★ない形	本ではない（本じゃない）
	★た形	本だった
	★なかった形	本ではなかった（本じゃなかった）
	★たら形	本だったら
	★たり形	本だったり
	★ば形＝仮定形	本なら（ば）
	★普通体	（原形・ない形・た形・なかった形）
	★連體形	本の
な形容詞	★辞書形＝語幹	きれい
	★原形＝る形	きれいだ
	★ない形	きれいではない（きれいじゃない）
	★た形	きれいだった
	★なかった形	きれいではなかった（きれいじゃなかった）
	★連用形	きれいに
	★連體形	きれいな
	★たら形	きれいだったら
	★たり形	きれいだったり
	★ば形＝仮定形	きれいなら（ば）
	★普通体	（原形・ない形・た形・なかった形）
い形容詞	★辞書形＝原形・連體形＝る形	うつくしい
	★語幹	うつくし
	★ない形	うつくしくない
	★た形	うつくしかった
	★なかった形	うつくしくなかった
	★く形＝連用形	うつくしく
	★て形	うつくしくて
	★たら形	うつくしかったら
	★たり形	うつくしかったり
	★ば形＝仮定形	うつくしければ
	★普通体	（原形・ない形・た形・なかった形）

動詞	★辞書形＝原形＝る形	書く
	★ない形	書かない
	★未然形	書か
	★た形	書いた
	★なかった形	書かなかった
	★ます形	書きます
	★連用形	書き
	★て形	書いて
	★たら形	書いたら
	★たり形	書いたり
	★ば形＝仮定形	書けば
	★意向形	書こう
	★可能形	書ける
	★受身形（被動形）	書かれる
	★使役形	書かせる
	★使役受身形	書かせられる（書かされる）
	★普通体＝連形	（原形・ない形・た形・なかった形…）
	★連體修飾体	（連體形・ない形・た形・なかった形…）
品詞略語	★名	名詞
	★代名	代名詞
	★自	自動詞
	★他	他動詞
	★自他	自・他動詞
	★助動	助動詞
	★い形	い形容詞
	★な形	な形容詞
	★副	副詞
	★感	感動詞
	★接	接續詞
	★助	助詞
	★副助	副助詞
	★補動	補助動詞
	★補形	補助形容詞
	★接頭	接頭語
	★接尾	接尾語
	★連語	連語
	★連體	連體詞
	★節	是為「子句」。構成文章的一部分，具有表達出主語 述語之間的關係。
	★句	是為「字詞」。有歸納出統合性的作用，但不具有表達主語 述語之間的關係。

「て形」的變化

一. 第 1 類動詞

要記住第1類動詞的「て形」通常是學習者覺得較困難與麻煩的。以下就借用「小星星」的旋律來幫助記憶。這個歌詞「きぎいていちりって、みびんで、しして」沒有什麼特別的意思，是用來幫助記憶的小咒文。

き ぎ いて　いち りって　み び んで　し して

做法＆說明		例子
ます形		**て形→いて**
きぎ	「ます形」的「ます」前的假名是「き」「ぎ」的動詞	從「ます形」刪去「ます」＋「いて」
	歩_{ある}きます	あるいて
	泳_{およ}ぎます	およいで
	書_かきます	かいて
ます形		**て形→って**
いちり	「ます形」的「ます」前的假名是「い」「ち」「り」的動詞	從「ます形」刪去「ます」＋「って」
	会_あいます	あって
	立_たちます	たって
	取_とります	とって
ます形		**て形→んで**
みび	「ます形」的「ます」前的假名是「み」「び」的動詞	從「ます形」刪去「ます」＋「んで」
	飲_のみます	のんで
	遊_{あそ}びます	あそんで
	読_よみます	よんで

	ます形	て形→して
し	「ます形」的「ます」前的假名是「し」的動詞	從「ます形」刪去「ます」+「して」
	話します	はなして
	写します	うつして
	押します	おして

 ## 二. 第 2 類動詞

第2類動詞的「て形」變化方式很簡單。

就是將「ます形」的「ます」刪去後，在語幹後加上「て」即可。

「食べます」→「たべて」

「見ます」→「みて」

「寝ます」→「ねて」

 ## 三. 第 3 類動詞（不規則動詞）

因為只有兩個，所以就牢牢記起來吧！

「来る」→「来て」　注意漢字的讀法不太一樣。

「する」→「して」

第 1 類動詞的「着る」也是唸「着て」，小心別弄混了。

目錄

✽ 各單元句型、文法難易度一覽表

單元	主題句型	N級	頁碼
01	で（基準/範囲） で（原因/理由） で（手段/材料） で（場所）	5	021
02	～ています ～てあります ～ておきます ～てしまいます ～てしまいました	4	025
03	～てみます ～てきます/～ていきます	4	029
04	～てから	5	033
05	～く/～に/～になります ～く/～に/～にします	4	037
06	に（期間） に（帰着点） に（時） に（場所） に（対象） に（目的）	5	042
07	を（起点） を（経路） を（対象）	5	046
08	～がほしいです ～たいです	5	050
09	疑問詞＋か…肯定 疑問詞＋も…否定	5	055
10	とき ～ところです/ ～ているところです/ ～たところです	4	058
11	あとで まえに まで までに	5	063
12	もう/まだ	5	067
13	～てください	5	071
14	～くて/～で/～で	5	075
15	～ないで ～ず（に）	5	079
16	～ながら	5	084
17	しか…否定 だけ	5	087
18	あまり…否定	5	091
19	～たり～たりします	5	095
20	「こそあど」	4	099
21	～こと ～ことがあります ～たことがあります ～こと/～にします ～こと/～になります	3	103
22	～（よ）うとします ～ようにします ～ようになります	3	108
23	～（よ）うとおもいます つもりです	3	112
24	～こと/～ができます	4	117
25	～おわります ～だします ～はじめます	4	121
26	～たがります	4	125
27	かどうか/疑問詞…か	4	129

Unit 01 人称 人稱

おはようは？

朝、マンションの玄関に子供達三人がい
たので「おはよう」と声をかけた。
しかし、子供達はこちらを見もしな
い。もちろん挨拶もしない。
最近は子供を標的にした犯罪が増えて
いる。
それで、親は子供に見知らぬ人に声
を掛けられても返事をしないように
と教えているのだろう。

私が子供のころは、近所の人には挨拶をしなさいと教えられていたもの
だ。
何とさびしい時代になってしまったのだろう。

譯文 打招呼？

一早，在公寓門口遇到三個小朋友，所以就跟他們打聲招呼，說：「早」。
但是他們連看都沒看我。當然也沒對我打招呼。
這是因為最近小朋友的綁架案件變多了的關係。
因此，家長會教他們如果是陌生人搭訕也不要隨便回答的關係吧！
我小時候大人總是要求我看到鄰居時要打聲招呼。
現在，現代的人際關係真是冷漠生疏啊！

學習Point!

例文中「それで」的「それ」是指「子供を標的にした犯罪が増えている」。「で」是表示「それ」的原因・理由。「で」的用法有以下幾種：

句型1
★ **表示動作活動的場所**
名詞（場所） **＋ で ＋** 動詞
公園で遊ぶ。（在公園裡玩耍。）

句型2
★ **表示方法手段**
名詞（手段） **＋ で ＋** 動詞
ペンで手紙を書く。（用筆寫字。）

句型3
★ **表示材料**
名詞（材料） **＋ で ＋** 動詞
リンゴでジュースを作る。（用蘋果做果汁。）

句型4
★ **表示基準**
名詞（基準） **＋ で ＋** 金額
リンゴ3個で150円だ。（蘋果3個共150日圓。）

句型5
★ **表示原因、理由**
名詞（原因・理由） **＋ で ＋** 動詞
風邪で学校を休む。（因為感冒而向學校請假。）

背單字吧！

日 語	中 文	品詞	日 語	中 文	品詞
あいさつ	寒暄	名	すみません	對不起	感
会釈	點頭	名	よろしく	請多指教	感

紹介 (しょうかい)	介紹	名	失礼します (しつれい)	失禮	感
自己紹介 (じこしょうかい)	自我介紹	名	さようなら	再見	感
おはよう（ございます）	你好（早上用語）	感	またね！	再見！	感
こんにちは	你好	感	じゃあね！	再見！	感
こんばんは	你好（晚上用語）	感	また明日！ (あした)	明天見！	感
(お)久しぶりです (ひさ)	好久不見	感	お元気で！ (げんき)	請多多保重！	感
(お)元気ですか？ (げんき)	你好嗎？	感	おやすみ（なさい）	晚安	感
やあ！	哎呀！	感	はじめまして、黃と言います。 (こう) (い)	初次見面，我姓黃。	文
ようこそ	歡迎	感	鈴木です。よろしくお願いします (すずき) (ねが)	我叫鈴木。請多指教。	文
ありがとう	謝謝	感	こちらこそ、よろしく。	彼此彼此，請多指教。	文
どういたしまして	不客氣	感	お会いできてうれしいです。 (あ)	很高興能遇見您。	文

動筆寫一寫吧~

問題	翻譯成日語	必要的單字		使用表達
A	在教室裡自我介紹。	自己紹介 (じこしょうかい)	自我介紹	で
B	用電話打招呼。	電話 (でんわ)	電話	で
C	在自我介紹時，我說了名字和興趣。	趣味 (しゅみ)	興趣	で
D	早安。我用橘子做了果汁。	ジュース	果汁	で
E	因為感冒，所以要請假。真不好意思。	風邪 (かぜ)	感冒	で

A

B

C

D

E

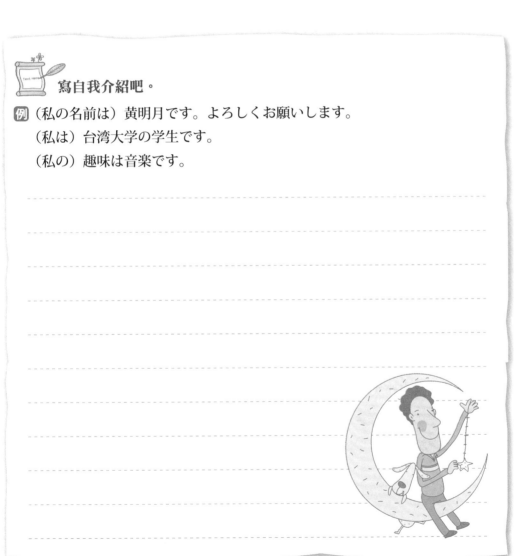

寫自我介紹吧。

例 （私の名前は）黄明月です。よろしくお願いします。

（私は）台湾大学の学生です。

（私の）趣味は音楽です。

Unit 02　人の呼び方　叫人的方法

あなたあ〜

あなたあ〜
お昼よぉ〜

英語の「you」は日本語の「あなた」だ。英語では、話相手が誰であっても相手を指すときは「you」と言う。

勿論日本語でも基本は「あなた」だ。

しかし事はそう簡単ではない。

子供が母親に向かって「あなた」とは言わない。「お母さん」、「ママ」、「おかあちゃん」など子供の年齢によって様々だ。

生徒は先生を「あなた」ではなく「先生」と呼ぶ。

社員が社長に向かって「社長」ではなく「あなた」と言えば、その社員の評価はたちまち急落することになるだろう。

また、話し相手に自分の母親について言うときは「私の母親が〜」と言う。もっとも、小さな子供は「私のお母さんが〜」などと言っているが。

「あなた」は妻が夫を呼ぶときに使っている。

私が小学生のとき好きな女の子がいた。彼女が私に「あなた、昼食の時間よ」って声をかけてくれたとき何だかうれしかった。

譯文　你～

英文中的「you」在日文裡是「あなた」。在英文的表達中，不論對方是誰都可以稱為「you」。

當然，日文裡基本上也有「あなた」，但是有著不同的表達方式。

例如，小孩子不會直接對著媽媽叫「あなた」，通常是叫「お母さん」「ママ」「おかあちゃん」之類的，會依小孩子的年齡而有不同叫法。

學生也不會對著老師叫「あなた」，而是稱呼為「先生」。

員工也不能對著老闆叫「あなた」，這馬上會讓他的評價直線滑落。

還有，若是向對方說到自己母親時會用「私の母親が～」，而小朋友總是說「私のお母さんが～」。

「あなた」這個稱呼通常是用在老婆叫自己老公的時候。

在我小時候曾經喜歡過一個女孩子，當她對我說「あなた、昼食の時間よ」的時候，我高興得不得了。

學習Point!

例文中「言っている」「使っている」的「ている」，在這裡是指「よく言っている」或「よく使っている」的意思，表示習慣。

句型1
★ 表示動作或事情的持續進行中
動詞（て形）+ **います**
今、本を読んでいる。（現在正在看書。）

句型2
★ 跟表示頻率的單字一起使用，就有習慣做同一動作的意思
動詞（て形）+ **います**
毎朝、散歩している。（每天早上都在散步。）

句型3
★ 表示某一動作後的結果或狀態還持續到現在
動詞（て形）+ **います**
窓が開いている。（窗戶開著。）

★ 表示結果狀態 ·······
動詞（て形）+ **あります**

壁にポスターが貼ってある。（在牆壁上有貼著海報。）

★ 敘述為了某種目的而事先作準備 ·······
動詞（て形）+ **おきます**

明日試験があるので勉強しておく。（由於明天有考試，所以要先唸書。）

★ 表示動作或狀態的完成 ·······
動詞（て形）+ **しまいます**

お弁当をもう食べてしまった。（把便當吃完了。）

★ 敘述在非故意而發生的動作或狀態，因而產生了後悔、可惜的心情
動詞（て形）+ **しまいました**

お金を落としてしまった。（不小心把錢弄丟了。）

背單字吧！🦉

日 語	中 文	品詞	日 語	中 文	品詞
呼び方	打招呼的方法	名	みんな	大家	名
人称代名詞	人稱代名詞	名	みなさん	諸位	名
私	我	名	人々	人們	名
あなた	你	名	この人	這個人	名
君	你	名	その人	那個人（指較近者）	名
彼	他	名	あの人	那個人（指較遠者）	名
彼女	她	名	どの人	哪個人	名
私たち	我們	名	だれ	誰	名
君たち	你們	名	どなた	哪位	名
あなたたち	你們	名	だれか	有誰	名
彼ら	他們	名	〜さん	〜先生 / 小姐	接尾
彼女ら	她們	名	〜様	〜先生 / 小姐	接尾

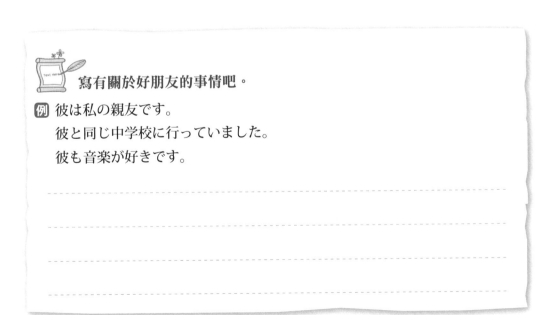

動筆寫一寫吧~

問題	翻譯成日語	必要的單字		使用表達
A	每天都和他散步。	散歩^{さんぽ} 散步		ています
B	山本先生住在東京。	住む^す 住		ています
C	我認識鈴木小姐。	知る^し 認識		ています
D	我有先訂餐廳了。	予約^{よやく} 預訂		ておきます
E	我忘了她的電話號碼。	忘れる^{わす} 忘		てしまいました

A ▸
B ▸
C ▸
D ▸
E ▸

寫有關於好朋友的事情吧。

例 彼は私の親友です。

彼と同じ中学校に行っていました。

彼も音楽が好きです。

Unit 03 家族・親戚 家屬・親屬

 おばあさんの知恵袋

祖父は私が小さいときに亡くなったの
で、あまり覚えていない。
祖母にはいろんな事を教えてもらった。
金槌とか鋸などの使い方。引き臼の使
い方。草履の編み方。
今は引き臼も草履も使わないなあ。
しかし今でも思い出すのは祖母が良
く言っていた「笑う門には福来る」
と言う言葉だ。
その言葉を頭の中で唱えると元気になってくる。

 譯文　**外婆的智慧**

外公在我小時候就已經去逝了，所以我比較沒有印象。
不過，外婆教了我很多事。
比方說鐵鎚和鋸子的用法、石臼的用法、草鞋的編織法等等。
雖然現在已經沒有人在用石臼和穿草鞋了。
但現在我常常想起外婆常說「和氣致祥」這一句話。
每當想起這句話我就會變得精神百倍。

學習Point!

　　例文中「元気になってくる」是表示：雖然以前很健康有精神，但現在比起以前更健康、有精神的狀態變化。

句型1
★ 表示嘗試著做前項，是一種試探性的行為或動作
[動詞] （て形）+ **みます**
珍しいケーキを食べてみる。（試吃看看珍貴的蛋糕。）

句型2
★ 表示人、物、事態等在空間、時間或心理上由遠到近
[動詞] （て形）+ **きます**
日本語が上手になってきた。（日語變得越來越厲害。）

句型3
★ 表示人、物、事態等在空間、時間或心理上由近到遠
[動詞] （て形）+ **いきます**
日本は老齢化社会になっていく。（日本漸漸地形成老年化社會。）

 背單字吧！

日　語	中　文	品詞	日　語	中　文	品詞
家族	家屬	名	いとこ	堂・表兄妹	名
両親	父母	名	夫婦	夫婦	名
父	父親	名	夫	丈夫	名
母	母親	名	妻	妻子	名
パパ	爸爸	名	息子	兒子	名
ママ	媽媽	名	娘	女兒	名
兄弟	兄弟	名	舅	公公	名

姉妹（しまい）	姉妹	名	姑（しゅうとめ）	婆婆	名
兄（あに）	哥哥	名	義父（ぎふ）	繼父	名
姉（あね）	姐姐	名	義母（ぎぼ）	繼母	名
弟（おとうと）	弟弟	名	親戚（しんせき）	親戚	名
妹（いもうと）	妹妹	名	伯父（おじ）	叔父	名
祖父（そふ）	祖父	名	伯母（おば）	姑母	名
祖母（そぼ）	祖母	名	めい	外甥女	名
孫（まご）	孫子	名	おい	外甥	名

✏️ 動筆寫一寫吧~

問題	翻譯成日語	必要的單字		使用表達
A	我要和父母討論一下。	相談（そうだん）	討論	てみます
B	哥哥跑了起來。	走る（はし）	跑	てきます
C	妹妹變漂亮了。	妹（いもうと）	妹妹	てきます
D	媽媽變胖了。	太る（ふと）	變胖	てきます
E	我會繼續學日文。	続ける（つづ）	繼續	ていきます

A	
B	
C	
D	
E	

寫有關於家人的事情吧。

例 家族は、父、母、妹そして私の 4 人家族です。
父はサラリーマンです。
母はとても明るい人です。

Unit 04 いろいろな人 各式各様的人

怪人二十面相
（かいじん　に　じゅうめんそう）

「先物取引の御案内です」とか「新築マ
ンション……」などと言って勧誘電話が
かかってくることがある。

あるとき私が電話に出たら、「お父様
かお母様はいらっしゃる？」って、聞
かれたことがある。

私の声が若々しいからなのか、子供
と間違えられたのだ。

「今いません。お母さんが帰ってから電話しま
す。」ってやはり子供っぽい声で返事をしたら、先方はそのまま電話を切
ってしまった。

なるほど、勧誘電話撃退法の一つに使えるなと思った。

それでは今度は耳の遠い老人になってみようかな。

「フア？何の御用じゃな？」

「フアフアフア、すまんのう、もっと大きな声で言ってくれんかのう」

「フガフガフガ、もっと大きな声で……」

そのうち相手は力尽きるだろう。

譯文 怪人二十面相

我曾接過「這裡是期貨商品交易中心」「新蓋公寓……」等等，之類的推銷電話。

有一次我接起電話，對方問我說：「你爸爸、媽媽在家嗎？」

可能是我的聲音太年輕了，才會被誤認是小朋友吧。

「現在不在家。媽媽回來之後再回電話。」我故意用著小孩子的聲音回答，結果對方就把電話掛掉了。

原來，這也可以是一種擊退推銷電話的好方法。

那麼下次我就來假裝成重聽的老人家試試看：

「ㄏㄚ？有什麼事情嗎？」

「ㄏㄚ，ㄏㄚ，ㄏㄚ，不好意思，可以再大聲點嗎？」

「ㄏㄨ，ㄍㄚ，ㄏㄨ，ㄍㄚ，ㄏㄨ，ㄍㄚ，什麼再大聲點……」

一直到對方無力為止。

學習Point!

例文中的「お母さんが帰ってから電話します」是表示，「お母さんが帰る」這動作（事情）和「電話します」的動作（事情）是有前後關係的，「お母さんが帰る」這件事是先發生的。

句型1
★ 表示先做前項，然後做後項
動詞（て形）**＋ から**
歯を磨いてから寝る。（刷牙然後睡覺。）

背單字吧！

日　語	中　文	品詞	日　語	中　文	品詞
女性 （じょせい）	女性	名	仲間 （なかま）	朋友	名

男性（だんせい）	男性	名	ライバル	對手	名
大人（おとな）	大人	名	味方（みかた）	夥伴	名
少年（しょうねん）	少年	名	敵（てき）	敵人	名
少女（しょうじょ）	少女	名	上司（じょうし）	上司	名
子ども（こ）	孩子	名	同僚（どうりょう）	同事	名
赤ちゃん（あか）	小寶寶	名	秀才（しゅうさい）	秀才	名
若者（わかもの）	年輕人	名	天才（てんさい）	天才	名
中年（ちゅうねん）	中年人	名	知り合い（し あ）	相識	名
老人（ろうじん）	老人	名	知人（ち じん）	熟人	名
知人（ち じん）	熟人	名	見知らぬ人（み し ひと）	陌生人	名
友人（ゆうじん）	朋友	名	外国人（がいこくじん）	外國人	名
同級生（どうきゅうせい）	同班同學	名	東洋人（とうようじん）	東洋人	名
クラスメート	同學	名	西洋人（せいようじん）	西洋人	名
友達（ともだち）	朋友	名	日本人（に ほんじん）	日本人	名
恋人（こいびと）	戀人	名	台湾人（たいわんじん）	台灣人	名
彼氏（かれ し）	男朋友	名	韓国人（かんこくじん）	韓國人	名
彼女（かのじょ）	女朋友	名	中国人（ちゅうごくじん）	中國人	名
ボーイフレンド	男朋友	名	アメリカ人（じん）	美國人	名
ガールフレンド	女朋友	名	隣人（りんじん）	鄰人	名

問題	翻譯成日語	必要的單字		使用表達
A	長大後我就可以喝酒了。	大人になる	成人	てから
B	打電話給朋友之後就見面了。	会う	見面	てから
C	走了一個小時之後就休息了。	休む	休息	てから
D	看完書之後再出去玩。	遊ぶ	玩	てから
E	先把日本酒加溫後再喝。	温める	加溫	てから

A

B

C

D

E

寫有關於鄰居的事情吧。

例 近くにアメリカ人が住んでいます。

彼女は美人です。

彼女に英語でおはようと言いました。

Unit 05 動作 動作

心臓で歩く

高校生のときは体が弱かった。

きっと受検勉強ばかりで運動をしていな

かったからだろう。

大学は六甲山の中腹にあった。六甲駅

から大学まで殆どの学生はバスで通学

していたが私は歩くことにした。毎

日がハイキングだったのだ。

道端の小さな白い花を発見したり、

どれだけ早く学校に着けるかが楽しみになった。

夏の日など急に学校の暗い建物の中に入ると眼がくらくらした。

しかし、おかげで歩くことが大好きになり、体も丈夫になった。

足は第2の心臓と言われているが、身をもって体験したわけだ。

譯文　　用心臟步行

高中時期，我的身體不是很好。

大概是因為要應付升學考試，以致於都沒有在運動的關係吧！

我就讀的大學是在六甲山的半山腰上。 從六甲山車站到學校，大部分的學生都是搭公車上學。可是我選擇用走路的。那時每天都徒步去學校。

在途中會發現路旁的小白花，或是比之前再早些到達學校，都成了我的樂趣。

以前夏天要是走太快突然進入昏暗的校舍，就會頭昏目眩、兩眼昏花。

但我也因我愛上了走路，身體也變得更強壯了。

有句話說：「腳是人的第二心臟」這是需要親自來體驗的。

學習Point!

例文中「歩くことにした」是指「歩くことに決めた（決定走路）」的意思。

「歩くことが大好きになり、体も丈夫になった」是表示：以前並沒有那麼喜歡也沒有那麼健壯，但是現在是變得喜歡的、變得健壯的。

句型1

★ 表示因人的意志行為而有所改變

名詞1 ＋ を ＋ い形容詞語幹＋く / な形容詞語幹＋に / 名詞2 ＋に ＋ します

わたし　へ　や　あか
私の部屋を明るくします。（把我的房間弄明亮。）

わたし　へ　や
私の部屋をきれいにする。（把我的房間打掃乾淨。）

わたし　へ　や　きょうしつ
私の部屋を教室にする。（把我的房間拿來當作教室。）

句型2

★ 敘述說話者決定某事情時

動詞辞書形/ない形 ＋ こと / 名詞 ＋ に ＋ します

りゅうがく
留学することにした。（決定了要留學。）

りゅうがく
留学しないことにした。（決定了不要留學。）

ひる
お昼ごはんは、カレーにした。（午餐吃了咖哩。）

句型3

★ 名詞1因變化而形成後面之結果（名詞2）

名詞1 ＋ は/が ＋ い形容詞語幹＋く / な形容詞語幹＋に / 名詞2 ＋に ＋ なります

むすめ　うつく
娘が美しくなった。（女兒變美麗了。）

むすめ
娘がきれいになった。（女兒變漂亮了。）

むすめ　おとな
娘が大人になった。（女兒長大了。）

★ 用於「動詞辞書形/ない形＋こと」或「名詞」為決定或規定之敘述

動詞辞書形/ない形 ＋ こと ＋ に ＋ なります
名詞

今年から喫煙室でタバコを吸うことになった。

（從今年開始規定吸菸要在吸菸室裡抽。）

今年から喫煙室以外ではタバコを吸ってはいけないことになった。

（從今年開始規定吸菸室以外的地方禁止抽菸。）

レストランでは禁煙になった。（餐廳裡現在禁菸了。）

背單字吧！

日　語	中　文	品詞	日　語	中　文	品詞
動作	動作	名	読む	讀	動
行為	行為	名	話す	說	動
行動	行動	名	見る	看	動
行く	去	動	聞く	聽	動
来る	來	動	とる	取	動
帰る	回	動	持つ	擁有	動
進む	前進	動	知る	知道	動
戻る	回，恢復	動	理解する	理解	動
歩く	走	動	考える	想，考慮	動
走る	跑	動	思う	想，想念	動
書く	寫	動	愛する	愛	動
休む	休息	動	立つ	站	動
寝る	睡覺	動	座る	坐	動
眠る	睡覺	動	食べる	吃	動

✏️ 動筆寫一寫吧~

問題	翻譯成日語	必要的單字		使用表達
A	把頭髪剪短了。	短<ruby>短<rt>みじか</rt></ruby>くする	剪短	～を～します
B	散步是每天要做的事。	<ruby>日課<rt>にっか</rt></ruby>	每天例行的事	～を～します
C	城市熱鬧了起來。	<ruby>賑<rt>にぎ</rt></ruby>やか	熱鬧	なります
D	小孩子長大了。	<ruby>大<rt>おお</rt></ruby>きくなる	長大	なります
E	櫻花全開了。	<ruby>満開<rt>まんかい</rt></ruby>	全開	なります

A ⟜

B ⟜

C ⟜

D ⟜

E ⟜

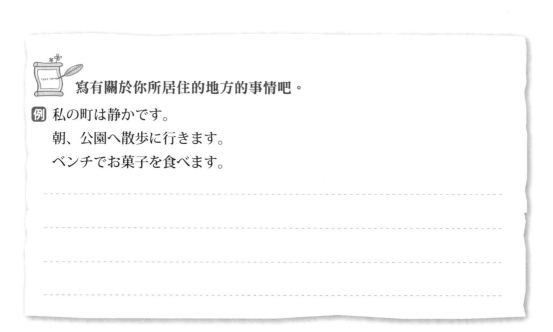

寫有關於你所居住的地方的事情吧。

例 私の町は静かです。

　朝、公園へ散歩に行きます。

　ベンチでお菓子を食べます。

Unit 06 知覚 知覺

第七感 だいしちかん

以前私は大阪の本社で働いていた。

今は東京の本社に移り、横浜の郊外に住んでいる。

平日にたまたま会社を休んで、家内と隣の街を歩いていた。

すると向こうから見覚えのある女性が自転車を押しながらやってきた。

あれっ？

彼女は大阪の本社の人だ。

友達に会いに横浜に来たそうだ。

彼女は私が今日休むことを知らない。

私も彼女が来ることを知らなかった。

偶然横浜の片田舎で出会ったのだ。

ニューヨークに出張したときも、以前の同僚にホテルで偶然出会った。

デュッセルドルフのレストランでも、大学の先輩に偶然出会った。

知っている人にいろんな所で偶然出会うことが何度もある。

これは第六感なのだろうか？

いや違う。

では一体何なのだろう？

譯文　第七感

以前我是在大阪總公司工作。

現在則轉到東京的總公司，就住在橫濱的市郊外。

有時平日會向公司請假，和老婆在住家附近走走。

有天，迎面走來了一位推著腳踏車很眼熟的女性。

啊！那不是大阪總公司的人嗎？

聽說是來橫濱找朋友的。

她並不知道我今天請假。我當然也不知道她會來。

就只是偶然地在橫濱這樣偏僻鄉下巧遇。

去紐約出差時，我也曾在飯店裡巧遇以前的同事。

還有在德國杜塞爾多夫的餐廳裡遇到了大學時的前輩（學長）。

好幾次在不同的地點，巧遇認識的人。

這或許就是所謂的第六感吧？

不、不對！

那到底是什麼呢？

學習Point！

　　例文中「横浜の郊外に住んでいる」的「に」是指出：「住む」的動作‧行為所發生的場所是在「郊外」。

　　「平日に」的「に」是指示：「休む」的動作‧行為所發生的時間是在「平日」。

　　「会いに」的「に」是指示：「来る」的目的是為了要「会う」。

　　「横浜に」、「ニューヨークに」的「に」是指示：歸著點為「来る」、「出張する」。

　　「同僚に」、「先輩に」、「知っている人に」的「に」是指示：「出会う」的對象。

句型1

★ 表示場所

名詞（場所）+ に + 動詞

横浜に住んでいる。（住在横濱。）

句型2

★ 指示動作的歸著點

名詞（帰着点）+ に + 動詞

教室に入る。（進入教室。）

句型3

★ 表示動作發生的時間點

名詞（時）+ に + 動詞

八時に起きる。（8點起床。）

句型4

★ 表示動作的對象

名詞（對象）+ に + 動詞

花子にプレゼントをあげる。（送禮物給花子。）

句型5

★ 表示移動的目的

名詞（目的）
動詞（目的，ます形「ます」去掉）　+ に + 動詞（移動）

東京に行く。（要去東京。）
映画を見に行く。（要去看電影。）

句型6

★ 表示基準

名詞（期間）+ に + 回數
　　　　　　　　　時間

1週間に2回休む。（1個星期休2次。）
1日に8時間寝る。（1天睡8個小時。）

背單字吧!

日 語	中 文	品詞	日 語	中 文	品詞
感覚 かんかく	感覺	名	味 あじ	味道	名
知覚 ちかく	知覺	名	感じる かん	覺得	動
視覚 しかく	視覺	名	見える み	能看見	動
聴覚 ちょうかく	聽覺	名	聞こえる き	聽得見	動
味覚 みかく	味覺	名	おいしい	好吃	形
触覚 しょっかく	觸覺	名	まずい	不好吃	形
匂い にお	香味	名	神経質な しんけいしつ	神經質的	形
香り かお	香味	名	繊細な せんさい	纖細的	形
臭い にお	臭味	名	鈍感な どんかん	感覺遲鈍的	形

動筆寫一寫吧~

問題	翻譯成日語	必要的單字		使用表達
A	住在橫濱。	住む す	住	に
B	看得到天上的星星。	見える み	看得到	に
C	一天洗一次澡。	お風呂に入る ふ ろ はい	洗澡	に
D	我送給了花子好香的花。	香りのいい かお	好香	に
E	我去吃了很好吃的蛋糕。	ケーキ	蛋糕	に

A ⊶

B ⊶

C ⊶

D ⊶

E ⊶

眼睛所看不到的世界是怎麼樣的世界？寫寫看吧。

例 高原の夜は真っ暗だが、星がきれいだ。

暗くて何も見えない。

ふくろうの鳴き声が聞こえる。

Unit 07 感情表現① 心情的表達①

北の国から

今日はとても寒い。

電車に乗っていると、向かいの席に白い

ワイシャツだけの男性が座っている。

寒くないのかなあ。

でも、彼は「暑い、暑い！」と独り言

を言っている。

変な人だなあ。

次の駅で彼は「ダ・スビダーニヤ」

と言って電車を降りていった。

「ダ・スビダーニヤ」はロシア語で、「さようなら」と言う意味だ。

彼は長い間シベリアにいたのだろう。

譯文　來自北邊的國家

今天，天氣非常地冷。

我進入電車，看到坐在對面一位男性，他身上僅穿著一件白色襯衫。

我心裡想：他不會冷嗎？

可是他卻自言自語地說著：「好熱！好熱！」

真是有夠奇怪的人啊！

當電車到站時，那人說著：「達・速比達啊你亞」就下車了。

「達・速比達啊你亞」在俄羅斯話裡，是「再見」的意思。

他應該是在西伯利亞待過一段很長的日子吧！

學習Point!

　　例文中，「独り言を言っている」的「を」是指示：「言う」的對象為「独り言」。

　　「電車を降りていった」的「を」是指示：「降りる」的出發點為「電車」。

句型1

★ 表示動作的對象 ....

名詞（對象） ＋ を ＋ 動詞

花子にプレゼントをあげる。（送禮物給花子。）

句型2

★ 表示動作的起點 ....

名詞（起點） ＋ を ＋ 動詞

電車を降りる。（下電車。）

句型3

★ 表示動作移動的場所或地方 ....

名詞（起點） ＋ を ＋ 動詞

橋を渡る。（過橋。）

背單字吧！

日　語	中　文	品詞	日　語	中　文	品詞
感情	感情	名	うるさい	吵鬧的	形
気持ち	心情	名	誇らしい	洋洋得意的	形
気分	心情	名	恥ずかしい	害羞	形
心地	感覺	名	悔しい	令人懊悔的	形
心情	心情	名	懐かしい	懷念的	形

性格^{せいかく}	性格	名	美^{うつく}しい	美麗的	形
個性^{こせい}	個性	名	汚^{きたな}い	骯髒的	形
良^よい	好的	形	醜^{みにく}い	難看的	形
悪^{わる}い	壞的	形	激^{はげ}しい	激烈的	形
楽^{たの}しい	快樂的	形	楽^{たの}しみ	期待	名
うれしい	高興的	形	喜^{よろこ}び	喜悅	名
喜^{よろこ}ばしい	可喜的	形	歓喜^{かんき}	歡喜	名
悲^{かな}しい	悲哀的	形	悲^{かな}しみ	悲傷	名
つまらない	無聊的	形	退屈^{たいくつ}	寂寞	名
寂^{さび}しい	寂寞的	形	孤独^{こどく}	孤獨	名
優^{やさ}しい	和善的	形	悪意^{あくい}	惡意	名
意地^{いじ}が悪^{わる}い	壞心腸（的人）	文	恐怖^{きょうふ}	恐怖	名
怖^{こわ}い	可怕的	形	落^おち着^つき	鎮定	名
おとなしい	老實的	形	大胆^{だいたん}	大膽	名
強^{つよ}さ	堅強	名	弱^{よわ}さ	柔弱	名

✏ **動筆寫一寫吧~**

問題	翻譯成日語	必要的單字		使用表達
A	● 看了很好看的電影。	映画^{えいが} 電影		を
B	● 她有很要好的朋友。	友達^{ともだち} 朋友		を

C	小鳥在天空飛。	小鳥（ことり）	小鳥	を
D	出了電梯。	エレベーター	電梯	を
E	經過商店街。	商店街（しょうてんがい）	商店街	を

A	
B	
C	
D	
E	

寫有關於你的長處、短處吧。

例 私はジョークを言うのが好きだ。

悪いジョークも時々言って人を困らせる。

もっと優しい人になりたい。

Unit 08 感情表現② 心情的表達②

内緒(ないしょ)よ

夏(なつ)。

暑(あつ)い！

お母(かあ)さんが区役所(くやくしょ)に行(い)くとき私(わたし)も連(つ)れ

ていってもらった。

小学校(しょうがっこう)に行(い)く途中(とちゅう)に牛乳販売店(ぎゅうにゅうはんばいてん)があ

る。

いつもそこのアイスキャンディーが

欲(ほ)しいなあと思(おも)っていた。

でも、家(いえ)が貧(まず)しいので滅多(めった)に食(た)べたことがない。

今日(きょう)は「おばあちゃんに内緒(ないしょ)よ。」ってお母(かあ)さんが買(か)ってくれた。

とてもうれしかった。

それは久(ひさ)しぶりのアイスキャンディーがおいしかったこともある。

でも、それ以上(いじょう)にお母(かあ)さんと二人(ふたり)だけの秘密(ひみつ)ができたことの方(ほう)がもっと嬉(うれ)

しかった。

譯文　保密喔

夏天。

很熱！

以前媽媽要去區公所時，都會帶著我一起去。

要去小學的路上，有一家賣牛奶的店。

我心裡一直很想要吃那家店的冰棒。

可是由於家境貧窮，很少有機會吃。

今天媽媽卻對我說：「不可以告訴奶奶喔！」就買給我吃了！

真是太開心了。

或許是太久沒吃才會感覺那麼好吃。

不過我想和媽媽的二人祕密，更勝於一切，因而覺得更開心。

 學習Point!

例文中「アイスキャンディーが欲しい」的「が欲しい」是指示：說話者的願望對象為「アイスキャンディー」。

句型1

★ 表示說話者（第一人稱）想要得到什麼東西

名詞 ＋ が ＋ ほしい ＋ です

パソコンが欲(ほ)しい。（想要個人電腦。）

句型2

★ 表示說話者（第一人稱）想做某個動作

動詞 （ます形，將「ます」去掉）＋たい ＋ です

パソコンを買(か)いたい。（想買個人電腦。）

 背單字吧！

日 語	中 文	品詞	日 語	中 文	品詞
悲(かな)しむ	悲傷	動	がっかりする	失望	動
嘆(なげ)く	悲嘆	動	信(しん)じる	相信	動
懐(なつ)かしむ	懷念	動	疑(うたが)う	懷疑	動
楽(たの)しむ	享受	動	憧(あこが)れる	憧憬	動

笑う	笑	動	願う	請求	動
ほほえむ	微笑	動	感じる	覺得	動
泣く	哭	動	考える	想	動
喜ぶ	感到喜悅	動	笑い	笑	名
怒る	發怒	動	涙	眼淚	名
憎む	憎惡	動	怒り	發怒	名
羨む	羨慕	動	憎しみ	憎惡	名
ねたむ	嫉妒	動	嫉妬	嫉妒	名
ゆったりする	覺得輕鬆舒暢	動	不安	不安	名
急ぐ	趕時間	動	願望	願望	名
焦る	著急	動	感情	感情	名
いらいらする	焦急	動	考え	意見	名
驚く	吃驚	動	（心の）痛み	（內心的）疼痛	名
耐える	忍耐	動	勇敢	勇敢	名
思いやり	體諒	名	好感	好感	名

動筆寫一寫吧~

問題	翻譯成日語	必要的單字		使用表達
A	我想要iPad。	欲しい 想要		ほしい
B	我們需要關懷。	思いやり 關懷		ほしい

C	◦ 想和情人分享。	こいびと 恋人	情人	たい
D	◦ 我想相信朋友。	しん 信じる	相信	たい
E	◦ 我想環遊世界。	せ かいりょこう 世界旅行	環遊世界	たい

A	◦──
B	◦──
C	◦──
D	◦──
E	◦──

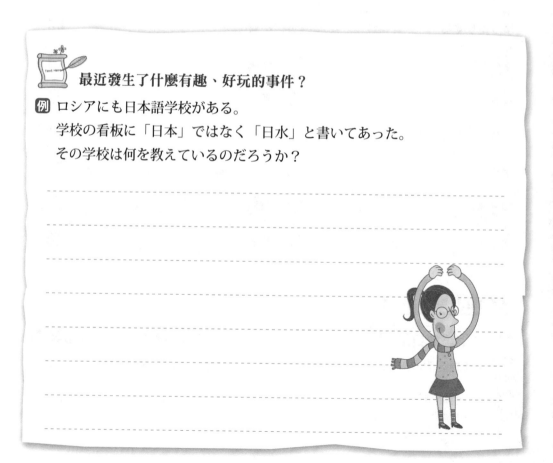

最近發生了什麼有趣、好玩的事件？

例 ロシアにも日本語学校がある。

学校の看板に「日本」ではなく「日水」と書いてあった。

その学校は何を教えているのだろうか？

Unit 09 感情表現③　心情的表達③

与えられるよりも与える

私が住んでいた台湾のアパートの向かい

にラーメン屋がある。

初めて食べに行ったとき、そこのおば

あさんにオレンジをもらった。

うれしかった。

次に会ったときもお菓子をくれた。

その次もバナナをくれた。

その次は焼き肉をごちそうしてあげ

るから夕方に電話してくれと言われた。

どうしていつも私に色々な物をくれたりするのだろう？

今の日本では、何の見返りも期待せずこんなに親切にしてくれる事など考

えられない。

だんだん気が重くなってきた。

その日の夕方、雨が降ってきたのをこれ幸いと、おばあさんに電話をする

のを止めた。

また別の日にもおばあさんは私にお菓子をくれた。

ふと私は気がついた。

おばあさんは人に物を与えることで喜びを感じているのだ。

それに気づいてからは、おばあさんが何かくれても私は喜んでもらうこと

にした。

そうすると、おばあさんもとてもうれしそうだ。

私（わたし）もおばあさんに何（なに）か日本（にほん）のお土産（みやげ）を買（か）ってきてあげよう。

譯文　施比受更喜悅

我住在台灣的時候，住處對面有一家拉麵店。

在我第一次去店裡吃飯時，店家的老婆婆送給我一顆橘子。

當時真的很開心。

第二次見面時又送給我糖果。

之後又送了我香蕉。

再之後又跟我說，要我傍晚打電話給她，因為她要烤肉給我吃。

為什麼她要一直送東西給我呢？

在日本，像這樣不求回報的親切舉動是不可能有的。

漸漸地，我的壓力越來越大。

那一天傍晚，幸好正巧下雨，我也就沒有打電話給老婆婆了。

之後老婆婆還是又送給我糖果。

這時我才恍然大悟。

原來老婆婆會因為送人物品，而內心感到喜悅。

當我了解到這一點，此後不管老婆婆送我什麼東西我都會開心地收下。

而老婆婆看起來也更加開心。

我想我也要來買點日本的小禮物送給老婆婆。

　　例文中，「おばあさんに何か日本のお土産を買ってきてあげよう」的「何か」是指示：不特別指定是哪一種「お土産」。

句型1

★ 表示不特定的對象或時間、場所 ....

疑問詞 ＋か ＋ 動詞（肯定）

何時か沖縄へ行きたい。（總有一天要去沖繩。）

句型2

★ 用於對對象、時間、場所做出全面否定 ....

疑問詞 ＋も ＋ 動詞（否定）

疲れたのでどこも行きたくない。（由於很累，所以哪裡都不想去。）

背單字吧！ 📖🦉

日　語	中　文	品詞	日　語	中　文	品詞
好き	喜好	名	望む	期望	動
嫌い	討厭	名	尊敬する	尊敬	動
幸せな	幸福	形	軽蔑する	蔑視	動
不幸な	不幸	形	冷静な	冷靜	形
満足している	很滿足	動	穏やかな	平靜	形
不満足な	不滿意	形	感情的な	感情用事	形
感動する	感動	動	情熱的な	熱情	形
感激する	感激	動	幸せ	幸福	名
期待する	期待	動	不幸	不幸	名
興奮する	興奮	動	満足	滿足	名
安心する	放心	動	不満	不滿	名
心配する	擔心	動	残念！	遺憾！	感
絶望する	絶望	動	冷たさ	冷淡	名

動筆寫一寫吧~

問題	翻譯成日語	必要的單字		使用表達
A	總想吃個什麼東西。	食^たべる	吃	か
B	總覺得有一天會有地震。	地震^{じしん}が起^おこる	發生地震	か
C	總覺得想出國去玩。	旅行^{りょこう}	旅遊	か
D	總覺得房間沒有半個人。	部屋^{へや}	房間	も
E	什麼都不想吃。	何^{なに}も～ない	什麼都不～	も

A

B

C

D

E

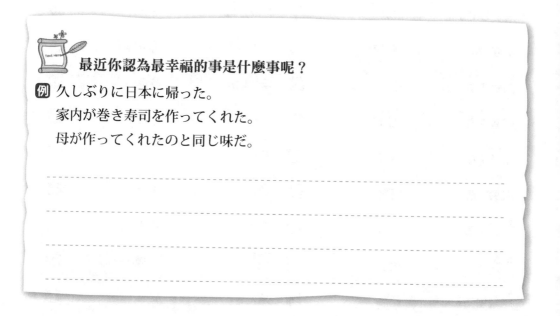

最近你認為最幸福的事是什麼事呢？

例 久しぶりに日本に帰った。

家内が巻き寿司を作ってくれた。

母が作ってくれたのと同じ味だ。

Unit 10 質問・依頼 詢問・請求

火星人（かせいじん）

杜おばさんは日本統治時代（にほんとうちじだい）の小学校（しょうがっこう）で日本語を習（なら）った。

言葉（ことば）の乱（みだ）れた現代日本（げんだいにほん）で生活（せいかつ）している私（わたし）より丁寧（ていねい）で美（うつく）しい日本語をしゃべっている。

日本語のカラオケもとても上手（じょうず）だ。

もしかしたら中国語（ちゅうごくご）は私（わたし）より下手（へた）なのかもしれない。

彼女（かのじょ）の友達（ともだち）は同年代（どうねんだい）の人（ひと）ばかりで、お互（たが）い日本語（にほんご）でおしゃべりしているそうだ。

お歳（とし）なのでだんだんと友達（ともだち）が減（へ）っていくのをなげいていた。

だから私（わたし）が会（あ）いに行（い）くととても喜（よろこ）んでくれる。

台中（たいちゅう）の自由路（じゆうろ）を歩（ある）いているとき、若（わか）い男性（だんせい）に声（こえ）をかけられた。

多分台北（たぶんたいぺい）から来（き）た台湾人（たいわんじん）だろう。

どこの太陽餅（たいやんびん）がいいのかって聞（き）かれた。

彼（かれ）は私（わたし）が台湾人（たいわんじん）だと思（おも）ったのだろう。

台湾人（たいわんじん）に間違（まちが）えられて、何（なん）だかちょっと嬉（うれ）しかった。

私（わたし）が変（へん）な中国語（ちゅうごくご）をしゃべるので、上海人（しゃんはいじん）ですかって聞（き）かれたこともある。

「日本人（にほんじん）ですね？」ってすぐ分（わ）かる人（ひと）もいる。

「どこの人（ひと）ですか？」って今度（こんど）聞（き）かれたとき、「火星人（かせいじん）です」って言（い）おうかな。

譯文　火星人

杜老婆婆在日據時代讀小學時有學過日語。

杜老婆婆說的日語，比生活在語言雜亂的日本的我還要更禮貌且更加優美。

卡拉OK的日語歌曲也很會唱。

我就在想，杜老婆婆的中文，會不會比我來得差。

杜老婆婆的朋友，大概都與她年紀差不多，彼此之間也用日語在交談。

但感嘆著，隨著年紀越來越大，老朋友一個個走了。

所以，每當我去見杜老婆婆時，她都相當開心。

有天，我走在台中市自由路上時，有個年輕男子向我問路。

大概是從台北來的台灣人吧！

他問我哪裡的太陽餅比較好吃？

或許他以為我是台灣人才會問我吧。

被台灣人誤認為是台灣人，我不由得開心了起來。

由於我的中文怪怪的，也有人會問我是不是上海人？

當然馬上就被認出「你是日本人吧？」的情況也有。

下次再有人問我：「你是哪裡人？」時，我就回答「火星人」好了！

學習Point!

　　例文中「台中の自由路を歩いているとき、若い男性に声をかけられた」的「とき」是指示出「声をかけられた」的動作所發生時間為「自由路を歩いている」。

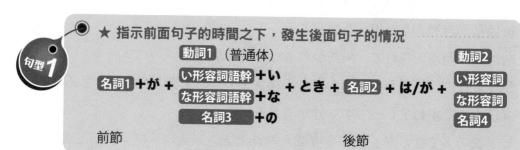

句型 1

★ 指示前面句子的時間之下，發生後面句子的情況

名詞1 ＋が ＋

動詞1 （普通体）

い形容詞語幹＋い

な形容詞語幹＋な

名詞3 ＋の

＋ とき ＋ 名詞2 ＋ は/が ＋

動詞2

い形容詞

な形容詞

名詞4

前節　　　　　　　　　　　　　　後節

私が食事をしているとき友達が来た。（我正在吃飯的時候朋友來了。）
のどが渇いたとき、水を飲む。（口渴的時候就喝水。）
バラをもらったとき、うれしかった。（收到玫瑰時真是太開心了。）
子供のとき、腕白だった。（小時候很頑皮。）

★ 指示出某動作才將要開始發生的時間點 ………………
動詞（辞書形）＋ **ところ** ＋ **です**
これから勉強をするところだ。（從現在開始要唸書。）

★ 指示出某動作正在進行的時間點 ………………
動詞（て形）＋ **いる** ＋ **ところ** ＋ **です**
今、勉強をしているところだ。（現在，正在唸書。）

★ 指示出某動作才剛結束的時間點 ………………
動詞（た形）＋ **ところ** ＋ **です** ＋ **動詞**（た形）
たった今、勉強をしたところだ。（現在，才剛看完書。）

背單字吧！

日 語	中 文	品詞	日 語	中 文	品詞
質問	問題	名	どういうふうに？	怎麼？	句
問い合わせ	詢問	名	どちら？	哪邊？	代
要求	要求	名	いくら？	多少錢？	代
お願い	請求	名	何時？	幾點鐘？	名
依頼	委託	名	どこ？	哪裡？	代
同意	同意	名	知っている	知道	動

承諾 (しょうだく)	同意	**名**	わかる	明白	**動**
拒否 (きょひ)	拒絕	**名**	了解する (りょうかい)	了解	**動**
拒絕 (きょぜつ)	拒絕	**名**	納得する (なっとく)	理解	**動**
誰が？ (だれ)	誰？	**句**	聞く (き)	聽、問	**動**
だれに？	給誰？	**句**	質問する (しつもん)	質詢	**動**
だれと？	和誰？	**句**	問い合わせる (と あ)	詢問	**動**
いつ？	什麼時候？	**代**	願う (ねが)	請求	**動**
なぜ？	為什麼？	**副**	お願いする (ねが)	請求	**動**
どうして？	為什麼？	**副**	頼む (たの)	拜託	**動**
何を？ (なに)	什麼？	**句**	依頼する (いらい)	委託	**動**
どれ？	哪個？	**代**	求める (もと)	尋求	**動**
何のために？ (なん)	為了什麼？	**句**	要求する (ようきゅう)	要求	**動**

✎ 動筆寫一寫吧~

問題	翻譯成日語	必要的單字		使用表達
A	發生火災時打電話給消防局。	火事 (かじ)	火災	とき
B	迷路時，在警察局問路。	道に迷う (みち まよ)	迷路	とき
C	剛剛才看了書。	さっき	剛才	ところ
D	現在正在唸書。	今 (いま)	現在	ところ
E	現在正要來唸書。	これから	從現在起	ところ

A ⌐○
B ⌐○
C ⌐○
D ⌐○
E ⌐○

寫有關於你對將來的希望吧。

例 家内も私も花が好きだ。

　小さな庭がある家に住みたい。

　どこに住むのがいいか考えるのが楽しい。

Date____/____/____

Unit 11 電話 電話

掛け放題の電話

アメリカに出張したときのことだった。

日本に帰るとき、飛行機の再確認が必要だ。

泊まっていたロスアンジェルスのホテルのへやから航空会社に電話した。

なかなか担当者が出てこない。

やっとつながったが、そのまましばらく待ってくれと言われた。

10分ほど待っていたが応答がない。

電話を切った後でまた掛けなおしてもなかなか繋がらないだろう。

そう思い、そのまま待つことにした。

「ハーイ、フロリダのマリアよ」の声でハッと眼が覚めた。

受話器を持ったまま、いつの間にか眠ってしまっていたのだ。

インターネットがまだ発達していない時代だったので、遠くフロリダからの応対だ。

電話をしながら1時間近く寝てしまったのは初めてだ。

もちろん、航空会社負担の無料電話でかけている。

放著不講話的電話

這是我去美國出差時所發生的事。

在國外要返回日本時，必須要再做一次機位確認。

我在洛杉磯的飯店裡，打電話給航空公司，但一直沒人接聽。

好不容易接通了，卻要我不要掛斷電話再稍等一下。

大概等了十分鐘，還是沒有人來接聽。

我原本想掛掉電話之後再打一次，但會不會還是沒有人接聽。

所以就決定繼續等。

對方傳來了：「這裡是佛羅里達的馬利亞」的聲音，把我驚醒。

原來我手拿著聽筒不知不覺中就睡著了。

那是發生在一個電腦網路尚未發達的年代，從遙遠的佛羅里達來的回應。

第一次發生了打電話打到睡著的事。

幸好，當時打的是航空公司的免付費電話。

 學習Point!

　　例文中「電話を切った後でまた掛けなおしてもなかなか繋がらないだろう」的「あとで」是指在做完「切る」這個動作 / 行為之後，將要「掛けなおす」。

句型1

★ 根據動詞1、名詞3來指示出之後的行為是動詞2

名詞1 ＋が ＋ 動詞1 （た形）
名詞3 ＋ の ＋ あとで ＋ 名詞2 ＋ は/が ＋ 動詞2

食事をした後でテレビを見る。（吃完飯後看電視。）
食事の後でテレビを見る。（用餐完後看電視。）

句型2

★ 根據動詞1、名詞3來指示出之前的行為是動詞2

名詞1 ＋が ＋ 動詞1 （辞書形）
名詞3 ＋ の ＋ まえに ＋ 名詞2 ＋ は/が ＋ 動詞2

食事をする前にテレビを見る。（吃飯前看電視。）
食事の前にテレビを見る。（用餐之前看電視。）

★ 由動詞1、名詞3來指示出動詞2所表示的動作或行為上的時間限度

名詞1 ＋が ＋ 動詞1 （辞書形） ＋ まで ＋ 名詞2 ＋ は/が ＋ 動詞2

名詞3

彼が来るまで私はずっと待つ。（我會一直等到他來。）

明日まで私はずっと学校を休む。（我向學校請假一直請到明天。）

★ 指示動詞1、名詞3之前做好動詞2之動作或行為

名詞1 ＋が ＋ 動詞1 （辞書形） ＋ までに ＋ 名詞2 ＋ は/が ＋ 動詞2

名詞3

台風が来るまでに家に帰っておく。（在颱風來之前趕緊回家。）

夜11時までに寝る。（晚上11點前睡覺。）

背單字吧！

日 語	中 文	品詞	日 語	中 文	品詞
電話	電話	名	コレクトコール	對方付費電話	名
テレフォン	電話	名	公衆電話	公共電話	名
電話器	電話器	名	電話ボックス	電話亭	名
受話器	聽筒	名	携帯電話	手機	名
電話番号	電話號碼	名	留守番電話	電話答錄機	名
通話料金	電話費	名	間違い電話	打錯電話	名
番号案内	號碼查詢	名	電話をかける	打電話	文
電話帳	電話簿	名	電話に出る	接電話	文
市内電話	市內電話	名	呼び出す	呼叫	動
市外電話	市外電話	名	答える	回答	動
長距離電話	長途電話	名	伝える	傳達	動
国際電話	國際電話	名	かけ直す	再打一次電話	動

動筆寫一寫吧~

問題	翻譯成日語	必要的單字		使用表達
A	去男朋友家之前，有打了電話。	電話をする	打電話	まえに
B	打了電話後，才去男朋友家的。			あとで
C	直到半夜2點，我都是醒著的。	夜中	半夜	まで
D	還沒成人之前，我不喝酒。	お酒	酒	まで
E	我想在30歲之前結婚。	結婚する	結婚	までに

A

B

C

D

E

寫有關於今天或昨天，和誰講了電話。將談話的內容具體陳述吧。

例 青森のお客さんと電話で話をした。

彼は津軽弁でしゃべる。

私は津軽弁が全く分からないので困った。

 どっちなの？

「はい」と「いいえ」の使い方にはちょっと注意が必要だ。

先生が生徒に「もっと勉強しなさい」と言った時、生徒が「はい」と答えれば、なんて素直な生徒だと思う。

その生徒が「はい、はい」と2回答えればどうだろうか。

先生は気分を害するだろう。

先生の言ったことについて、外見上は肯定しておりながら、内心うるさいなあと思っていたり、相手をバカにしている表現だからだ。

先生が生徒に「成績が良くなったねえ」と言った場合は、

その生徒が「いいえ、いいえ」と2回答えれば、「私はまだダメですよ。もっと頑張らなければ」と言うような謙遜の意味を含んだ表現になる。

しかし、「いいえ」とだけ答えれば、何だか怒っているような感じを相手に与えてしまう。

「はい」は一回だけでいい。

到底哪一個？

在日語裡，說「はい」和「いいえ」時，有些地方要注意。

當老師對著同學說「還要更加努力」時，學生如果回答「はい」，那老師會覺得這真是可愛的學生。

但如果回答的是「はい、はい」的話，又是如何呢？

老師可能會整個心情大壞！

這種回答方式，雖然聽起來像是贊同老師所說的話，但說話者心裡想的卻是～真是有夠囉唆、完全是瞧不起人的樣子。

如果老師對著同學說：「成績有進步喔」。

學生如果回答兩次說「いいえ、いいえ」的話，語意中是含有「我還不行。要更加努力才行」的謙虛意思。

但如果只回答：「いいえ」，這感覺好像要把對方激怒般似的。

所以，「はい」一次就可以了。

 學習Point!

　　例文中「私はまだダメですよ」的「まだ」是表示「ダメ」的狀態還未結束。

句型1

★ 表示和之前的情況相同，尚未有所變化

まだ ＋ [動詞] [い形容詞] [な形容詞] [名詞]

今、朝の10時だが、まだ彼は寝ている。

（現在早上十點，但他還在睡覺。）

4月なのにまだ寒い。（都4月了還是很冷。）

彼はまだ子供だ。（他還是個小孩。）

句型 2

★ 表示情況經過變化，形成了和之前不同的狀態 ....

もう + 動詞
い形容詞
な形容詞
名詞

今、朝の6時だが、もう彼は起きている。

（現在早上六點，但是他已經起床了。）

3月なのにもう暖かい。（現在還是三月，天氣就已經這麼暖和了。）

彼はもう大人だ。（他已經是大人了。）

背單字吧！

日　語	中　文	品詞	日　語	中　文	品詞
本当？	真的？	感	すなわち	即	感
うそ！	謊言！	感	でも	但是	感
ええと	啊	感	しかも	而且	感
さて	那麼	感	たとえば	譬如	感
ああ！	哎呀！	感	とにかく	不管怎樣	感
それでは	那麼	感	実は	其實	感
なんですって	什麼	感	よかった！	好！	感
なるほど	的確・誠然	感	それから？	然後？	感
ふ〜ん	是嗎	感	大変だ！	了不得啦！	感
ええ？	啊？	感	ああ驚いた！	哎呀嚇死了！	感
ところで	對了	感	もちろん	當然	感
そして	並且	感	残念！	遺憾！	感
なぜなら	說到原因	感	ほら！	喏！	感
もし	如果	感	それで？	因此？	感
ねえ	啊	感	そのとおり	你說的完全正確	感
ちょっと！	喂！	感	つまり	總之	感

動筆寫一寫吧~

問題	翻譯成日語	必要的單字		使用表達
A	他還在睡。	寝る	睡	まだ
B	他已經起床了。	起きる	起床	もう
C	咖啡還是熱的。	熱い	熱	まだ
D	咖啡已經冷了。	冷たい	冷	もう
E	他還沒來。	来る	來	まだ

A

B

C

D

E

寫有關於你的口頭禪吧。

例 私は困ったときよく「まったく」と言う。
「まったくけしからぬ」と言う意味だ。
この癖がなかなか直らない。まったく！

Unit 13 日課 每天的活動

弁当日和

今日も家内が弁当を作ってくれた。

いわゆる愛妻弁当だ。

天気が良いので日比谷公園で食べるこ

とにした。

ベンチで食べているとテレビ局が取材

に来た。

「撮らせてください」と言って私に

カメラを向けた。

ちょっと待ってくれ。

それは嫌だ。

そんなことをされたら全国に私の姿が報道される。

テレビを見た友人が、とうとう私もリストラで失業して、一人寂しく公園

にいると思うじゃあないか。

譯文　　吃便當的好心情

老婆今天也幫我做了便當。

就是所謂的老婆愛心便當。

由於天氣很好，我就選擇在日比谷公園用餐。

坐在長椅上吃便當時，有電視台來拍攝。

對我說：「請讓我們拍攝」，接著攝影機就對著我。

等一下，我不願意被拍。

要是電視台將我在公園裡吃著便當的影像播放出去，全國的民眾人不就都看到我。

要是被朋友看到，搞不好會誤以為我也被裁員而失業，才會一個人孤單地坐在公園裡吧！

 學習Point!

　　例文中「撮らせてください」的文體結構是比較複雜。

　　要「撮る」的主體為電視台。「撮らせる」是為「撮る」的使役形。而「撮らせる」的主體是電視台的對象，也就是我。「撮らせる」加上用於禮貌上請求對方的表現「てください」。

　　但如果變成是由我來拜託電視台的情形之下，就會用「撮ってください」。

句型1

★ 表示請求、指示或命令某人做某事 ……………………

動詞（て形）＋
くださいませんか（更禮貌）

窓を開けてください。（幫我把窗戶打開。）
窓を開けてくださいませんか。（可不可以幫我把窗戶打開。）

 背單字吧！

日　語	中　文	品詞	日　語	中　文	品詞
日課	每天的習慣活動	名	新聞を読む	看報紙	文
習慣	習慣	名	休憩する	休息	動
起きる	起來	動	入浴する	洗澡	動
早起きをする	早起	動	シャワーを浴びる	淋浴	文
朝寝坊する	睡懶覺	動	寝る	睡覺	動

昼寝をする	午睡	動	ヘアドライヤー	吹風機	名
夜更かしをする	熬夜	動	整髪料	髮油	名
歯を磨く	刷牙齒	文	ハンドクリーム	護手霜	名
香水をつける	擦香水	文	リップクリーム	潤唇膏	名
化粧をする	化妝	動	くし	梳子	名
ひげをそる	刮鬍子	文	石けん	肥皂	名
トイレに行く	去廁所	文	シャンプー	洗髮精	名
食事をする	吃飯	動	リンス	潤髮乳	名
出かける	出門	文	タオル	毛巾	名
帰宅する	回家	動	かみそり	刮鬍刀	名
テレビを見る	看電視	文	シェービングクリーム	刮鬍泡	名
ティッシュ	面紙	名	日やけクリーム	防曬乳	名
歯ブラシ	牙刷	名	トイレットペーパー	衛生紙	名

✏ 動筆寫一寫吧~

問題	翻譯成日語	必要的單字		使用表達
A	請早一點回來。	帰宅する	回來	ください
B	請看報紙。	新聞	報紙	ください
C	可以借我香皂嗎？	石鹸	香皂	くださいませんか
D	可以幫我簽個名嗎？	署名する	簽名	くださいませんか
E	可以安靜點嗎？	静かにする	安靜	くださいませんか

寫有關於每天要做的事情吧。

例 朝早く目が覚めるので郵便受けに新聞を取りに行く。

コーヒーを沸かしてチョコレートを食べる。

音楽を聴きながらまた寝てしまう。

家事・育児 家務・育児

Unit 14

家事・育児 家務・育児

万能マシン（ばんのう）

子供のころは、よく家のお手伝いをした。

玄関前の掃除、廊下の雑巾掛けとか、朝は味噌汁も作った。

お母さんが毎日の献立に悩んでいることを知り、広告の裏に、今まで作ってもらった料理の名前を何枚にも書きだしてあげた。

お母さんはそれを見て、「献立を考える時とっても便利で役に立つわ。」と喜んでくれた。

近くの市場にお遣いに行くときは走っていった。素早く帰ってくると、お母さんはびっくりして「早かったわね」と誉めてくれた。

それが嬉しかった。

結婚してからはあまり家内のお手伝いはしないなあ。たまに私が皿洗いや掃除をしていると、家内は「一家に一台、万能マシン」と言って掃除機にも皿洗い機にも変身する私を煽てる。

でもこのマシン、よく壊れて炬燵で寝ている。

譯文 萬能機器

小時候我常常幫家裡做事。

打掃門口或用抹布擦擦走廊之類等等，早上還會幫忙做味噌湯。

當我知道媽媽每天為了要煮什麼而煩惱時，我把廣告裡教人做料理的菜單抄寫下來給媽媽。

媽媽看了很開心地對我說：「在想要煮什麼料理時，因為有了它而非常地方便，讓我省了很多事。」

媽媽要我去附近市場買東西時，我就會用跑的。動作迅速回到家之後，嚇了媽媽一跳，還稱讚我說：「動作好快。」

當時真是開心。

自從結婚之後，好像也沒幫過老婆什麼忙。偶而幫忙洗碗或打掃，老婆就會拍馬屁地說：「家裡有一台萬能機器」而我就變成了打掃工具和洗碗機。

但我這一台機器，常常故障，總是倒臥在暖爐桌邊睡著了。

 學習Point!

例文中「献立を考える時とっても便利で役に立つわ。」的「で」是表示「便利だから」的意思。

★ 將名詞、形容詞做連接，再修飾後面的名詞3 ……………

句型1

い形容詞語幹1 ＋くて	い形容詞語幹2 ＋い
な形容詞語幹1 ＋で ＋	な形容詞語幹2 ＋な ＋ 名詞3
名詞1 ＋で	名詞2 ＋の

赤くてきれいなバラが咲いている。（正開著又紅又美麗的玫瑰花。）

静かで広い部屋がほしい。（我想要安靜又寬敞的房間。）

彼は独身で会社の社長だ。（他單身而且是公司的社長。）

★ 連接兩個以上的句子

句型2

い形容詞語幹1 ＋くて	い形容詞語幹2 ＋い
な形容詞語幹1 ＋で ＋	な形容詞語幹2 ＋な ＋ です
名詞1 ＋で	名詞2

この花は赤くて、あの花は白い。（這朵花是紅色而那朵花是白色。）
この町は、夜は静かで、昼はにぎやかだ。

（這個城市夜晚是很安靜而白天很熱鬧。）
彼女は美人でやさしい。（她不只是美女而且還很親切。）

背單字吧！

日　語	中　文	品詞	日　語	中　文	品詞
家事	家務	名	おんぶする	背	動
料理する	烹調	動	しかる	責備	動
掃除する	打掃	動	ほめる	讚揚	動
掃除機	吸塵器	名	指ぬき	頂針	名
掃く	掃	動	針	針	名
拭く	擦	動	糸	線	名
洗濯する	洗衣	動	ピン	大頭針	名
洗濯機	洗衣機	名	安全ピン	別針	名
洗剤	洗衣精	名	アイロン	熨斗	名
ハンガー	衣架	名	哺乳びん	奶瓶	名
干す	曬	動	ベビーシッター	保姆	名
アイロンをかける	熨燙	文	よだれ掛け	圍兜兜	名
縫う	縫	動	ベビーカー	嬰兒車	名
編む	編	動	おむつ	尿布	名
育てる	培育、養育	動	おもちゃ	玩具	名
授乳する	餵奶	動	粉ミルク	奶粉	名
世話をする	照料	動	人形	偶人	名
抱っこする	抱	動	罰する	處罰	動

問題	翻譯成日語	必要的單字		使用表達
A	我喝了又酸又辣的湯。	スープ	湯	形＋形
B	他是英國人，是英語老師。	先生	老師	名＋名
C	冬天又冷又討厭。	嫌だ	討厭	形＋形
D	他總是起得早，很有精神。	早起き	起得早	名＋形
E	風景好又寬大的房子房租很貴。	家賃	房租	形＋形

A

B

C

D

E

小孩子的教育，你是贊成打罵教育還是愛的教育。理由是什麼？

例 母は褒めるのが上手だった。

それで、今も市場に買い物に行ったり料理を作ったりするのが好きなのだ。

褒められると子供は喜んでお手伝いをする。

Unit 15　恋愛・結婚　戀愛・結婚

🎎 運のつき

新入社員のころ、気になる女性がいた。

幸い、仲間と一緒にハイキングに行く機会があった。

足には自信があったので、彼女にいいところを見せたいと颯爽と歩いた。

しかし久しぶりのハイキングで膝が痛くなってきて、とうとう歩けなくなり、一人寂しくタクシーで帰った。

しばらくして彼女は強そうな人と結婚した。

私もお見合いの経験がある。

家族紹介のあと、二人だけで中之島公園のベンチでおしゃべり。

突然頭がひやりとした。

手を触れてみると鳩の糞だ。

あ～あ、運がつかずに、ウン○がついたのだ。

譯文

好運當頭

剛進公司還是新人時，公司裡有一位我很喜歡的女子。

很幸運地，那時剛好有機會和一群好朋友一起去健行郊遊。

由於我對自己的腳程很有自信，就告訴她要帶她去一個不錯的地方，於是就大步地往前走。

但是因為太久沒有健行了，所以膝蓋就痛了起來，最後終於走不動了，就只好獨自一個人坐計程車回家。過沒多久她嫁給了一個身強體壯的人。

我也有過相親的經驗。

經過家人介紹之後，我們兩人在中之島公園裡聊天。

突然之間頭頂一陣涼意。

手一摸竟是鴿子大便。

啊～啊～，真是不順，連大便都不放過我。

學習Point!

例文中「運がつかずに、ウン○がついたのだ」的「ずに」是表示：並沒有「運がつく」，而是「ウン○がつく」。「ウン○」＝「ウンコ」，大便的意思。怕不文雅，日本人通常不會直接寫出來。

句型1

★ 表示沒有做第一項動作下，就進行第二項動作

動詞1 （ない形）＋ないで
動詞1 （ない形）＋ず（に）　＋　動詞2

歯を磨かないで寝た。（沒刷牙就睡了。）
歯を磨かずに寝た。（沒刷牙就睡了。）

背單字吧！

日 語	中 文	品詞	日 語	中 文	品詞
こうさい 交際	交際	名	こんやくしゃ 婚約者	未婚夫（妻）	名
れんあい 恋愛	戀愛	名	こんやくゆびわ 婚約指輪	訂婚戒指	名
し　あ 知り合う	認識	動	けっこんゆびわ 結婚指輪	結婚戒指	名

誘う（さそう）	邀請	動	新郎（しんろう）	新郎	名
デートする	約會	動	新婦（しんぷ）	新娘	名
会いに行く（あいにいく）	去見面	文	仲人（なこうど）	媒人	名
待つ（まつ）	等候	動	招待状（しょうたいじょう）	請帖	名
待ち合わせ（まちあわせ）	等候會面	名	結婚式（けっこんしき）	婚禮	名
つき合う（つきあう）	交往	動	式場（しきじょう）	禮堂	名
恋人（こいびと）	戀人	名	花嫁衣装（はなよめいしょう）	新娘服裝	名
出会い（であい）	相遇	名	ブーケ	花束	名
別れ（わかれ）	分別	名	新婚旅行（しんこんりょこう）	新婚旅行	名
キス	接吻	名	婚姻届（こんいんとどけ）	結婚證書	名
キスをする	親吻	動	離婚届（りこんとどけ）	離婚證書	名
いっしょになる	在一起	文	愛する（あいする）	愛	動
プロポーズする	求婚	動	嫉妬する（しっとする）	嫉妒	動
婚約する（こんやくする）	訂婚	動	離婚する（りこんする）	離婚	動

✏️ 動筆寫一寫吧~

問題	翻譯成日語	必要的單字		使用表達
A	沒去加班而去約會。	残業（ざんぎょう）　加班		ないで
B	我沒有吃飯，就一直等。	ずっと　一直		ないで
C	什麼都沒說就親了。	キスをする　親吻		ないで
D	沒有和家人商量就結婚了。	相談する（そうだん）　商量		ずに
E	沒有外遇，一直都是愛著她。	浮気する（うわき）　外遇		ず

A ⟝

B ⟝

C ⟝

D ⟝

E ⟝

寫一寫初戀的回憶吧。

例 私が好きな人は髪の毛が長かった。

食事をいっしょにしたけど、別に付き合っている人がいると言われた。

とてもショックで、髪の毛が長い人を見たら思い出す。

Unit 16 お祝い・行事 祝賀・儀式

キスでフラフラ

フランス人の結婚式に招待された。花嫁は友人の娘だ。

日本の披露宴はホテルや結婚専門施設で準備も業者任せが普通だが、ここフランスの片田舎では公民館のようなところで、自分達だけで準備する。

私もテーブルの上にナイフやフォークを並べた。

私の友達の友達はワインを扱っているので飲み放題。

酔っぱらいながら、準備した。

テーブルクロスが足らなくなり、花嫁さんと二人切りの車で買いに行った時は、私も何だか気分がワクワクした。

翌日は、役所で結婚の登録、教会で結婚式。

子供達の身振り手振りをまじえた歌がとても可愛い。

披露宴では花婿花嫁は一般の人と同じテーブルに座っている。

余興に何人かが歌を歌った。

歌が上手だと、その人の所に行ってキスをするのが慣習だ。

私も「さくら」を歌った。

私の所には何と30人ほどの女性が並んでキスをしに来た。

花婿^{はなむこ}よりも幸^{しあわ}せな日^ひだった。
その後^ごは翌朝^{よくあさ}までダンスだ。

譯文　　親得飄飄欲仙

我受邀參加法國的結婚典禮。新娘是我朋友的女兒。

日本的結婚喜宴通常是在飯店或是委託專業的婚禮公司承辦，但在法國的鄉下地方就選在像活動中心般的地方，由自家人自己來張羅婚禮的一切。

在準備婚禮上我也幫忙擺設刀叉。

由於我朋友的朋友是負責葡萄酒部分，所以我就可以一直喝。

儘管喝得醉醺醺的，還是有在幫忙準備工作。

後來，因桌布不夠，必須搭車去買，當時車上只有我和新娘兩個人，我心裡感覺很興奮怦怦地跳著。

第二天在公所辦理結婚登記後，就在教會舉行結婚典禮。

結婚典禮上小朋友們邊唱邊跳的樣子真是可愛。

婚宴上新娘和大家坐在一起。

餘興節目上有人唱著歌。

習俗上要是唱得好的話，就會有人向前親吻他。

我唱了一首日語歌曲「さくら」。

之後大約有三十名左右的女性排隊要來親我。

真的是比新郎還要幸福的一天。

婚宴後，大家就一直跳舞跳到隔天早上。

學習Point!

　　例文中，「酔っぱらいながら、準備した。」的「ながら」是指：「酔っぱらう」的行為與「準備する」的行為在同一時間下共同進行。

句型1 ★ 表示同一主體同時進行兩個動作
動詞1（ます形將「ます」去掉）＋ **ながら** ＋ **動詞2**

アイスクリームを食べながら歩く。（邊走邊吃冰淇淋。）

背單字吧！

日　語	中　文	品詞	日　語	中　文	品詞
お祝い	祝賀	名	誕生	誕生	名
合格祝い	合格祝賀	名	おめでた	喜慶事	名
入学祝い	入學賀禮	名	誕生日	生日	名
卒業式	畢業典禮	名	誕生日おめでとう！	生日快樂！	感
結婚記念日	結婚紀念日	名	乾杯をする	乾杯	動
銀婚式	銀婚	名	乾杯！	乾杯！	感
金婚式	金婚	名	御不幸	不幸	名
快気祝い	慶祝病癒	名	死ぬ	死	動
祝う	祝福	動	亡くなる	死	動
おめでとう！	恭喜恭喜！	感	通夜	徹夜守靈	名
結婚おめでとうございます	結婚恭喜恭喜	感	告別式	告別式	名
生きる	活	動	弔う	弔唁	動
生まれる	出生	動	お墓	墳墓	名
妊娠	懷孕	名	埋葬	埋藏	名
出産	生孩子	名	火葬	火葬	名

動筆寫一寫吧~

問題	翻譯成日語	必要的單字		使用表達
A	邊走邊想。	考える	想	ながら
B	邊看電視邊吃飯。	見る	看	ながら
C	邊聽音樂邊看書。	聴く	聴	ながら
D	邊上課就睡著了。	授業を受ける	上課	ながら
E	喝醉了，邊開車是很危險。	酔っぱらう	喝醉	ながら

A

B

C

D

E

有參加過結婚典禮嗎？是什麼時候？在哪裡？宴會上做了些什麼？

例 友達の結婚式に参加した。

どこかの偉い人が長々とお祝いの挨拶をした。

私はお腹が空いて早く料理を食べたかった。

Unit 17 衣服　衣服

高級ブランド品の手に入れ方

会社の同僚と鍋料理を食べに行った。

若い店員が火をつけようとマッチを擦る

と、マッチの熱い頭が私の背広のズボン

に転がり落ちた。

熱いっと思ったらズボンが1mm程だけ

だが穴が開いてしまった。

店員は「申し訳ありません」と謝っ

た後、へやから出て行った。

安物の服だけどまだ新しいのに困っ

たなあ。

しばらくしてから店長が再度謝りに来た。

「新しい服を買ってください。領収証を見せていただいたら代金を払いま

す」

後日、私は普段は買えないようなクリスチャン・ディオールの服を買っ

て、料理屋から代金をもらった。

這樣的收到高級物品

和公司的同事一起去吃火鍋。

店內的年輕服務生正要幫我們點火擦火柴時，點著的火柴頭掉落到我的西裝褲上。

就在我感覺到一陣熱時，褲子已經破了一公釐左右的大洞。

那店員說了聲不好意思後，就走出房間了。

雖然是件便宜貨但還是新的，真是令人傷腦筋啊。

過了一會兒，店長進來再度道歉。

「請您自己去買件新的。然後再附上收據我們將會全額賠償」

之後，我去了平常不會去的迪奧專櫃買了褲子，將收據交給料理店，他們就全額賠錢給我了。

 學習Point!

　　例文中「ズボンが1mm程だけだが穴が開いてしまった」的「だけ」是指：「穴」的大小僅限於不超過「1mm程」以上。

句型1
★ 表示只限於某範圍
名詞 ＋ だけ ＋ 動詞肯定形
コップに水が半分だけ残っている。（杯子裡只剩下半杯水。）

句型2
★ 下接否定，表示限定
名詞 ＋ しか ＋ 動詞否定形
コップに水が半分しか残っていない。（杯子裡只剩下半杯水。）

日　語	中　文	品詞	日　語	中　文	品詞
衣服（いふく）	衣服	名	晴れ着（はれぎ）	盛裝	名
服（ふく）	衣服	名	喪服（もふく）	喪服	名
着物（きもの）	和服	名	着る（きる）	穿	動
背広（せびろ）	西服	名	脱ぐ（ぬぐ）	脱	動
ポロシャツ	Polo襯衫	名	布地（ぬのじ）	布料	名
Tシャツ	T恤	名	素材（そざい）	素材	名
ワイシャツ	西裝襯衫	名	絹（きぬ）	絲綢	名
ブラウス	女子襯衫	名	綿（わた）	棉	名
ズボン	褲子	名	麻（あさ）	麻	名
ジーパン	牛仔褲	名	羊毛（ようもう）	羊毛	名
半ズボン（はんズボン）	短褲	名	革（かわ）	皮革	名
スカート	裙子	名	ナイロン	尼龍	名
ドレス	禮服	名	ポリエステル	聚酯	名
ワンピース	洋裝	名	織り物（おりもの）	紡織品	名
スーツ	套裝・西裝	名	編み物（あみもの）	（毛、線）針織品	名
ベスト	背心	名	着替える（きかえる）	換衣服	動
セーター	毛衣	名	ジャンパー	夾克	名
カーディガン	開襟毛衣	名	コート	大衣	名
ジャケット	夾克	名	レインコート	雨衣	名

動筆寫一寫吧~

問題	翻譯成日語	必要的單字		使用表達
A	只穿了T恤。	Tシャツ	T恤	だけ
B	只穿了運動衫。	ポロシャツ	運動衫	しか
C	只唸了三小時的書。	勉強する	唸書	だけ
D	從大阪到東京坐新幹線只要花兩個小時。	かかる	花費	しか
E	只吃了餃子。	餃子	餃子	だけ

A ⟜
B ⟜
C ⟜
D ⟜
E ⟜

昨天在家，是穿什麼樣的衣服呢？

例 昨日は休みでゆっくり起きた。

朝ご飯を食べずに昼ご飯だけ食べた。

暑いのでTシャツと半ズボンだけでのんびり過ごした。

Unit 18 下着・履物 內衣・鞋

忙しい足

当たり前のことなのであまり気がつかないけれど、日本では一日のうちに何回も履き物を履き替える。

外出するとき靴を履いて行く。

役所の人などは役所の中でスリッパを履いているのをよく見かける。

家に帰ってくると靴を脱ぐ。

それからスリッパを履く人もいる。

そしてトイレに行くとトイレ用のスリッパに履き替える。

風呂に入るときはもちろん裸足だ。

ある日、病院へ行った。

トイレから出てきて診察室に行くと、医者が私の足を見て言った。

「トイレのスリッパだよ」

譯文

忙碌的腳

雖然是因為理所當然，就不會太去注意它，但日本在一天內鞋子要穿穿脫脫好幾次。

外出時會換穿外出的鞋子出門。

在政府機關裡經常看到辦事人員腳上穿著室內拖鞋。

很多人一回到家就會馬上脫下鞋子換上室內拖鞋。

去洗手間時也會換上專用拖鞋。

洗澡時當然就赤腳了。

有一天，我去了醫院。

從廁所出來之後進入診間，醫師看著我的腳對我說：

「這是廁所專用的拖鞋呀？」

 學習Point!

　　例文中「当たり前のことなのであまり気がつかないけれど」的「あま
り～ない」是用來表示「気がつく」的程度、頻率不高。

★ 表示頻率、程度不高

句型1

あまり ＋ 動詞否定形
い形容詞否定形
な形容詞否定形

お腹（なか）がいっぱいなのであまり食（た）べられない。

（因為吃飽了，所以不太吃得下。）

夏（なつ）のりんごはあまりおいしくない。（夏天的蘋果不是很好吃。）

人（ひと）が多（おお）い図書館（としょかん）はあまり静（しず）かではない。

（人太多的圖書館就不太安靜。）

背單字吧！🦉

日　語	中　文	品詞	日　語	中　文	品詞
下着（したぎ）	內衣	名	パンプス	無帶淺底女鞋・舞鞋	名
履物（はきもの）	鞋	名	ハイヒール	高跟鞋	名

パンツ	褲子	名	ブーツ	靴子	名
トランクス	貼身短褲	名	サンダル	涼鞋	名
パンティー	（女用）內褲	名	スリッパ	拖鞋	名
パンティーストッキング	褲襪	名	ゴムひも	鬆緊帶	名
タンクトップ	背心	名	くつした ど 靴下止め	防滑襪	名
はだ ぎ 肌着	貼身襯衣	名	ガーター	吊帶	名
ショーツ	內褲	名	サスペンダー	褲子的吊帶	名
ブラジャー	胸罩	名	ヒール	鞋跟	名
スリップ	長襯裙	名	くつぞこ 靴底	鞋底	名
ストッキング	絲襪	名	ひも	帶子	名
くつした 靴下	襪子	名	くつずみ 靴墨	鞋油	名
くつ 靴	鞋	名	ゴムの	橡膠的	句
うんどうぐつ 運動靴	運動鞋	名	かわ 革の	皮革的	句
かわぐつ 革靴	皮鞋	名	スエード	絨面革	名
は 履く	穿	動	そく 1足	1雙	接尾
ぬ 脱ぐ	脫	動	サイズ	尺寸	名

動筆寫一寫吧~

問題	翻譯成日語	必要的單字		使用表達
A	男生的襪子不會很貴。	靴下（くつした）	襪子	あまり～ない
B	這雙高跟鞋不會很高。	ハイヒール	高跟鞋	あまり～ない
C	不太穿皮鞋。	皮靴（かわぐつ）	皮鞋	あまり～ない
D	他不太看書。	勉強する（べんきょう）	看書	あまり～ない
E	到東京不會很遠。	遠い（とお）	遠	あまり～ない

A	
B	
C	
D	
E	

有沒有買過不好穿的鞋，是什麼原因？

例 水に濡れても大丈夫な人工皮革の靴を買った。

なるほど軽くて水も入ってこない。

しかし通気性が悪くてとても暑かった。

Unit 19 小物・アクセサリー 小東西・飾品

物の価値

家内がショッピングに出かけたり、旅行に行ったりするとき、金のペンダントをつけている。

私の母親が彼女にあげたものだ。

そのペンダントは、もともと私がエルサレムに行ったとき母親の為に買ってきたもの。

しかし、その母はもういない。

でもそのペンダントを見る度に母を思い出す。

家内がそのペンダントをつけているのを見ると私は何だかうれしくなる。

譯文

東西的價值

我老婆出門去買東西，或是去旅行時，身上總是會戴著金子墜飾的項鍊。

那是我母親送給她的東西。

那金子墜飾的項鍊，原本是我去耶路撒冷時特地買來送給我母親的。

但是，現在母親已經不在了。

可是每當只要看到那金子墜飾的項鍊我就會想起我母親。

看著老婆戴上這金子墜飾的項鍊我也就不由得開心了起來。

學習Point!

例文中「家内がショッピングに出かけたり、旅行に行ったりするとき」的「〜たり、〜たり」是用來表達：舉例出「出かける」和「行く」這兩個動作。

句型1

★ 表示動作的並列。另外也有用來表達反覆動作 ....

動詞1 （ます形，刪去「ます」）＋ **たり** ＋

動詞2 （ます形，刪去「ます」）＋ **たり** ＋ **します**

パーティーで飲んだり歌ったりした。（在派對裡又喝又唱。）

見知らぬ男が行ったり来たりしている。

（有一個不認識的男人在走來走去。）

背單字吧！

日 語	中 文	品詞	日 語	中 文	品詞
雑貨（ざっか）	雜貨	名	帽子（ぼうし）	帽子	名
小物（こもの）	小東西	名	ハンカチ	手帕	名
アクセサリー	飾品	名	ネッカチーフ	方圍巾	名
灰皿（はいざら）	菸灰缸	名	ベルト	腰帶	名
たばこ	香菸	名	コンタクトレンズ	隱形眼鏡	名
ライター	打火機	名	サングラス	太陽眼鏡	名
スカーフ	絲巾	名	小銭入れ（こぜにいれ）	零錢包	名
ネクタイ	領帶	名	ブレスレット	手鐲；手鍊	名
ネックレス	項鍊	名	ブローチ	胸針	名

イヤリング	耳環	名	ペンダント	項鍊墜飾	名
指輪 ゆびわ	戒指	名	宝石 ほうせき	寶石	名
ヘアピン	髮夾	名	金 きん	金	名
腕時計 うでどけい	手錶	名	銀 ぎん	銀	名
眼鏡 めがね	眼鏡	名	ダイヤモンド	鑽石	名
バッグ	包	名	真珠 しんじゅ	珍珠	名
ハンドバッグ	手提包	名	キーホルダー	鑰匙圈	名
かばん	包	名	被る かぶ	戴	動
財布 さいふ	錢包	名	付ける つ	戴上	動
手袋 てぶくろ	手套	名	はめる	戴	動
マフラー	圍巾	名	締める し	勒緊；繫緊	動

動筆寫一寫吧~

問題	翻譯成日語	必要的單字		使用表達
A	我姐姐出門時會戴上耳環、項鍊。	イヤリング、ネックレス	耳環、項鍊	～たり～たり
B	我爸爸有時會戴太陽眼鏡還有帽子。	サングラス	太陽眼鏡	～たり～たり
C	暑假時，我上山又下海。	夏休み なつやす	暑假	～たり～たり
D	貴金屬店裡，有買賣金子。	貴金属店 きんぞくてん	貴金屬店	～たり～たり
E	看完電影之後，又笑又哭。	泣く な	哭	～たり～たり

請具體寫出你送給朋友或朋友送你禮物時，當時的感受。

例 友達に素敵なイヤリングをもらった。

海外旅行のときもつけていった。

でも帰ってきたら見当たらない。とても残念だ。

Unit 20　衣服の各部　衣服的各部分

Date＿＿＿／＿＿／＿＿

長袖はえらい

長袖は便利だ。

寒いときは袖を伸ばして手を引っ込める

と手袋の代わりになる。

鍋など熱いときも同じようにすると、

それは鍋掴みになる。

腕捲くりをしているといかにも仕事

をしているように見える。

子供のころハンカチの代わりにして

鼻水をふいていたので、袖口はいつも糊をつけたよ

うにパリパリとなりテカテカと光っていた。

何十年も経った今でも　親戚が集まるとその話題でからかわれている。

譯文　長袖真是厲害

長袖實在是很方便。

天氣冷的時候就把袖子拉長，將手放進袖口內當作手套使用。

鍋子很燙的時候，也一樣把袖子拉長，就可以當成鍋子的隔熱手套。

只要捲起袖子，看起來就好像在工作。

小時候只要一流鼻涕，我就拿袖子當手帕擦，所以袖口就經常像是上過漿一般地挺拔，還會發亮。

即使這件事已經過了幾十年，現在親戚們還是會把它拿來當作茶餘飯後的笑話。

例文中「それは鍋掴みになる」的「それ」是指，之前提到過的「長袖」。

品詞 領域	說者與聽者的領域 聽者與聽者在同一領域	說者的領域 近	聽者的領域 中間	不在這兩者領域內 遠	不明的領域 不明的領域
代名詞	物・人（卑下）	こいつ	そいつ	あいつ	どいつ
	事物	これ	それ	あれ	どれ
	場所	ここ	そこ	あそこ	どこ
	方向・人（丁寧）	こちら	そちら	あちら	どちら
副詞	狀態	こんな	そんな	あんな	どんな
		こう	そう	ああ	どう
連体詞	指示	この	その	あの	どの

背單字吧！

日 語	中 文	品詞	日 語	中 文	品詞
襟^{えり}	領子	名	ノースリープ	無袖服裝	名
襟口^{えりぐち}	領子口	名	半袖^{はんそで}	短袖	名
袖^{そで}	袖子	名	長袖^{ながそで}	長袖	名
袖口^{そでぐち}	袖口	名	サイズ	尺寸	名
裾^{すそ}	下擺	名	ちょうどよい	剛剛好的	句
丈^{たけ}	長度	名	ぴったりだ	恰好的	形

胸囲	胸圍	名	長すぎる	太長的	句
バスト	胸圍	名	短すぎる	太短的	句
ウエスト	腰	名	きつすぎる	太緊的	句
ヒップ	臀圍	名	大きすぎる	太大的	句
肩幅	肩寬	名	小さすぎる	太小的	句
胴周り	腰圍	名	厚すぎる	太厚的	句
股下	下襠	名	薄すぎる	太薄的	句
ボタン	鈕釦、按鈕	名	(色が) 明るすぎる	(顏色) 太明亮的	句
ボタンホール	鈕釦孔	名	(色が) 暗すぎる	(顏色) 太暗的	句
ファスナー	拉鍊	名	試着する	試衣服	動
ホック	掛鉤	名	直す	修改	動

✏️ 動筆寫一寫吧~

問題	翻譯成日語	必要的單字		使用表達
A	那傢伙是個壞男人。	悪い	壞	あいつ
B	你手上拿的是什麼東西。	持つ	拿	それ
C	這是我老婆的。	家内	老婆	これ
D	這一位是我的恩師。	恩師	恩師	こちら
E	他所說的，那是騙人的。	嘘	騙人	あの

A	
B	
C	
D	
E	

你有想穿什麼樣的衣服嗎？

例　私は背が低い。

子供服なら着られるけれど、大人の服はサイズが大きすぎる。

パーティのとき裾の長いドレスを着て行くのが私の夢だ。

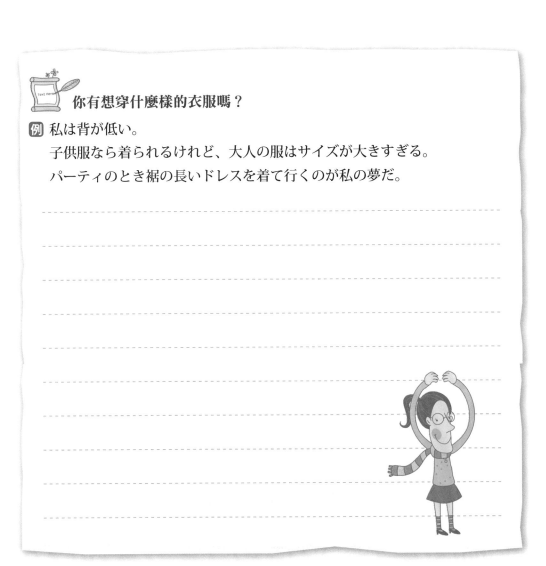

Unit 21 ファッション 時尚

流行不変
りゅうこう ふ へん

高校生の頃、中世のヨーロッパにあこがれていた。

日本でもあんな風に女性が長いスカートをはけば優雅でいいのになあと思っていた。

しかし、会社に入り立ての頃はミニスカートが流行っていた。

工場で研修していたとき、向こうから女性が自転車に乗ってくるとドキドキした。

私もどんな服を着ようかと少し悩んだ。

だが怠惰な私はネクタイを赤色1本、青色1本、黄色1本の3本だけ持つことにした。

基本の3原色だから、どんな時代でも、どんな服にでも合うと思ったのだけど……。

譯文　流行不變

高中時期，我很響往中世紀的歐洲。

就想著如果日本的女性也穿著那長裙的樣子，也會很優雅又好看。

可是就在我剛踏入社會時，那時流行穿迷你裙。

當我在工廠實習時，每當有女孩子騎腳踏車從對面迎向我而來時，我心裡就會嘆

通噗通地跳。

我也曾煩惱要穿什麼樣的衣服才好呢。

不過懶惰的我就只有紅色、藍色、黃色，各一條領帶。

因為是基本顏色，所以不論在什麼時代、搭配什麼衣服我想都會相當合適。

 學習Point!

　　例文中「3本だけ持つことにした」的「こと」是用動詞的辭書形型態，將動詞名詞化。

　　「ことにする」是用來表示：對「3本だけ持つ」的行為做出決心。

★ 動詞名詞化
[動詞]（辞書形）＋ こと
私は散歩をすることが好きです。（我喜歡散步。）

★ 表示有時或偶爾發生某事
[動詞]（る形）＋ こと ＋ が ＋ あります
4月はたまに寒くなることがある。（4月有時還會很冷。）

★ 表示過去經歷過的經驗
[動詞]（た形）＋ こと ＋ が ＋ あります
私はスッポンを食べたことがある。（我有吃過鱉。）

★ 表示行為主體對將來的行為做出某種決定、決心
[動詞]（辞書形/ない形）＋ こと
　　　　　　名詞　　　　　　　　＋ に ＋ します
私は日本に留学することにしました。（我決定了要去日本留學。）
ダイエットのためケーキを食べないことにした。

（為了要節食所以決定不吃蛋糕了。）
お昼ごはんは、カレーにした。（午餐吃了咖哩。）

★ 表示行為主體以外的人、團體、組織等做出的決定

動詞（辞書形/ない形） + こと

名詞 + に + なります

タクシーに乗るとき今年からシートベルトをすることになった。

（從今年開始規定搭乘計程車要繫上安全帶。）

個人情報保護のため名簿を公表しないことになった。

（為了保護個人資料不公開名冊。）

レストランでは禁煙になった。（在餐廳裡規定是禁止吸菸的。）

背單字吧！

日 語	中 文	品詞	日 語	中 文	品詞
流行	流行	名	ファンデーション	粉底	名
流行遅れ	退流行・過時	名	アイシャドー	眼影	名
ファッション	時尚	名	ヘアーローション	髮妝水	名
化粧品	化妝品	名	ヘアースプレー	頭髮噴霧器	名
口紅	口紅	名	パック	包	名
マニキュア	指甲油	名	つめ切り	指甲刀	名
美容	美容	名	ドライヤー	吹風機	名
美容院	美容院	名	マッサージ	按摩	名
床屋	理髮店	名	サウナ	三溫暖	名
ヘアスタイル	髮型	名	派手	艷麗、時髦	名
パーマ	燙髮	名	地味	樸素	名

エステサロン	美容沙龍	名	盛装する	盛裝	動
ダイエット	減肥	名	おしゃれをする	好打扮	動
センス	感覺	名	髪を切る	剪頭髮	文
ブランド品	名牌	名	髪を染める	染頭髮	文
ファッションショー	時裝表演	名	パーマをかける	燙頭髮	文
パウダー	蜜粉	名	塗る	塗・抹	動

動筆寫一寫吧~

問題	翻譯成日語	必要的單字		使用表達
A	我喜歡看服裝表演。	ファッションショー	服裝表演	こと
B	偶而會去三溫暖。	サウナ	三溫暖	ことがあります
C	以前有燙過頭髮。	パーマ	燙頭髮	ことがあります
D	因為太熱了所以我決定要去美容院剪頭髮。	髪を切る	剪頭髮	ことにします
E	畢業旅行要去夏威夷。	修学旅行	畢業旅行	ことになります

A

B

C

D

E

為了要增加魅力，妳會怎麼做？

例 化粧より笑顔の方が大切だと思っている。
　近所のパン屋のおばさんはいつもニコニコしていて愛想がいい。
　私もそんな魅力的な大人になりたい。

Unit 22 食事 吃飯

Date____/____/____

よく進む時計

会社の近くにはサラリーマンが昼食時に行く手ごろな値段のレストランなどがある。

周りは官庁街なので郵政省とか農林水産省の食堂も使える。

私はいつも郵政省の11階にある食堂に行く。

清潔だし、安いし、それにメニューが豊富だからだ。

お腹が空いてきたので今日も郵政省に行った。

11階でエレベーターを降りた。

あれ？

今日は食堂が休みなのかなあ。

誰もいない。

諦めてエレベーターに乗ろうとしたら、その上にある時計はまだ11時だった。

腹時計が狂っていたのだ。

譯文　快走時針

在公司附近有價錢便宜適合上班族吃午飯的餐廳。

由於附近是政府機關，所以像郵政部或是農業水產局的餐廳裡也可以用餐。

我就經常到郵政部十一樓的餐廳吃飯。

因為乾淨又便宜而且菜單又豐富。

今天肚子又餓了起來，所以我又去了郵政部。

就在十一樓出了電梯。

啊？今天餐廳休息嗎？

怎麼都沒有人。

就在轉頭要搭電梯時，看到牆上時鐘的時針指著十一點。

原來是我的肚子餓了，時間亂了。

學習Point!

　　例文中「エレベーターに乗ろうとしたら」的「（よ）うとする」是用來表示：有意圖要做出「乗る」這個動作。

> ★ 表示動作主體的意志、意圖
> **動詞**（意向形）**＋　と　＋　します**
> ドアを開けようとしたが、開かなかった。
> （我想打開門，但是打不開。）

> ★ 表示行為主體對將來的行為做出某種決定、決心
> **動詞**（辞書形/ない形）**＋　ように　＋　します**
> 練習して、うまく歌えるようにした。
> （經過練習，現在很會唱歌了。）
> たくさん服を着て、風邪を引かないようにした。
> （怕感冒，穿了很多衣服。）

句型3

★ 表示能力、狀態、行為的變化 ....

動詞（辞書形/可能形） + ように + なります

セブンイレブンでおでんを売るようになった。

（7-11現在也有賣關東煮。）

れんしゅう
練習すると、うまく歌えるようになる。

（只要經過練習，就一定會唱得很好。）

背單字吧!

日　語	中　文	品詞	日　語	中　文	品詞
しょく じ 食事	吃飯	名	で まえ 出前	送外賣	名
ちょうしょく 朝食	早飯	名	さけ お酒	酒	名
ちゅうしょく 昼食	午飯	名	えいよう 栄養	營養	名
ゆうしょく 夕食	晚飯	名	ごちそう	好吃的東西	名
かんしょく 間食	零食	名	び しょく 美食	美食	名
しゅしょく 主食	主食	名	そ しょく 粗食	粗食	名
おかず	菜	名	しょくよく 食欲	食慾	名
の もの 飲み物	飲料	名	た 食べる	吃	動
こめ 米	米	名	がいしょく 外食する	在外吃飯	動
めん 麺	麵條	名	あとかた 後片づけ	收拾・清理	名
パン	麵包	名	おなかがすいた	肚子餓了	文
おつまみ	下酒菜	名	かわ のどが渇いた	口渴了	文
おやつ	點心	名	おなかがいっぱいだ	吃飽了	文

動筆寫一寫吧~

問題	翻譯成日語	必要的單字		使用表達
A	貓想要抓魚。	猫（ねこ）	貓	（よ）うとします
B	我才想要來吃晚飯，朋友就來了。	夕食（ゆうしょく）	晚飯	（よ）うとします
C	車子修理後，會動了。	修理する（しゅうり）	修理	ようにします
D	我會注意，不會失敗。	注意する（ちゅうい）	注意	ようにします
E	嬰兒會走路了。	赤ちゃん（あか）	嬰兒	ようになります

A

B

C

D

E

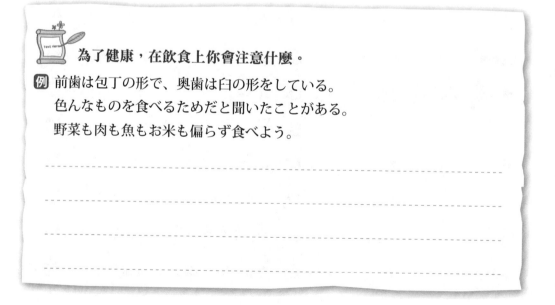

為了健康，在飲食上你會注意什麼。

例 前歯は包丁の形で、奥歯は臼の形をしている。
色んなものを食べるためだと聞いたことがある。
野菜も肉も魚もお米も偏らず食べよう。

Unit 23 味覚表現 表現味道

おふくろの味（あじ）

大阪（おおさか）から東京（とうきょう）に転勤（てんきん）になったとき、東京（とうきょう）の味（あじ）は塩辛（しおから）く、あまりおいしくはなかった。

特（とく）にうどんの汁（しる）は濃（こ）い茶色（ちゃいろ）で塩辛（しおから）い。

大阪（おおさか）のうどんは見（み）た目（め）は薄味（うすあじ）のようだが、出汁（だし）に昆布（こんぶ）も使（つか）っているので味（あじ）はまろやかでおいしい。

台中（たいちゅう）の料理（りょうり）は味（あじ）が大阪（おおさか）に似（に）ているので何（なん）だか懐（なつ）かしくほっとする。

一方（いっぽう）、台北（たいぺい）に住（す）んでいたときは塩味（しおあじ）が足（た）りな過（す）ぎた。

好（この）みの味（あじ）にしようと思（おも）って、いつもお店（みせ）の人（ひと）に塩（しお）をもらって入（い）れていた。

台中（たいちゅう）は台北（たいぺい）より南（みなみ）にあり、暑（あつ）くて汗（あせ）をよくかくから塩分（えんぶん）が必要（ひつよう）なのだろう。

しかし東京（とうきょう）は大阪（おおさか）より北（きた）。汗（あせ）をかくことは少（すく）ないはずなのに何故（なぜ）塩辛（しおから）いのだろう？

昔（むかし）、東京（とうきょう）には肉体労働（にくたいろうどう）の出稼（でかせ）ぎの人（ひと）が多（おお）かったので塩分（えんぶん）が必要（ひつよう）だったと言（い）う説（せつ）がある。

国（くに）によっても、地方（ちほう）によっても、家庭（かてい）によっても味（あじ）は異（こと）なる。

やはり何（なん）と言（い）っても、おふくろの味（あじ）、わが家（や）の味（あじ）が最高（さいこう）だ。

譯文　媽媽的味道

我從大阪公司轉調到東京時，一開始覺得東京的味道很鹹，不是很好吃。

特別是麵的湯頭顏色是深咖啡色而且味道又鹹。

在大阪，湯頭的顏色看起來雖然較淡，但因為湯汁裡有加入昆布所以順口又好吃。

由於台中的料理和大阪的味道很相近，所以吃起來總是令人懷念又安心。

話說，我住在台北時覺得（台北的）味道太清淡。

想要吃到喜歡的味道，經常會請餐廳的人幫我多加一些鹽。

台中在台北的南邊，相較會來得比較熱而且容易流汗，所以比較需要鹽分的補充吧！

可是東京比大阪來得北邊應該比較不會流汗但卻為何味道也偏鹹呢？

有此一說是，由於在東京靠身體勞力工作的人多，所以需要多補充鹽分。

不同國家、不同地方、不同家庭，所習慣的味道也不盡相同。

但不論怎麼說，還是我媽媽的味道、老家的味道是最棒的。

 學習Point!

　　例文中「好みの味にしようと思って」的「（よ）うと思う」是表示：對「好みの味にする」這個行為帶有意志形態。

句型1

★ 敘述某種帶有意志的行為動作 ·······················

[動詞]（意向形）＋　**と**　＋　**おもいます**

毎日日記を書こうと思った。（我計畫了每天要寫日記。）

句型2

★ 表示打算做某行為的計畫 ·······················

[動詞]（普通体/る形）＋　**つもり**　＋　**です**／**はないです**

毎日日記を書くつもりだ。（我打算每天要寫日記。）

アニメは好きだが、コスプレをするつもりはない。

（雖然我喜歡動畫，但沒打算要參加角色扮演。）

句型3

★ 表示主語所認為的情況、所相信的事情，與是不是事實無關 ┈

名詞	+の
い形容詞	
な形容詞語幹 +な	+ つもり + です
動詞 （た形）	
動詞 （て形＋いる）	

彼女はまだ子供のつもりだが、もう大人だ。

（她認為她自己還是個小孩，但其實已經是大人了。）

彼女はまだ若いつもりだが、もうおばさんだ。

（她認為她自己還年輕，但其實已經是歐巴桑了。）

メールを送ったつもりだったが、送れてなかった。

（我以為我有傳簡訊給你了，但沒傳成功。）

彼は東京をよく知っているつもりらしいが、度々地下鉄を乗り間違える。（他好像以為自己對東京很熟悉，但是又經常坐錯地鐵。）

背單字吧！

日　語	中　文	品詞	日　語	中　文	品詞
味	味道	名	水っぽい	水分多的	形
おいしい	好吃	形	脂っぽい	油膩的	形
まずい	不好吃	形	まろやか	醇和的	形
甘い	甜的	形	味が濃い	味道濃厚的	文
甘ずっぱい	酸甜的	形	味が薄い	沒什麼味道	文
辛い	辣的	形	好き嫌い	挑揀	名
塩辛い	鹹的	形	生	生的	名
すっぱい	酸的	形	冷たい	冷的	形

にがい	苦的	形	熱い	熱的	形
渋い	澀的	形	ジューシー	多汁的	形
香ばしい	香的	形	塩辛すぎる	太鹹的	句
さっぱり	清爽的	副	塩味が足りない	鹹味不足	文
こってり	味濃油膩	副	味見をする	嚐味道	動

動筆寫一寫吧~

問題	翻譯成日語	必要的單字		使用表達
A	我將來想在國外工作。	海外	外國	（よ）うとおもいます
B	下次我想和女朋友一起去吃好吃的料理。	おいしい	好吃	（よ）うとおもいます
C	我打算明天要買字典。	辞書	字典	つもりです
D	我打算成為畫家。	画家	畫家	つもりです
E	國會議員並沒有辭職的打算。	辞める	辭職	つもりです

A	
B	
C	
D	
E	

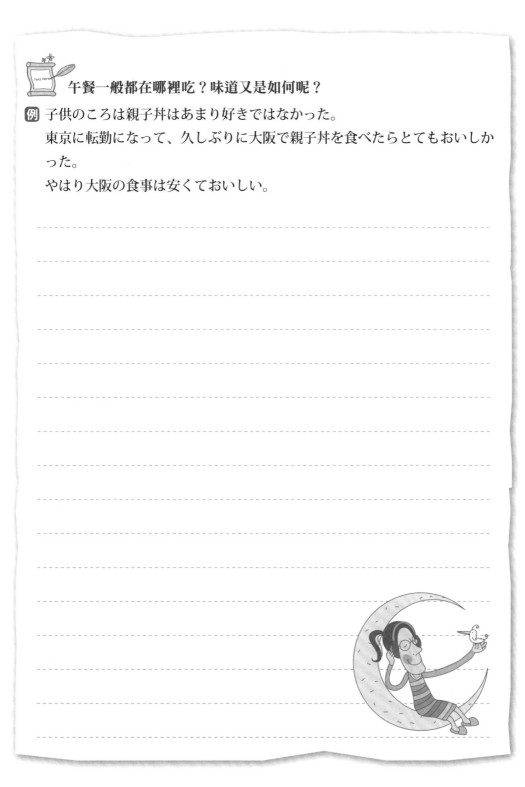

午餐一般都在哪裡吃？味道又是如何呢？

例 子供のころは親子丼はあまり好きではなかった。

東京に転勤になって、久しぶりに大阪で親子丼を食べたらとてもおいしかった。

やはり大阪の食事は安くておいしい。

Unit 24 料理名 料理名稱

日本人は雑食動物

先輩がお客との接待料理を決めるとき、「いためし」とか「よこめし」とか言っていた。何のことか理解ができなかった。

「いためし」は「イタリア飯」、つまりイタリア料理のことなのだ。

「よこめし」は「横飯」、つまり欧米の外国語は横に書くから西洋料理のことなのだ。

色々な材料を入れて作ったご飯は「ごもくめし（ごもくごはん）」とか「かやくめし（かやくごはん）」と言う。

私は関西生まれだが、関西では「ゴミ」のことを「ごもく」とも言っていた。

だから「ごもくめし」って変な料理だなあと思っていた。

実は「ごもく」は「五目」であって、「いろいろなものが混じっていること」の意味だったのだ。

「かやく」は「火薬」と思っていたけど、これも「加薬」なのだ。

家内は「はやめし」だけど、これは「早飯」であって、食べるのが早いと言う意味だ。

日本人是雜食動物

當公司的前輩決定要用什麼料理接待客人時，總是說「いためし」或是「よこめし」之類的。我那時不太能理解指的是什麼東西。

後來才知道原來「いためし」是「義大利飯」也就是指義大利菜。

「よこめし」是「橫飯」，也就是因為書寫歐美國家的外國語文字時為橫式寫法，所以指的是西洋料理。

放入各式材料所做出的飯叫做「ごもくめし」（什錦飯）或是「かやくめし」（雜燴飯）。

我出身來自關西，在關西地方「ゴミ」（垃圾）也叫做「ごもく」。

所以在當地，如果說要吃「ごもく」聽起來就會覺得怪怪的。

事實上所謂的「ごもく」是「五目」，指的是「用很多材料混雜在一起煮」的意思。

「かやく」雖會聯想到是「火藥」，但也有「加藥」的意思。

老婆雖然也叫做「はやめし」，而這個「早飯（はやめし）」，意思是指吃東西很快。

 學習Point!

例文中「何のことか理解ができなかった」的「ができる」是表示：「理解」這件事是有可能性的。

句型1

★ 表示有能力做，或是在允許範圍內可以從事的行為・動作

名詞	
動詞（辞書形）＋ こと	＋ が ＋ できます

彼は英語ができる。（他會英語。）

彼は英語を話すことができる。（他會說英語。）

日　語	中　文	品詞	日　語	中　文	品詞
料理	飯菜	名	スパゲッティ	義大利肉醬麵	名
和食	日式餐點	名	カレーライス	咖哩飯	名
中華	中華	名	シチュー	燉	名
洋食	西餐	名	ハンバーグ	漢堡牛肉餅	名
煮物	煮燉（的食品）	名	ステーキ	牛排	名
焼き物	烤的菜	名	サラダ	沙拉	名
炒め物	炒的菜	名	寿司	壽司	名
揚げ物	油炸的菜	名	天ぷら	天麩羅	名
蒸し物	蒸熟的菜	名	すき焼き	壽喜燒	名
汁物	湯類	名	メインディッシュ	主菜	名
イタリアン	義大利菜	名	オムレツ	菜肉蛋卷	名
フレンチ	法國菜	名	スクランブルエッグ	炒蛋	名
トースト	烤麵包	名	ゆで卵	水煮蛋	名
サンドイッチ	三明治	名	スープ	湯	名
ピザ	比薩	名	ソース	調味醬	名

動筆寫一寫吧~

問題	翻譯成日語	必要的單字		使用表達
A	她會做菜。	料理を作る	做菜	（ら）れる
B	他不敢吃壽司。	寿司	壽司	（ら）れる
C	這個鍋子可以蒸東西。	蒸し物	蒸煮的東西	ができます
D	她會做日式料理。	和食	日式料理	ことができます
E	他不會游泳。	泳ぐ	游泳	ことができます

A

B

C

D

E

日本食物裡你喜歡什麼？喜歡哪一點？

例 私はうどんが好きだ。

特に讃岐うどんがおいしいと思う。

駅前のうどん屋は、ワカメがいっぱい入っていておいしかった。

Unit 25 調理法 烹調方法

かいせんりょう り
海鮮料理

さかな　さしみ　　にざかな　　　　　　　　　わたし　や
魚は刺身も煮魚もおいしいが、私は焼き
ざかな　す
魚が好きだ。
ふ　ぐ　　　ふ　ぐ　さ　　　　さしみ
河豚は「河豚刺し」（刺身）とか「て
なべ　　だいひょうてき　た　かた
っちり」（鍋）が代表的な食べ方だけ
や　　　た
ど、そのまま焼いて食べるのもおいし
い。
たら ば がに　いた　　はじ　　　　　　はや　　　　ほ
鱈場蟹は傷み始めるのが早いので捕
かく ご
獲後すぐにゆでてしまう。

冬は鍋だ！

なん　い　　　　　　　しんせん　かに　や　　た
しかし、何と言っても、新鮮な蟹を焼いて食べるの
いちばん　　　　　おも
が一番おいしいと思う。
　　　　　　　　　　　　　　　　にほんしゅ　の　　　　　さいこう
あんこうはやはり「あんこう鍋」にして日本酒を飲むのが最高だ。
に　　や　　　く　　　　もの　なん
では、「煮ても焼いても食えない」物は何だ？
　　　　　　　　　　　　おも　　　　　　あつか　　　て　お　　　　　　い　い
これは「どうやっても思うようには扱えない。手に負えない。」と言う意
み
味だ。

譯文

海鮮料理

雖然魚拿來做成生魚片或用煮的都很好吃，但是我還是喜歡吃烤魚。

河豚這食材代表性的料理法雖然有「河豚生魚片」（刺身）「河豚火鍋」（鍋）
的吃法，但是用火烤的也很好吃。

由於松葉蟹容易受損，所以在捕獲之後通常會馬上用熱水燙過。

可是，無論如何，我還是認為新鮮的螃蟹用烤的來吃是最好吃的。

鮟鱇魚當然就是「鮟鱇魚火鍋」再配上日本酒，那是最棒的了。

那麼，「不論用水煮、用火烤的都不能吃」這是指什麼呢？

這是句俗諺，意思是指「軟硬不吃的傢伙」。

 學習Point!

　　例文中「傷み始める」的「始める」是用來表示：「傷む」這個動作要開始進行。

★ 表示該動詞的動作開始 ⋯⋯⋯⋯⋯⋯⋯⋯⋯⋯⋯⋯⋯⋯⋯⋯⋯⋯⋯⋯
動詞（ます形刪去「ます」） **+ はじめます**
赤（あか）ちゃんが歩（ある）き始（はじ）めた。（嬰兒開始會走路了。）

★ 表示動作、狀態突然地開始 ⋯⋯⋯⋯⋯⋯⋯⋯⋯⋯⋯⋯⋯⋯⋯⋯⋯⋯⋯
動詞（ます形刪去「ます」） **+ だします**
空（そら）が暗（くら）くなって急（きゅう）に雨（あめ）が降（ふ）り出（だ）した。

（天空變暗突然間開始下起雨來了。）

★ 表示有開始與結束的持續動作中的動作之完成 ⋯⋯⋯⋯⋯⋯⋯⋯⋯⋯⋯⋯⋯
動詞（ます形刪去「ます」） **+ おわります**
読（よ）み終（お）わった本（ほん）を図書館（としょかん）に返却（へんきゃく）した。（把看完的書還給圖書館。）

背單字吧！🦉

日　語	中　文	品詞	日　語	中　文	品詞
切（き）る	切	**動**	グリルする	燒烤	**動**
きざむ	剁碎	**動**	味（あじ）をつける	調味	**文**

121

皮をむく	剝皮	文	塩を入れる	加上鹽	文
すりおろす	磨碎	動	こしょうを入れる	加上胡椒	文
温める	溫熱	動	足す	加	動
冷ます	冷卻	動	(麺の) 水を切る	瀝掉（麵條的）水	文
冷やす	冷卻	動	注ぐ	注入	動
煮る	煮	動	泡立てる	打出泡沫	動
焼く	燒，烤	動	しぼる	榨擠	動
炒める	炒	動	(ジャム・バターを) ぬる	塗（果醬・奶油）	動
揚げる	炸	動	保存する	保存	動
蒸す	蒸	動	ドライにする	放乾、晾乾	文
あぶる	烤	動	薄く細く切る	切成很薄、很細	文
ゆでる	煮	動	小さく切る	切小塊地	文
わかす	煮沸	動	サイコロ状に切る	切成骰子狀	文
フライにする	炸	文	薄切りにする	切成薄片	文
巻く	捲	動	溶かす	溶化	動
詰める	填塞	動	(液体に) 入れる；漬ける	放入（液體裡）；醃	動

動筆寫一寫吧~

問題	翻譯成日語	必要的單字		使用表達
A	櫻花開始開花了。	咲く	開花	はじめます
B	雪已經開始融化了。	溶ける	融化	はじめます
C	湯已經滾了起來。	沸く	沸騰	だします
D	電車已經開出了。	動く	運轉	だします
E	向別人借的錢都已經還清了。	借金	借來的錢	おわります

A

B

C

D

E

請具體寫下你拿手好菜的製作方法。

例 炊飯器でホットケーキを作ってみた。

ホットケーキ用の粉を水に溶いて炊飯器で加熱するだけだ。

普通のホットケーキより分厚くケーキのようなのができた。

Unit 26 野菜 蔬菜

野菜を食べよう

ピーマンを食べたがらない子供が多い。

独特の臭いがあるからだ。

ピーマンを切るときは縦に切ると良い

そうだ。

ピーマンの細胞は縦に並んでいるか

ら、横に切ると細胞が壊れて中のピ

ラジンと言う成分が出て来て青臭く

なるそうだ。

縦に切ったピーマンは甘くて子供も喜ぶらしい。

頭が空っぽの人のことをピーマンって言っていたけど、もはや死語だ。

「おたんこなす」（愚鈍者）と言う言葉も使われなくなった。

「いも姐ちゃん」（都会風でない野暮な女性）はまだ健在かな。

「大根足」（太くて不格好な足）の女性はいなくなったなあ。

美しい女性、清楚な女性は花に例えるが、そうでない女性を野菜に例える

のは何故だろう。

譯文

吃點蔬菜吧

很多小朋友不喜歡吃青椒。

因為它具有獨特的味道。

據說切青椒時，順著切比較好。

因為青椒的纖維是屬於縱長形，如果橫切的話會破壞纖維組織而產生一種叫做吡嗪成份而發出一種青椒的特殊菜味。

順著切的青椒絲會有一種甜味，連小朋友都會喜歡。

雖然以前有句俗語把腦袋空空的人稱為青椒，但現在已經不講了。

「おたんこなす」（笨蛋）這句話現在也不用了。

那麼「いも姐ちゃん」（過時、俗氣的女性）的說法還存在嗎？

有「大根足」（腿粗不好看的腳）的女性都消失了吧。

但為什麼要將美麗、清秀女性比喻成花朵，與此相反的，則都比喻成蔬菜了呢。

 學習Point!

　　例文中「ピーマンを食べたがらない子供が多い」的「たがる」是表示：（小孩子）希望做「食べる」這個動作。而「食べたがらない」則是希望動詞的否定表達。

★ 用在表示第三人稱，顯露在外表的願望或希望

動詞（ます形刪去「ます」）**+ たがります**

子供_{こども}は甘_{あま}いものを食_たべたがる。（小孩子都會想吃甜食。）

彼女_{かのじょ}は秘密_{ひみつ}を話_{はな}したがらない。（她不想說祕密。）

　　「たい」不可以用在表示第三人稱。用在第二人稱時也只限於用在疑問句。

× 私_{わたし}は甘_{あま}いものを食_たべたがる。	
○ 私_{わたし}は甘_{あま}いものを食_たべたい。	我想吃甜食。
× あなたは甘_{あま}いものを食_たべたがりますか。	
○ あなたは甘_{あま}いものを食_たべたいですか。	你想吃甜食嗎？

日 語	中 文	品詞	日 語	中 文	品詞
野菜（やさい）	蔬菜	名	セロリ	芹菜	名
トマト	番茄	名	ブロッコリー	青花椰菜	名
なす	茄子	名	アスパラガス	蘆筍	名
きゅうり	小黃瓜	名	かぶ	蕪菁	名
ピーマン	青椒	名	にんじん	紅蘿蔔	名
キャベツ	高麗菜	名	じゃがいも	馬鈴薯	名
レタス	萵苣	名	かぼちゃ	南瓜	名
ほうれん草（そう）	菠菜	名	きのこ	蘑菇	名
もやし	豆芽菜	名	海草（かいそう）	海草	名
ねぎ	蔥	名	オリーブ	橄欖	名
玉ねぎ（たま）	洋蔥	名	大根（だいこん）	白蘿蔔	名
パセリ	荷蘭芹	名			

✏️ 動筆寫一寫吧~

問題	翻譯成日語	必要的單字		使用表達
A	馬想吃紅蘿蔔。	人参（にんじん）	紅蘿蔔	たがる
B	他只吃青菜。	野菜（やさい）	青菜	たがる
C	他想玩我的遊戲機。	ゲーム	遊戲機	たがる
D	他想去東京。	行く（い）	去	たがる
E	他認為我也想去東京。	思う（おも）	認為	たがる

你喜歡什麼蔬菜料理呢？

例 竹の子を水だけで煮てマヨネーズをかけるとおいしい。

　でも台湾のマヨネーズは甘すぎる。

　日本のマヨネーズが一番おいしいと思う。

Unit 27　肉・魚　肉・魚

肉も食べよう

パキスタンに友達がいる。

彼はもともとインドからパキスタンに移った人だ。

奥さんは日本人。

二人の娘は日本国籍を持っている。

娘の一人は治療のため時々日本に来る。

彼女と一緒に食事をするときには悩まなければならない。

イスラム教徒なので、豚肉はダメ。牛肉もダメ。鶏肉も魚もダメなのだ。

ニンニクも「にく」だけど、それはＯＫかどうか聞かなかった。

という訳でバイキング料理に連れて行くことにしている。

様々な料理が有り、好きなもの、食べられるものがあるからだ。

肉はちょっとねぇ。
お魚だったら
いけど…

譯文　　吃點肉吧

我在巴基斯坦有一位朋友。

他是從印度移居到巴基斯坦的。

他太太是日本人。

兩個女兒都擁有日本國籍。

其中一個女兒因為要接受治療所以常常會來日本。

每當要跟她一起吃飯都時我就開始煩惱。

由於是她是伊斯蘭教，所以不吃豬肉。不吃牛肉。連雞肉魚肉也不吃。

日語中的蒜頭叫做ニンニク中間也有一個字是「にく」，應該問一問她是否OK
還是不OK。

因此我決定帶她去（西式）自助餐吃到飽。

因為那裡有各式各樣的菜色，喜歡的、可以吃的應有盡有。

學習Point!

　　例文中「それはOKかどうか聞かなかった」的「かどうか」是用於表
示和「それはOKです」的相反詞，也就是「OKではないです」的這兩者做
出二擇一的選擇。

　　形成了「OKとOKでないのうちのどちらであるか」的意思。

句型**1**

★ 表示從相反的兩種情況或事物之中選擇其一 ‥‥‥‥‥‥‥‥‥‥‥‥‥

[節] **＋ かどうか ＋** [動詞]

明日彼が来るかどうか知らない。（不知道他明天來不來。）

句型**2**

★ 把帶有疑問詞的疑問句名詞化

[疑問詞] **＋**
　　[名詞]（普通体、名詞＋だ→名詞 [註1]）
　　[い形容詞]（普通体）
　　[な形容詞]（普通体、語幹＋だ→語幹 [註2]）　**＋ か ＋** [動詞2]
　　[動詞1]（普通体）

彼女は誰が犯人か知っている。（她知道誰是犯人。）

彼女にどこの店がおいしいか聞いた。（我問她了哪間店比較好吃。）

フロントでどの部屋が静かか聞いた。

（在櫃台問了哪間房間比較安靜。）

地震はいつ来るかわからない。（不知道地震什麼時候會來。）

[註1] 是指 [疑問詞+名詞+だ] 的時候，刪去 [だ] 然後＋か＋動詞2

[註2] 是指 [疑問詞+な形容詞語幹+だ] 的時候，刪去 [だ] 然後＋か＋動詞2

日　語	中　文	品詞	日　語	中　文	品詞
牛肉（ぎゅうにく）	牛肉	名	ロブスター	龍蝦	名
豚肉（ぶたにく）	豬肉	名	かに	螃蟹	名
羊肉（ようにく）	羊肉	名	いか	魷魚	名
鶏肉（とりにく）	雞肉	名	たこ	章魚	名
卵（たまご）	蛋	名	貝（かい）	貝	名
ひき肉（にく）	絞肉	名	はまぐり	蛤蜊	名
ミンチ	絞肉	名	あさり	蛤仔	名
ハム	火腿	名	牡蠣（かき）	牡蠣	名
ソーセージ	香腸	名	ウニ	海膽	名
いわし	沙丁魚	名	もも	大腿	名
ます	鱒魚	名	むね	胸	名
まぐろ	鮪魚	名	ヒレ	里脊肉	名
さけ	鮭魚	名	レバー	肝臟	名
うなぎ	鰻魚	名	肩肉（かたにく）	肩膀肉	名
えび	蝦	名	腰肉（こしにく）	腰肉	名
ミートボール	炸肉丸子	名	舌（した）	舌頭	名

動筆寫一寫吧~

問題	翻譯成日語	必要的單字		使用表達
A	我不知道他吃不吃生魚片。	刺身<ruby>さしみ</ruby>	生魚片	かどうか
B	我問了她吃不吃肉。	肉<ruby>にく</ruby>	肉	かどうか
C	我問了他來是有什麼事。	用事<ruby>ようじ</ruby>	事	疑問詞＋か
D	很擔心地震什麼時候還會來。	心配だ<ruby>しんぱい</ruby>	擔心	疑問詞＋か
E	我問了他為什麼不吃青菜。	野菜<ruby>やさい</ruby>	青菜	疑問詞＋か

A ⤷

B ⤷

C ⤷

D ⤷

E ⤷

有沒有愛吃或討厭吃的食物？喜歡它哪一點、討厭它哪一點。

例 私は好き嫌いがない。

　でも海外旅行のときは生の牡蠣は食べない。

　一度韓国でひどい下痢をしたことがあるからだ。

Unit 28

豆製品・乳製品 <small>豆産品・乳製品</small>

千変万化 <small>せんぺんばんか</small>

豆腐はいつの季節でもおいしい。

夏は「冷奴」にして食べる。

これは単に冷たい豆腐に生姜或いは芥子をのせ醤油をかけただけのものだがおいしい。

冬は「湯豆腐」だ。

これも豆腐を熱い湯の中でゆでただけで、生姜醤油をつけて食べる。

雪景色の見えるへやで熱燗の日本酒を飲みながら食べるのは最高だ。

冷奴も湯豆腐も絹ごし豆腐を使っていてとても柔らかい。豆花に入っている豆腐よりは少し硬めだ。

絹ごし豆腐より硬いのは「木綿豆腐」で、そのままか或いはそれを焼いた「焼き豆腐」をすき焼きに入れて食べる。

豆腐を冷凍乾燥した「高野豆腐」の煮つけもおいしいし、新潟の山村で作っている「油揚（あぶらげ）」を焼いて食べるのは香ばしくてとてもおいしい。

小さい頃、友達と喧嘩をすると「豆腐の角で頭打って死んでしまえ。」と罵倒しあったものだ。

何と、豆腐は凶器にすらなるのだ。

因みに、「眼を咬んで死んでしまえ」と言うのもあった。

千變萬化

豆腐是不論在什麼季節都很好吃。

夏天做成涼拌豆腐來吃。

雖然只是簡單地將生薑或芥末放在冷豆腐上，再淋上醬油而已，但這樣就很美味。

冬天則是湯豆腐。

這也只是將豆腐放入熱水中燙過，再淋上生薑醬油來吃。

在看得到雪景的房間內邊喝著溫熱過的日本酒，吃著湯豆腐真是頂級享受。

不論是涼拌豆腐還是湯豆腐都是使用細嫩豆腐製成的，所以口感柔嫩。

比起豆花裡面的豆腐來得稍硬。

比細嫩豆腐來得稍硬的是「木棉豆腐」，可以直接食用或用火烤的「烤豆腐」再放入壽喜燒的鍋子來食用。

還有將豆腐冷凍乾燥後做成的「高野豆腐」熬煮（燉、煮）來吃也很美味，

在新潟的山村裡所製成的「油豆腐」用火烤來吃，那香味也是非常的棒。

小時候，和朋友吵架時會互相用「豆腐角打你的頭讓你死」這句話來罵對方。

怎麼，豆腐變成了凶器。

順便一提，還有一句（罵人的話）「咬你的眼睛讓你去死」。

學習Point!

　　例文中「豆腐はいつの季節でもおいしい」的「いつ～でも」是不將「季節」做特定的表示。也就是符合春、夏、秋、冬裡的任何一個季節。

句型1

★ 表示不論什麼場合，沒有限定…

疑問詞 ＋ でも ＋

名詞
い形容詞
な形容詞
動詞

タバコは、どこの店でも同じ料金だ。

（香菸的價錢不論是哪家店都一樣。）

このレストランの料理は何でもおいしい。

（這間餐廳的料理全都很好吃。）

彼女はいつでも親切に教えてくれる。（她總是很親切地教我。）

人間は誰でも間違いを犯す。（人不論是誰都會犯錯。）

句型2

★ 表示不論什麼情況，都要進行後項 ⋯⋯⋯⋯⋯⋯⋯⋯⋯⋯

疑問詞 （＋助詞）＋ | 名詞 ＋で / い形容詞語幹 ＋くて / な形容詞語幹 ＋で / 動詞 （て形） | ＋ も ＋ 節

どんな人でも間違いを犯す。（不論什麼人都會犯錯。）

いくら遠くても彼女に会いに行きたい。（不論多遠我都想去見她。）

いくら嫌いでも野菜は食べなければいけない。

（不管有多討厭青菜都一定要吃。）

どこに住んでも楽しい。（不論住哪裡都很快樂。）

背單字吧！

日　語	中　文	品詞	日　語	中　文	品詞
豆	豆	名	アイスクリーム	冰淇淋	名
クリーンピース	青豌豆	名	ソフトクリーム	霜淇淋	名
いんげん豆	扁豆	名	ヨーグルト	優格	名
そら豆	蠶豆	名	チーズ	起司	名
納豆	納豆	名	粉ミルク	奶粉	名
乳製品	乳製品	名	油	油	名

牛乳 （ぎゅうにゅう）	牛奶	名	オリーブ油（ゆ）	橄欖油	名
練乳 （れんにゅう）	煉乳	名	ごま油（あぶら）	芝麻油	名
豆乳 （とうにゅう）	豆漿	名	バター	奶油	名
クリーム	奶油	名	マーガリン	人造奶油	名
チョコレートアイス	巧克力冰	名	ラード	豬油	名
バニラアイス	香草冰	名	生（なま）クリーム	鮮奶油	名

動筆寫一寫吧~

問題	翻譯成日語	必要的單字		使用表達
A	豬什麼都吃。	豚（ぶた）　豬		疑問詞＋でも
B	便利超商隨時都有營業。	コンビニ　便利超商		疑問詞＋でも
C	他不論和誰都能成為朋友。	友達（ともだち）になる　成為朋友		疑問詞＋でも
D	他不論在哪裡都很受歡迎。	人気者（にんきもの）　受歡迎		疑問詞＋でも
E	那件事怎麼樣都好。	どうでもよい　怎麼樣都好		疑問詞＋でも

A	
B	
C	
D	
E	

豆漿和牛奶你喜歡哪一個？喜歡的理由是什麼。

例 私は牛乳も豆乳も好きです。

おにぎりを豆乳といっしょに食べるとおいしかった。

日本の豆乳は少し青臭い。

Unit 29 果物・菓子 水果・點心

夢のマカロン

フランスパンを作ってみた。

初めはドライイーストで作っていたが、

天然酵母のパンにも挑戦した。

葡萄を発酵させて酵母を作ったのだ。

ドライイーストのパンより味わい深く

おいしいパンができた。

フランスの修道院で作られていたと

言うカヌレ（canelé）も作ってみ

た。

キッチン用品の店が沢山ある東京浅草橋でカヌレの型を捜していた。

店員が「カヌレなら、これをおすすめします」と持ってきたのは、銅製の

1個1,000円もするものだ。

ちょっと手が出ない。

ゼリー用のアルミ製の型は100円だったのでそれで代用することにした。

外側はカリカリ、中はしっとりとした食感で、ほのかなバニラとラム酒の

香りがたまらない。

なかなかいける。

次に挑戦したのがやはりフランスの伝統のお菓子であるマカロン

（macaron）だ。

レシピ通りにやったので味はおいしいものができたが、何回やってもふっ

くらと膨らまない。

お菓子作りは計量もきっちりしなければならないし、温度管理も厳しくて簡単にはできない。

多分もっと性能のいいオーブンでないとダメなのだろう。

家内は「マカロンよりパンのほうが実用的でうれしい」と言うが、男のロマンも大事だ。

譯文　夢幻的馬卡龍

我自己試著做過法國麵包。

一開始是用乾燥酵母，後來也挑戰了用天然酵母來做麵包。

是一種用葡萄發酵而製成的酵母。

比起用乾燥酵母做出來的更有味道、好吃。

我也嚐試做了法國修道院內所做出的叫做卡奴雷（canelé）。

我在販賣廚房用品店家最多的東京淺草橋尋找做卡奴雷的器具。

店員拿來一個銅製品說「要做卡奴雷的話，我推薦這個」，但一個就要價1000日圓。

實在買不下手。

另外，有一個用鋁製的是做果凍專用的，才100日圓，所以就決定用它來代替。

做出來的卡奴雷（canelé）一口咬下咔哩咔哩，那實在的口感真是令人難以招架，還有微微的香蕉氣味和萊姆酒香。

這是可行的。

接下來又挑戰了另一個也是法國傳統的餅乾馬卡龍。

由於是參照食譜做的，雖然做出來的味道很香，但不論做幾次都發不起來。

做菓子類的都需要仔細計量，還有溫度控管也要很嚴格，並不是那麼簡單的。

或許需要性能更好的烤箱否則就做不出來吧。

雖然老婆說：「因為麵包比馬卡龍來得實在，我喜歡你做的麵包」，但對男人來說浪漫也是很重要的。

學習Point!

　　例文中「これをおすすめします」的「お～します」是當說話者對「す
すめる」這動作時的敬語（屬於謙讓語）表達。

★ 動詞的謙讓形式 ┈┈┈┈┈┈┈┈┈┈┈┈┈┈┈┈┈┈┈┈┈┈┈

句型**1**

名詞
（說話者）　＋は/が＋ お＋動詞（ます形刪去「ます」）　＋ します/
　　　　　　　　　　ご＋名詞　　　　　　　　　　　　　　　いたします

私が駅までの道をお教えします。（由我來告訴你到車站的路。）
私が駅までの道をお教えいたします。

（由我來告訴您到車站的路。（更禮貌））
私が駅までの道をご案内します。（由我來帶你到車站。）
私が駅までの道をご案内いたします。

（由我來帶您到車站。（更禮貌））
本日中にお返事（ご返事）します。（今天之內會答覆您。）

◎ 一般屬於漢語動詞像「說明する」、「招待する」等等之類的
　　前面則是改用「ご」來表示。

★ 表示對對方或話題中提到的人物的尊敬 ┈┈┈┈┈┈┈┈┈┈┈

句型**2**

名詞
（動作主）　＋は/が＋ お＋動詞（ます形刪去「ます」）　＋に＋なります
　　　　　　　　　　ご＋名詞

社長、いつお休みになりますか。（社長何時就寢？）
お客様がご来店になりました。（客人已經來到店裡了。）

日　語	中　文	品詞	日　語	中　文	品詞
果物（くだもの）	水果	名	さくらんぼ	櫻桃	名
柿（かき）	柿子	名	いちじく	無花果	名
いちご	草莓	名	ラズベリー	山莓	名
桃（もも）	桃子	名	ブルーベリー	藍莓	名
ぶどう	葡萄	名	ココナッツ	椰子	名
りんご	蘋果	名	(お)菓子（かし）	點心	名
なし	茄子	名	クッキー	餅乾	名
オレンジ	橘子	名	ケーキ	蛋糕	名
みかん	橘子，香橙	名	フルーツパイ	水果派	名
レモン	檸檬	名	チョコレート	巧克力	名
バナナ	香蕉	名	プリン	布丁	名
キウイ	奇異果	名	ゼリー	果凍	名
すいか	西瓜	名	シャーベット	冰沙	名
パイナップル	鳳梨	名	あめ	糖果	名
メロン	哈密瓜	名	ガム	口香糖	名
グレープフルーツ	葡萄柚	名	アップルパイ	蘋果派	名
あんず	杏仁	名	ティラミス	提拉米蘇	名
プルーン	洋李	名	くり	栗子	名

動筆寫一寫吧~

問題	翻譯成日語	必要的單字		使用表達
A	我帶客人參觀了洗手間。	トイレ	洗手間	お/ご～します
B	我詢問了客人的地址。	住所	地址	お/ご～します
C	我向客人解說產品。	商品	產品	お/ご～します
D	社長坐上車了。	車	車	お/ご～になります
E	社長有看了報告。	ご覧になる	看	お/ご～になります

A

B

C

D

E

你喜歡的糖果、點心是什麼呢？

例 私はチョコレートが大好きです。

イタリアのチョコレートは香りが強く甘すぎる。意外とロシアのチョコレートはおいしい。

日本のチョコレートが一番おいしいと思う。

Unit 30　飲み物　飲料

寝る子は育つ

「酒は百薬の長」と言われるが、ほどほ
どにしておいた方が良い。
私も若い頃苦い経験がある。
同僚と会社の近くの居酒屋にお酒を飲
みに行ったが、酔いがまわり途中で外
にフラフラと出ていった。
どこか見知らぬ事務所の2階に上が
って行くと、そこの人が「どうぞご
ゆっくり」と歓待してくれた。しばらくおしゃべり

をしてそのまま眠ってしまった。翌朝、誰もいない事務所のシャッターを
開けて出て行き、自分の会社に出勤した。
昼休みに、申し訳ないことをしたと思ってお菓子を持ってその事務所に謝
りに行った。
しかし、そこの人達は夕べのことは誰も知らなかった。
いったい私はどこにいたのだろうか。
またある時、大阪で酒を飲んで電車に乗り、気が付いたら終点。乗り過ご
してしまったのだ。
これはしまったと反対の電車に乗り換えたが、また眠ってしまったらし
い。
気が付くと大阪だった。

能睡的孩子，長得結實

雖然有此一說「酒是百藥之長」，但還是適可而止比較好。

我年輕時也有過痛苦的經驗。

和同事去居酒屋喝酒，喝到一半一身醉態搖搖晃晃地走出了居酒屋。

去了一間不認識的事務所上了二樓，那裡的人還款待我說「請您慢慢來」。聊了一下就在那裡睡著了。第二天一早事務所裡空無一人，我自己開了鐵門就去公司上班了。

午休時間，想一想還真是不好意思，就帶著點心去那間事務所致歉。

可是，那裡的人沒有人記得昨晚的事。

到底我昨晚是去了哪裡。

還有，有時在大阪喝酒後要搭電車回家，醒來時卻已經是終點站了。又是坐過站了。

心想說糟了，趕緊到對面搭反方向電車，但好像不小心又睡著了。醒來時又是大阪車站。

 學習Point!

　　例文中「どうぞごゆっくり」的「ご～」是說話者對「ゆっくり」這個動作做出敬語（屬於尊敬語）表達。

　　另外，一般在漢語之前都是用「ご」來表示敬語，但是和語中的「ゆっくり」和「ごひいいき」一樣，屬於例外。

句型1

★ 表示對長輩客人等之行為、狀態上的敬意，還有，用於名詞上禮貌的說話形式

お/ご ＋ 名詞

お客様のお席はこちらです。（客人您的座位在這邊。）

ご来店、ありがとうございます。（感謝您光臨本店。）

私はお酒を飲みません。（我不喝酒。）

143

句型2

★ 使用於對長輩或客人等的行為、狀態，以表示出對他們的一種敬意

お ＋ 動詞（ます形刪去「ます」）＋ です

お客様、何をお探しですか。（這位客人請問您需要什麼呢？）

背單字吧！

日　語	中　文	品詞	日　語	中　文	品詞
飲み物	飲料	名	ブランデー	白蘭地	名
水	水	名	水割り	攪水的威士忌	名
ミネラルウォーター	礦泉水	名	ロック	加冰的威士忌	名
コーヒー	咖啡	名	食前酒	飯前酒	名
緑茶	綠茶	名	食後酒	飯後酒	名
紅茶	紅茶	名	リキュール	利口酒・甜香酒	名
ココア	可可亞	名	生ビール	生啤酒	名
ジュース	果汁	名	黒ビール	黑啤酒	名
炭酸飲料	汽水	名	スパークリングワイン	發泡性葡萄酒	名
ソーダ	蘇打水	名	白ワイン	白葡萄酒	名
コーラ	可樂	名	赤ワイン	紅葡萄酒	名
お酒	酒	名	レモネード	檸檬水	名
ビール	啤酒	名	ソフトドリンク	清涼飲料	名
ワイン	葡萄酒	名	カプチーノ	卡布奇諾咖啡	名
カクテル	雞尾酒	名	カフェラテ	拿鐵咖啡	名
ウイスキー	威士忌酒	名	飲む	喝	動

動筆寫一寫吧~

問題	翻譯成日語		必要的單字		使用表達
A	謝謝您的來信。		手紙	信	お/ご＋名詞
B	我們正等待您的到來。		出席	來	お/ご＋名詞
C	社長在發怒。		お怒り	發怒	お＋動詞＋です
D	社長是住在橫濱。		お住み	住	お＋動詞＋です
E	您要喝什麼呢。		お飲み	喝	お＋動詞＋です

A 〇

B 〇

C 〇

D 〇

E 〇

最近有喝什麼酒精飲料？當時是和誰一起喝的？

例 ワインは高ければおいしいのは当然だろう。

フランスワインは有名だが高くておいしくないときもある。

1,000 円以下でおいしいワインを探すのも楽しみだ。

Unit 31 調味料 調味料

日本人もカレーが好き

インド人の家に招待されたことがあった。

ドアを開けるとカレーの匂いがする。

食事の前にビールを飲みながら歓談。

おつまみは、名前は分からぬがピリピリと辛くカレーの風味がした。

「さあ、召し上がってください」と食事が始まった。

これも名前はもう忘れたが、いろんな前菜が出てきて全てカレーの風味。

いよいよメインの料理が出されてきた。

カレーライスだった。

テレビでインド人は本当にカレーを食べているのかと言う番組があった。

その番組では学校に訪問して調査したのだが、子供達の弁当はみんなカレーだった。

朝も昼も晩もカレーを食べているそうだ。

毎日同じ物を食べて飽きないのかなと思うが、香辛料の組み合わせをその都度変えて食べているので、毎日違う物を食べているとインド人は言っているそうだ。

日本人也喜歡吃咖哩

曾經有印度人招待我去他家裡吃飯。

一進門就聞到了咖哩的香味。

吃飯前先邊喝啤酒邊聊天。

配著不知叫做什麼，但是超辣且帶有咖哩味道的小菜。

主人說：「不用客氣、請用吧」之後，就開始用餐。

接下來的菜名我也不太記得，但每一道前菜全都是咖哩口味。

終於主菜上場了。

是咖哩飯。

曾經在電視上有看過報導說印度人真的都吃咖哩嗎？

電視台到學校去做訪問調查的結果，學生們的便當全都是咖哩。

不論是早餐、午餐還是晚餐，全都是咖哩。

我想他們每天吃一樣的食物難道吃不厭煩嗎？但據印度人說由於在調味料上是有做不同的組合搭配，所以每天所吃的都是不同的料理。

 學習Point!

　　例文中「召し上がってください」的「召し上がる」是「食べる」、「飲む」的敬語表現，這裡是印度人家人對我表示敬意。

> 句型1
>
> ★ **對上級長輩時，用於表達敬意**
> 名詞（說話者的對象）＋ は/が ＋ 動詞（れます/られます）
> 部長はお酒を飲まれますか。（部長您喝酒嗎？）

> 句型2
>
> ★ **具有尊敬涵意的動詞**
> 名詞（說話者的對象）＋ は/が ＋ 動詞（帶有尊敬語意的動詞）
> お客様がいらっしゃいました。（客人已經到了。）
> 社長は報告書をご覧になりました。（社長已經看過報告了。）
> 奥様、きれいな着物をお召しになっていますね。
>
> （夫人、穿著很美麗的衣服。）

辞書形	尊敬語	尊敬語（更禮貌）
行く		
来る	いらっしゃる	いらっしゃいます
いる		
言う	おっしゃる	おっしゃいます
見る	ご覧になる	ご覧になります
着る	お召しになる	お召しになります
死ぬ	お亡くなりになる	お亡くなりになります
くれる	くださる	くださいます
食べる	召し上がる	召し上がります
飲む		
知っている	ご存じだ	ご存じです
する	なさる	なさいます

背單字吧！

日　語	中　文	品詞	日　語	中　文	品詞
調味料	調味料	名	ハーブ	草本植物・藥草	名
香辛料	香辣調味料	名	セージ	鼠尾草	名
スパイス	香料	名	ローズマリー	迷迭香	名
塩	鹽	名	シナモン	肉桂	名
砂糖	糖	名	ミント	薄荷	名

酢 す	醋	名	タイム	百里香	名
しょうゆ	醬油	名	サフラン	番紅花	名
こしょう	胡椒	名	マヨネーズ	蛋黃醬・美乃滋	名
唐辛子 とうがら し	辣椒	名	ドレッシング	沙拉醬	名
マスタード	芥末	名	1つまみ	1把	接尾
にんにく	大蒜	名	1さじ	1匙	接尾
蜂蜜 はちみつ	蜂蜜	名	1滴 てき	1滴	接尾
ローリエ	月桂樹	名	ドレッシングをかける	淋沙拉醬	名

動筆寫一寫吧~

問題	翻譯成日語	必要的單字		使用表達
A	課長，您什麼時候要去東京。	行く い	去	（ら）れます
B	客人，您要喝哪一種葡萄酒呢？	召し上がる め あ	喝	尊敬動詞
C	您父親從事什麼運動。	スポーツ	運動	尊敬動詞
D	課長了解整個情況。	事情 じ じょう	情況	尊敬動詞
E	課長的父親去世了。	お亡くなりになる な	去世	尊敬動詞

A ⟜

B ⟜

C ⟜

D ⟜

E ⟜

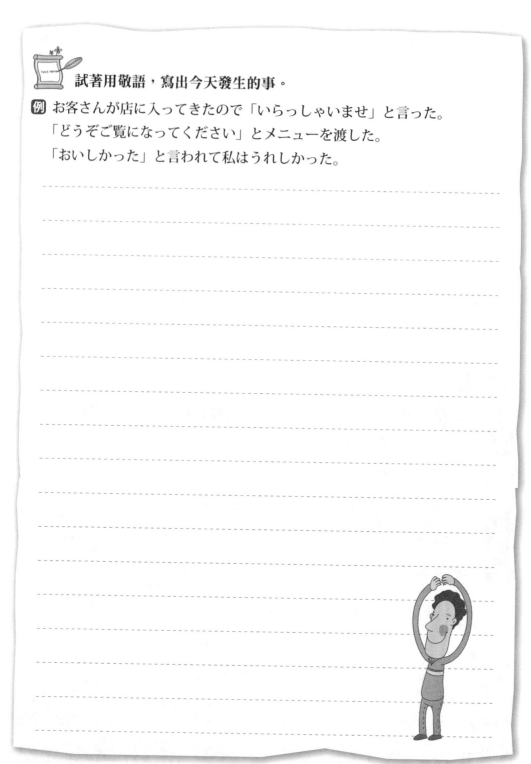

試著用敬語，寫出今天發生的事。

例 お客さんが店に入ってきたので「いらっしゃいませ」と言った。
「どうぞご覧になってください」とメニューを渡した。
「おいしかった」と言われて私はうれしかった。

飲食店・食料品店 飲食店・食品店

 おや、おや

私が子供の頃、父親はカバンの製造販売
業をしていた。

淡路島出身の青年が住み込みで働いて
いた。ある日彼はパンを買いに行っ
た。何も買わずにしょんぼり帰って来
た彼に父親が尋ねたところ八百屋に
行ったけれど、パンはお売りしてお
りませんと言われたそうだ。

父親は「パンならパン屋に行けば売っている。」と
教えた。

彼が言うには淡路島では八百屋で野菜もパンも売っているのが普通だそう
だ。

確かに、「八百」は多種多様と言う意味だけど、いくらなんでもパンは売
ってないよね。

譯文

唉呀、唉呀

小時候，我爸爸是開製作皮包的工廠。

工廠裡住了一位出身於淡路島的年輕男子。有一天那男子去買麵包。爸爸看他什
麼也沒買就垂頭喪氣地回來，於是就問他。他說去了雜貨店但店裡的人說沒有在
賣麵包。

爸爸就告訴他：「買麵包就要去麵包店」。

但他說在淡路島的雜貨店裡一般都有賣蔬菜也有在賣麵包。

的確，「雜貨」是什麼都有的意思，但這裡就是沒有在賣麵包。

 學習Point!

　　例文中「パンはお売りしておりません」的「おりません」是為「おります」的否定形。

　　「おります」是為「います」的謙讓語表現，是雜貨店的說話者將「パンを売る」這句話用謙讓語來表現出對客人的敬意。

句型1

★ **具有尊敬語意及謙遜語意的動詞**

名詞（說話者的對象）　+　**は/が**　+　**動詞**（帶有謙遜語意的動詞）

明日、御社にお伺いします。（明天將前往貴公司拜訪。）
先生のお手紙を拝見しました。（拜讀了老師的信件了。）
先生に辞書をいただいた。（收到了老師的字典。）

以下歸納出具有尊敬語意及謙遜語意的動詞。

辞書形	尊敬語	謙讓語
行く	いらっしゃる	参る、伺う
来る		
いる		おる
言う	おっしゃる	申す、申し上げる
見る	ご覧になる	拝見する
借りる	―	拝借する
くれる	くださる	―

あげる	くださる	さしあげる
もらう	―	いただく
食_たべる	召_めし上_あがる	いただく
飲_のむ		
知_しっている	ご存_{ぞん}じだ	存_{ぞん}じている
する	なさる	いたす

背單字吧！

日　語	中　文	品詞	日　語	中　文	品詞
飲食店_{いんしょくてん}	飲食店	名	スーパーマーケット	超級市場	名
食堂_{しょくどう}	食堂	名	肉屋_{にくや}	肉舗	名
食_たべ物屋_{ものや}	飲食店	名	魚屋_{さかなや}	賣魚的店	名
レストラン	餐館	名	八百屋_{やおや}	蔬菜店	名
イタリアンレストラン	義大利餐廳	名	お菓子屋_{かしや}	點心店	名
フランチレストラン	法國餐廳	名	ケーキ屋_や	蛋糕店	名
日本料理店_{にほんりょうりてん}	日本料理店	名	パン屋_や	麵包店	名
中華料理店_{ちゅうかりょうりてん}	中華料理店	名	市場_{いちば}	市場	名
ベジタリアン料理店_{りょうりてん}	素食餐館	名	食料品店_{しょくりょうひんてん}	食品店	名
ファーストフード店_{てん}	速食店	名	乾物屋_{かんぶつや}	乾貨店・雑貨店	名
居酒屋_{いざかや}	居酒屋	名	酒屋_{さかや}	小酒館	名
バー	酒吧	名	セルフサービス	自助餐	名
喫茶店_{きっさてん}	咖啡店	名	バイキング	自助餐	名
ピザ屋_や	比薩店	名	食_たべ放題_{ほうだい}	吃到飽	名

動筆寫一寫吧~

問題	翻譯成日語	必要的單字		使用表達
A	想跟您借一枝筆。	拝借する（はいしゃく）	借	謙讓動詞
B	這枝筆送給您。	さしあげる	送	謙讓動詞
C	我知道您的名字。	存じる（ぞん）	知道	謙讓動詞
D	明天我在家。	おる	在	謙讓動詞
E	請您出席，麻煩了。	出席（しゅっせき）	出席	謙讓動詞

A

B

C

D

E

你家附近有什麼餐廳呢？在那裡會吃什麼？

例 日本にいるといろんな料理が食べられる。

家の近くにも、中華料理の店とか、イタリアン、フレンチレストランなど色々ある。

今度はお好み焼きを食べに行こう。

Unit 33 レストラン 餐廳

ナンパの手口

ヨーロッパに出張して困ることは食事だ。

西洋料理が嫌いと言うことではない。

駐在員や、お客と一緒にレストランに行くときは問題がない。

店員に「どうぞこちらにお座りください」と案内されて座っていても、一人だと寂しいと言うか恥ずかしいと言うか、なんとも居心地が悪い。

レストランに来ている私以外の客はみんなカップルで来ているからだ。

日本のレストランはまぶしいくらいに明るい。

ヨーロッパのレストランは薄暗くて、テーブルの上にランプがあるだけだ。

そんな雰囲気の中でカップルは食事をしている。

とても一人では入れない。

そんなときありがたいのはファーストフードの店だ。

そこでは一人で食べている人が多い。

女性も一人で来ている。

彼女も寂しいのかな。

では……

譯文　泡妞手法

去歐洲出差比較傷腦筋的就是吃飯。

並不是不喜歡吃西式料理。

跟同事或客戶一起去時就還好。

每當自己一人去餐廳時，店員帶到位子坐下時總會說「請，請這邊坐」也不知是一個人感到寂寞還是不好意思，總是很不舒服。

因為整個餐廳除了我之外，全是成雙成對的情侶。

日本的餐廳是走明亮路線。

歐洲的餐廳就比較昏暗，只會在桌子上點著小燈。

在這樣氣氛下情侶們都在用餐。

孤單一人的話真是殺風景。

這時要感謝的是還好還有速食店。

在這裡很多都是一個人來吃飯的。

那裡也有一位女性獨自一人來。

她也會寂寞嗎？

那麼……

 學習Point!

　　例文中「どうぞこちらにお座りください」的「お～ください」是店員對我說「座る」這個動作的一種禮貌表現です。

★ 用在對客人或屬下對上司的要求

句型1

一般情形下，日本固有的和語名詞用「お」，漢語則是用「ご」。

お + 動詞 （ます形刪去「ます」） + **ください**

ご/お + 名詞

お + お持ちする、お訪ねする、お教えする、お読みする、
お電話する、お料理する、お約束する、お支度する

ご + ご案内する、ご訪問する、ご説明する、ご連絡する、
ごゆっくりする

しばらくお待ちください。（請稍等一下。）
どうぞこちらへお越しください。（請來這邊。）
こちらにお座りください。（請這邊坐。）

背單字吧！

日　語	中　文	品詞	日　語	中　文	品詞
料理長	廚師長	名	魚料理	有魚類的餐點	名
板前	廚師	名	デザート	甜品	名
仲居	女招待	名	マナー	禮儀	名
シェフ	廚師	名	ナプキン	餐巾	名
コック	廚師	名	予約	預約	名
ウエイトレス	女服務生	名	予約席	預約座位	名
ウエイター	服務生	名	満席	滿座	名
ソムリエ	酒吧招待員	名	勘定	結帳	名
メニュー	菜單	名	喫煙席	吸煙席	名
お品書き	目錄	名	禁煙席	禁煙席	名
ワインリスト	葡萄酒單	名	空席	空席	名
注文	訂購	名	予約する	預約	動
コース料理	套餐	名	注文する	點菜	動
前菜	（正餐前的）開胃菜	名	勘定する	結帳	動
メインディッシュ	主菜		肉料理	有肉類的餐點	名

問題	翻譯成日語	必要的單字		使用表達
A	請告訴我您的電話號碼。	電話番号 (でんわばんごう)	電話號碼	お/ご（～）ください
B	請提前訂購。	注文 (ちゅうもん)	訂購	お/ご（～）ください
C	請看菜單。	メニュー	菜單	お/ご（～）ください
D	明天，請給我電話。	電話 (でんわ)	電話	お/ご（～）ください
E	請在結帳處付錢。	レジ	結帳處	お/ご（～）ください

A ⊃

B ⊃

C ⊃

D ⊃

E ⊃

最近在餐廳裡吃了什麼料理？那間餐廳的氣氛如何？

例 ハバロフスクでウクライナ料理の豚を食べた。

とてもおいしかったがとても高かった。

メニューの値段は 100 グラムの値段で私が食べたのは 300 グラムだった
のだ。

Unit 34 食器・調理器具 餐具・烹飪器具

使途不明の器具

コーヒーを沸かす器具は色々ある。

コンビニに置いてあるようなエスプレッソマシンで作ったコーヒーは意外とおいしい。しかし家庭用のエスプレッソマシンで作ったコーヒーはそんなにおいしくはない。

伝統的な喫茶店ではサイフォン式のコーヒーを入れてくれる。

日本ではこの味がコーヒーの標準なのだろう。

家庭で飲むのなら濾過紙を使ったドリップ式が手軽でおいしい。

イタリア式のエスプレッソ用の八角形をした器具は格好が良いので持っている。

味もエスプレッソマシンより良い。

しかしイタリアで小さな容器に入れてもらってグイッと飲むエスプレッソには及ばない。

イタリアの友達はその小さな容器に二袋も砂糖を入れて飲む。

「そんなにたくさん」と驚いたが、私も真似をしてみるとなるほどおいしかった。

イタリアの片田舎のチンクエテッレ（Cinque Terre）で八角形のものとよく似ているが直接コーヒーカップに注ぐ蛇口のついた可愛い器具を見つけた。

159

欲しいなと思ったが、おもちゃみたいだったので買わなかった。

今になってみると、買っておけば良かったと思う。

ベトナム式の器具もベトナムに行ったときに買ってきた。

コーヒーカップにまず練乳を入れておいてコーヒーを作るのだ。

暑い国ならいいのだろうけど、ゆっくりとコーヒーが落ちてくるので涼しい日本では冷めてしまう。

ついでに言うとトルココーヒー用の器具もアルメニア（Armenia）で買ってきた。

コンロに載せてコーヒーを煮るので苦い。

今ではゆで卵を作るのに良いと家内に重宝がられている。

譯文　　用途不明的器具

煮咖啡的器具各式各樣。

超商裡的濃縮咖啡機煮出來咖啡沒想到會那麼好喝。但是，家庭用的濃縮咖啡機煮出來的咖啡就沒有那樣的香氣。

在傳統的咖啡館裡是用虹吸式咖啡機煮咖啡。

日本人大概就是以這味道為標準的吧。

要是在家裡，用滴落式透過濾紙來沖泡咖啡簡便又好喝。

有一種義式濃縮八角形咖啡機由於外型好看我就買了。

煮出來的味道比濃縮咖啡機煮出來的還要好喝。

但還是比不上在義大利使用小小容器泡出一口飲盡的濃縮咖啡。

義大利的朋友在那小容器內，竟然加了兩包糖。「加這麼多」雖然嚇了我一跳，但後來也仿效他的做法才知道原來還真的不錯。

在義大利鄉下的五漁村（Cinque Terre）我發現了一種很像八角形咖啡機上面還附有水龍頭可直接倒出咖啡的可愛造型器具。

雖然很想買，但由於太像玩具了所以就沒有買。

現在想起來，還有些後悔當時沒有買下它。

還有一種越南式的是我去越南時買的。

沖泡時要先在咖啡杯裡加入煉乳再倒入咖啡。

在熱帶國家還可以如此沖泡，但在日本的話如此慢慢沖泡的方法，咖啡很快就會冷掉。

順便一提還有在亞美尼亞（Armenia）買回來的土耳其煮咖啡用的器具。

要放在瓦斯爐上煮，所以味道會比較苦。

現在我老婆把它用來煮蛋，因為很好用而把它視為珍寶。

 學習Point!

　　例文中「家内に重宝がられている」的「重宝がる」在名詞後加上「がる」有將它視為至寶的意思。在「がる」的前面加上「い形容詞」、「な形容詞」、「名詞」形成動詞形態，而產生有「そのように思う」、「そう感じる」的意思。舉個例子、如「寒がる」、「めずらしがる」「不思議がる」等等。這裡的「重宝がられる」為「重宝がる」的受身形形式、「重宝がる」的主體為我老婆。此文章裡表達出主動形形態，就形成「家内は（器具を）重宝がる」。

句型1

★ **直接受身句（被動句），有直接對應的主動句**
基本上動作的主體以「に」來表示。
から：含有指示出動作之心情或物體的移動性之出發處。
によって：動作之創造、啟發處。

名詞（主語）＋ は/が ＋ 名詞（動作主）＋ に / から / によって ＋ 他動詞（受身形）

・受身文

弟 が先生に叱られた。／弟 が先生から叱られた。

（弟弟被老師罵了。／弟弟被老師罵了。）

161

・能動文

先生（動作主）が弟（目的語）を叱った（他動詞）。」

（老師把弟弟罵了一頓。）

・受身文

太郎はみんなから愛されている。／太郎はみんなに愛されている。

（太郎受到大家的疼愛。／太郎受到大家的疼愛。）

・能動文

みんなは太郎を愛している。（大家都很疼愛太郎。）

・受身文

「坊ちゃん」は夏目漱石によって書かれた。

（「坊ちゃん」是夏目漱石所寫的。）

・能動文

夏目漱石は「坊ちゃん」を書いた。（夏目漱石寫下了「坊ちゃん」。）

★ 間接受身（困惑的受身、被害的受身）。沒有直接對應的主動句

名詞（主語）＋ は/が ＋ 名詞（動作主）＋ に ＋ 自動詞（受身形）他動詞（受身形）

・自動詞

雨に降られた。（下雨了。）

・他動詞

部屋の中でタバコを吸われると困る。

（在房間抽菸真的是很令人傷腦筋。）

★ 持有者的受身（困惑的受身、被害的受身）

名詞（主語）＋ は/が ＋ 名詞（動作主）＋ に ＋ 他動詞（受身形）

（私は）誰かに（私の）足を踏まれた。（我的腳被人踩了。）

日　語	中　文	品詞	日　語	中　文	品詞
食器（しょっき）	餐具	名	ざる	（竹做的）竹簍	名
調理器具（ちょうりきぐ）	烹飪器具	名	ボウル	大碗	名
茶碗（ちゃわん）	碗	名	泡立て器（あわだてき）	發泡容器	名
箸（はし）	筷子	名	ティーポット	茶壺	名
コップ	玻璃杯	名	せん抜き（ぬき）	啤酒紅酒開罐器	名
グラス	玻璃酒杯	名	コルク抜き（ぬき）	螺錐・塞鑽	名
皿（さら）	碟子	名	コーヒーポット	咖啡壺	名
コーヒーカップ	咖啡杯	名	つまようじ	牙籤	名
ナイフ	刀	名	トレイ	托盤	名
フォーク	叉	名	ビン	瓶	名
スプーン	湯匙	名	テーブルクロス	桌布	名
包丁（ほうちょう）	菜刀	名	ナプキン	餐巾	名
皮むき器（かわむきき）	削皮刀	名	洗う（あらう）	洗	動
まな板（いた）	切菜板	名	拭く（ふく）	擦	動
鍋（なべ）	鍋	名	乾かす（かわかす）	弄乾	動
やかん	水壺	名	割る（わる）	打破	動
フライパン	平底煎鍋	名	割れる（われる）	破裂	動

問題	翻譯成日語		必要的單字		使用表達
A	老師稱讚我。		褒（ほ）める 稱讚		に
B	電腦被弟弟弄壞了。		パソコン 電腦		に
C	他很受大家的尊敬。		尊敬（そんけい）する 尊敬		から
D	這幅畫是畢卡索畫的。		描（か）く 畫		によって
E	半夜，嬰兒在哭鬧。		赤（あか）ちゃん 嬰兒		に

A

B

C

D

E

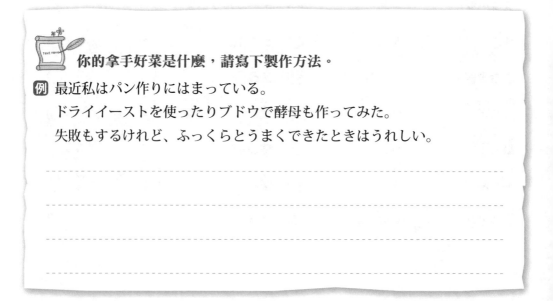

你的拿手好菜是什麼，請寫下製作方法。

例 最近私はパン作りにはまっている。

ドライイーストを使ったりブドウで酵母も作ってみた。

失敗もするけれど、ふっくらとうまくできたときはうれしい。

住居 住宅

福 うさぎ小屋（ごや）

故郷（ふるさと）の大阪（おおさか）の家（いえ）に久（ひさ）しぶりに帰（かえ）った。
街（まち）の様子（ようす）もどんどん変（か）わっている。
子供（こども）の頃（ころ）は家（いえ）の前（まえ）の道路（どうろ）は舗装（ほそう）されて
おらず、土（つち）のままだった。トンボが行（い）
ったり来（き）たりしていたし、大（おお）きなカエ
ルが出（で）てきてびっくりしたり、黄色（きいろ）
い蝶（ちょう）も大（おお）きな黒（くろ）い蝶（ちょう）も舞（ま）っていた。
夜空（よぞら）の星（ほし）もたくさん見（み）えていて、親（おや）
に手（て）を繋（つな）がれて歩（ある）いていると星（ほし）がついてくるのが不（ふ）
思議（しぎ）だった。

家（いえ）の向（む）かいには大（おお）きな屋敷（やしき）があって、よく遊（あそ）びに行（い）ったものだが、今（いま）では
小（ちい）さな一戸建（いっこだ）ての家（いえ）が10数軒（すうけんた）建（た）っている。
斜（なな）め向（む）かいにも公園（こうえん）のような大（おお）きな屋敷（やしき）があった。
塀（へい）の向（む）こうに桑（くわ）の木（き）が見（み）えていたので、自分（じぶん）で飼（か）っていた蚕（かいこ）の餌（えさ）のため、
外側（そとがわ）の木（き）によじ登（のぼ）って桑（くわ）の葉（は）をこっそりともらったものだ。
今（いま）はその広々（ひろびろ）とした敷地（しきち）にも数（かぞ）えられないほどの家（いえ）が建（た）っている。
相続税（そうぞくぜい）の問題（もんだい）で土地家屋（とちかおく）が相続出来（そうぞくでき）なくなり、不動産業者（ふどうさんぎょうしゃ）に転売（てんばい）され、挙（あ）
げ句（く）の果（は）て、マンションやアパート、小（ちい）さな家（いえ）などに変貌（へんぼう）していっている
のだ
近所（きんじょ）の幼（おさな）なじみもどこに行（い）ってしまったのだろう。

譯文　小房子

好久沒有回到了故鄉大阪的家。

街道的樣子全變了。

小時候家門前不是柏油路，那時是泥土路。有蜻蜓飛來飛去，大青蛙也不知從哪裡跳出來把人嚇一跳，黃蝴蝶、大隻黑蝴蝶到處飛舞。夜空中佈滿了星星，父母牽著我的手向前走時，滿天星星好像也跟隨著我們似的，那時覺得真是太神奇了。

我家對面有一個很大的空地，那時常常跑去那裡玩。現在則是蓋了十幾間小小的獨棟住宅。

斜邊對面也有像公園大的空地。

由於牆的對面有桑樹，我為了我養的蠶寶寶，會偷偷地攀爬過去偷摘桑樹葉。

現在那一大片空地上蓋了很多的房子。

現在由於遺產稅制的原因，很多人就不會留給下一代房產，轉而委託不動產公司來買賣，因此很多空地就相繼地成了公寓或小小一間的獨棟住宅。

而我小時候的玩伴大概也都不知搬去哪裡了吧。

 學習Point!

　　例文中「桑の葉をこっそりともらったものだ」的「もらう」是表示：從「大きな屋敷（の人）」拿到「桑の葉」。

> ★ 將東西給予他人時的授受表現：「あげる」
>
> 名詞（授予者）＋は/が＋名詞（接受者）＋に＋名詞（收受之物品）＋を＋あげます
>
> 句型1
>
> （私は）花子さんにプレゼントをあげた。（我送禮物給花子。）
> 母は花子さんに化粧品をあげた。（媽媽送了化妝品給花子。）
> 花子さんは明子さんにプレゼントをあげた。（花子送了禮物給明子。）

　　當授受者為「私」（我）或在心理上感覺是有親近感的人，則不適用「あげる」。

× 花子さんは私にプレゼントをあげた。
○ 花子さんはプレゼントをくれた。（花子送給了我禮物。）

★ 收受東西時的授受表現：「もらう」

句型2

收到東西的人如果不是「我」，或者不是和「我」有親近的關係的人則不適用。
給予者不是人的話，而是社會、學校、團體時，則要用助詞「から」。

名詞 (接受者) + は/が + 名詞 (授與者) + に/から + 名詞 (收受之物品) + を + もらいます

（私は）花子さんにプレゼントをもらった。

（我從花子那裡收到了禮物。）

母は花子さんに化粧品をもらった。

（媽媽從花子那裡收到了化妝品。）

花子さんは明子さんにプレゼントをもらった。

（花子從明子那裡收到了到禮物。）

（私は）会社からボーナスをもらった。

（我從公司那裡拿到了年終獎金。）

★ 將東西給予人時的授受表現：「くれる」

句型3

得到東西的人是「私」（我）或者是感覺和我有親近感的人。
雖然也可以表示從第三者給予第三者的狀況，但使用的條件限制必須
是接受者為與「私」（我）的關係上較親近的人。

名詞 (授予者) + は/が + 名詞 (接受者) + に + 名詞 (收受之物品) + を + くれます

花子さんにプレゼントをくれた。（花子送給了我禮物。）
花子さんは母に化粧品をくれた。（花子送給了媽媽化妝品。）
花子さんは春子さんにプレゼントをくれた。

（例中假設春子是我的妹妹）（花子送給了春子禮物。）

日　語	中　文	品詞	日　語	中　文	品詞
住まい	居住	名	床	地板	名
賃貸	出租	名	内壁	內壁	名
一戸建て	獨棟樓房	名	廊下	走廊	名
アパート	公寓	名	庭	庭園	名
マンション	高級公寓	名	ガレージ	車庫	名
ワンルーム・マンション	單間公寓	名	シャッター	捲簾式鐵門・百葉窗	名
寮	公司、學校宿舍	名	鎧戸	捲簾式鐵門・百葉窗	名
寄宿舎	公司、學校宿舍	名	屋根	屋頂	名
宿舎	宿舍	名	テラス	陽台	名
別荘	別墅	名	ベル	電鈴	名
2階建て	二層樓房	名	外壁	外壁	名
1階	一樓	名	天井	頂棚・天花板	名
2階	二樓	名	タイル	磁磚	名
地下	地下	名	ブラインド	窗簾・百葉窗	名
門	門	名	暖炉	暖爐	名
表札	門牌	名	錠	鎖	名
郵便受け	信箱	名	鍵	鑰匙	名
玄関	門口	名	住む	居住	動
ドア	門	名	引越しする	搬家	動
窓	窗	名	建てる	建蓋	動

動筆寫一寫吧~

問題	翻譯成日語	必要的單字		使用表達
A	我送給女朋友戒指。	指輪	戒指	あげます
B	媽媽給她糖果。	お菓子	糖果	あげます
C	他拿到了香菸。	タバコ	香菸	もらいます
D	她媽媽收到了她給的康乃馨。	カーネーション	康乃馨	もらいます
E	他給了我一本書。	本	書	くれます

A	
B	
C	
D	
E	

想住在什麼樣的房子。

例 朝、小鳥の鳴き声で目覚めるような家に住みたいなあ。
夏は海で海水浴、冬は温泉に入ってから鍋料理を食べる。
駅に近くて、ショッピングもできて……そんなところはないようだ。

Unit 36　部屋 房間

 お仕置き部屋
（しお　べ　や）

駅（えき）から歩（ある）いて7分（ぷん）のマンションに引（ひ）っ越（こ）
してきた。
横浜市内（よこはましない）ではあるが、いわゆる郊外（こうがい）で
自然（しぜん）がまだ残（のこ）っており夏（なつ）には蛍（ほたる）まで飛（と）
び交（か）う。
近（ちか）くには、病院（びょういん）、リハビリ施設（しせつ）、老（ろう）
人（じん）ホーム、教会（きょうかい）、それに何（なん）と葬儀施（そうぎし）
設（せつ）もあるので一生事欠（いっしょうことか）かない。消（しょう）
防署（ぼうしょ）も交番（こうばん）も近（ちか）いので、何（なに）かあればすぐ飛（と）んで来（き）て
くれる。
マンションは電車道（でんしゃみち）に沿（そ）っており、向（む）こう側（がわ）は公園（こうえん）になっているので、部（へ）
屋（や）は居間（いま）も和室（わしつ）も子供（こども）の部屋（へや）もみんな日当（ひあ）たりがよい。
収納（しゅうのう）は通常（つうじょう）の設備以外（せつびいがい）に地下室（ちかしつ）まであるので何（なん）でも放（ほう）り込（こ）んでおける。
私（わたし）も大人（おとな）しくしていないと地下室（ちかしつ）に収納（しゅうのう）されてしまう。

譯文　懲罰間

我搬到了距離車站走路約七分鐘左右的公寓。

雖說是在橫濱市內，但是很像在郊區一般，充滿了自然景色，到了夏天甚至還有
螢火蟲在飛舞。

由於附近也有醫院、復健中心、養老院、教會，甚至葬儀社都有，所以在生活上

的大小事都不用煩惱。消防局、派出所也都在附近，就算有什麼狀況，也能夠馬上來救援。

公寓就緊鄰著電車路線旁，由於對面有公園，所以不論是客廳起、居室，還是小孩子的房間，光線都很充足。

在收納方面除了應有的設備之外，甚至於還有地下室，所以不論什麼東西都放得下。

哪天要是我也做錯了什麼事，就會被收納到地下貯藏室裡。

 學習Point!

　　例文中「何かあればすぐ飛んで来てくれる」的「くれる」是表示：「消防署」或「交番」這個「来る」的動作，蒙受恩惠者為我的家。

句型1

★ 表示自己或站在自己一方的人，為他人做前項有益的行為

做親切行為的人是「私」（我），或者比起接受此行為的人，感覺上是和我較為親近的人。

不使用在工作上本來就應有的行為。

也不可使用在對象是在上位者。

而表示受益者（接受恩惠的對象）的助詞並不是一定只有「に」，須注意會因動詞的不同而有不一樣的用法。

名詞（動作者）＋ は/が ＋ 名詞（接受者）＋ に ＋ 動詞（て形）＋ あげます

（私は）子供に童話を読んであげる。（我為孩子們唸童話書。）

（私は）花子に服を買ってあげる。（我買衣服給花子。）

（私は）太郎に英語を教えてあげる。（我教太郎英語。）

× （私は）課長に売上げを報告してあげる。

○ （私は）課長に売上げを報告する。（我向課長報告業績。）

（私は）子供と遊んであげる。（我陪小孩一起玩。）

（私は）母を助けてあげる。（我幫媽媽的忙。）

（私は）父の靴を磨いてあげる。（我幫爸爸擦鞋子。）

★ 表示我或我方的人，請或讓別人為我方的人做前項動作

接受行為的人是「私」（我），或者比起做這個親切行為的人，我自己覺得對方是和我較為親近的人。

要表示感謝的狀況下在動詞後加上「てくれる」。

名詞（接受者）＋は/が＋名詞（授予者）＋に＋動詞（て形）＋もらいます

（私は）巡査に道を教えてもらう。（我向警察問路。）

（私は）母に弁当を作ってもらう。（媽媽幫我做便當。）

（私は）花子にショパンの曲を弾いてもらう。

（我請花子彈蕭邦的曲子。）

✕ 日本語を教えてもらってありがとう。

○ 日本語を教えてくれてありがとう。（謝謝你教我日語。）

★ 表示他人為我，或為我方的人做前項的動作

「私」（我）以及跟「私」（我）較親近關係的人，因為他人的行為，而令我感到高興及感動時的表現法。

名詞（授予者）＋は/が＋名詞（接受者）＋に＋動詞（て形）＋くれます

花子さんは（私に）コーヒーを買ってくれました。

（花子買咖啡給我。）

太郎は（私の）パソコンを直してくれました。

（太郎幫我修好了電腦。）

林さんが（私に）お金を貸してくれました。（林小姐借了錢給我。）

背單字吧！

日　語	中　文	品詞	日　語	中　文	品詞
入口	入口	名	倉庫	倉庫	名
玄関	門口	名	地下室	地下室	名
部屋	房間	名	クロゼット	衣櫥	名
応接間	客廳	名	押し入れ	衣櫥	名

客間 きゃくま	客廳	名	物置 ものおき	（放菜、柴等的） 倉庫	名
居間 いま	起居室	名	階段 かいだん	樓梯	名
食堂 しょくどう	餐廳	名	小部屋 こべや	小房間	名
書斎 しょさい	書房	名	屋根裏部屋 やねうらべや	頂樓・閣樓	名
台所 だいどころ	廚房	名	スペース	空間	名
キッチン	廚房	名	高さ たか	高度	名
子ども部屋 こ　べや	兒童房	名	長さ なが	長度	名
洗面所 せんめんじょ	盥洗室	名	開ける あ	開	動
トイレ	廁所	名	閉める し	關閉	動
浴室 よくしつ	浴室	名	部屋を片づける へや　かた	整理房間	文
バルコニー	陽台	名	家具を動かす かぐ　うご	移動家具	文
寝室 しんしつ	臥室	名	用具を備え付ける ようぐ　そな　つ	設置用具	文

動筆寫一寫吧~

問題	翻譯成日語	必要的單字		使用表達
A	我做菜給男朋友吃。	料理を作る りょうり　つく	做菜	てあげます
B	我抱起了嬰兒。	抱く だ	抱	てあげます
C	畫家幫我畫了一幅畫。	画家 がか	畫家	てもらいます
D	他幫我吃了我的料理。	料理 りょうり	料理	てもらいます
E	他代替我去出差。	出張する しゅっちょう	出差	てくれます

A ○⌒
B ○⌒
C ○⌒
D ○⌒
E ○⌒

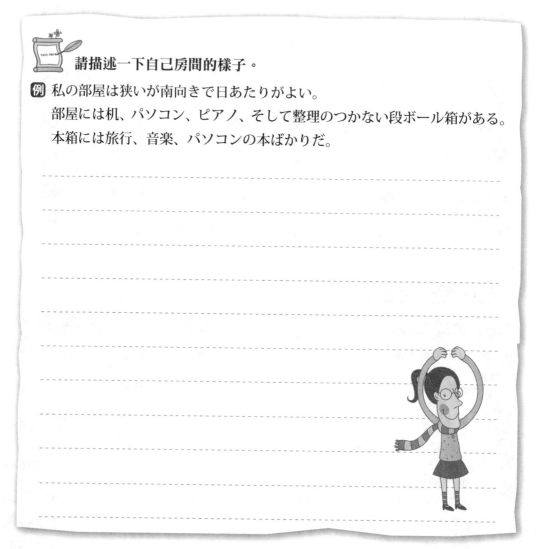

請描述一下自己房間的樣子。

例 私の部屋は狭いが南向きで日あたりがよい。

部屋には机、パソコン、ピアノ、そして整理のつかない段ボール箱がある。

本箱には旅行、音楽、パソコンの本ばかりだ。

家具・寝具 家具・寝具

寿命の長い家具

家内と渋谷にあるアンティークショップに行った。

家内はクラシカルなサイドボードを居間に置きたかったのだ。

中古とは言え、年代ものなので安くはない。

しかし長い間使うものだから良いものが買いたい。

「中国家具を見せていただきたいのですが」と言うと、くすんだ黒塗りの感じの良い収納庫を見せてくれた。

我が家に置いてみると、どっしりと重量感があって、なかなか素敵だ。

分厚い木で作ってあるので、触れてみると気持ちがなごむ。

プラスティック製の家具ではこんな感じは味わえないだろう。

譯文　長壽家具

和老婆去了在渋谷的家具中心。

因為老婆想在起居間裡擺置古典式的餐具櫥櫃。

雖說是中古的，但由於具有歷史所以並不便宜。

因為打算要長期使用，所以想要買好一點的。

跟店員說「想要看中國式家具」他就帶我們去看一個感覺不錯、暗淡漆黑色風格

的收納櫃。

這要是放在我家一定很有份量而且會非常好看。

由於是用厚實的木材所製成的，觸感極為良好。

這樣的感覺是塑膠製品所無法帶來的吧。

 學習Point!

　　例文中「中国家具を見せていただきたいのですが」的「見せる」是
「見る」的使役形表現、「見る」的動作主體為「私」。「見せる」的動作
主體為「アンティークショップ」。「見せていただく」則是「見せてもら
う」的謙讓表現。在「見せていただきたいのですが」的後面加上「いかが
ですか」、「ダメでしょうか」等，是還有其他含意，在這裡是形成了更加
禮貌的表達方式。

句型1

★ 表示「承蒙…」的意思

　　　　　　　　　　　いただけませんか
動詞（て形）＋　いただきたいのですが
　　　　　　　　　　　くださいませんか

ワインの栓を開けていただけませんか。（可以幫我把蓋子打開嗎？）
日本語を教えていただきたいのですが。（想請您教我日語。）
日本語を教えてくださいませんか。（可以教我日語嗎？）

背單字吧！

日　語	中　文	品詞	日　語	中　文	品詞
家具（かぐ）	家具	名	寝具（しんぐ）	寢具	名
テーブル	桌子	名	布団（ふとん）	被褥	名
勉強机（べんきょうづくえ）	學習用桌子	名	敷布団（しきぶとん）	褥子・墊被	名

いす	椅子	名	敷布（しきふ）	床單	名
ソファ	沙發	名	シーツ	床單	名
たんす	衣櫥	名	掛けぶとん（か）	蓋被	名
本棚（ほんだな）	書架	名	座布団（ざぶとん）	坐墊	名
戸棚（とだな）	櫥櫃	名	クッション	靠墊	名
下駄箱（げたばこ）	鞋櫃	名	毛布（もうふ）	毛毯	名
鏡（かがみ）	鏡子	名	枕（まくら）	枕頭	名
ストーブ	暖爐	名	枕カバー（まくら）	枕頭套	名
敷き物（しきもの）	舖的東西	名	ベッド	床	名
マット	墊子	名	ダブルベッド	雙人床	名
クローゼット	壁櫥	名	パジャマ	睡衣	名
ハンガー	衣架	名	寝巻（ねまき）	睡衣	名
バスローブ	浴衣	名	ガウン	長袍	名

🖊 動筆寫一寫吧~

問題	翻譯成日語	必要的單字		使用表達
A	可以幫我把房間收拾一下嗎？	片（かた）づける	收拾	いただけませんか
B	可以幫我把椅子移動一下嗎？	動（うご）かす	移動	いただけませんか
C	我想請你幫我把桌子擦一下可以嗎？	拭（ふ）く	擦	いただきたいのですが
D	我想請你幫我開暖爐可以嗎？	ストーブ	暖爐	いただきたいのですが
E	可以幫我蓋一下棉被嗎？	布団（ふとん）	棉被	くださいませんか

177

A ⟲

B ⟲

C ⟲

D ⟲

E ⟲

你最喜歡的家具是什麼？為什麼呢？

例 一番好きな家具はコタツだ。

部屋全体を温めるのではなく、足を暖めて体全体が暖かくなり経済的だ。

もちろん眠くなったら転がって寝る。

Unit 38

家電製品 家電産品

好奇心は長生きのもと

父親は若いころ電器製品の製造会社で働いていたこともあって、家電などの文明の利器が好きだ。

当時はデジカメなどはもちろんなかったし、カラーフィルムすらなかった時代だが、白黒のフィルムの立体写真機をいち早く手に入れていた。

テープレコーダーも今の便利なICレコーダーと違ってテープを使うリール式だった。家族の声を録音してくれたが、自分の声が別人のように聞こえたのにはびっくりした。

その後、父親はどでかいステレオを揃えたり、8mmフィルムの映写機からビデオカメラまで手を伸ばしていった。

趣味のものだけでなく、エスプレッソマシーンとかIHクッキングヒーターなどの調理器具にも飛びついていた。

90歳の頃、真空管式のラジオを作るため、大阪ではお目当ての真空管がもはや手に入らないので、わざわざ京都まで行って買ってきたのには驚いた。

長生きのためには、好奇心を持ち続けた方がいいようだ。

179

好奇心是長壽之源

爸爸年輕時曾在電器製造公司工作過，很喜歡文明的利器等等之類的家電用品。當時當然沒有像現在的數位相機，甚至於彩色底片也還沒問世，但我家早有了黑白底片立體相機。

錄音機也和現在的IC記錄器不一樣，那時是使用錄音帶捲帶式的。爸爸幫我們家裡每一個人錄了音，當聽到自己錄下的聲音聽起來像是別人的聲音時，真是嚇了一大跳。

之後，爸爸又收集了大型立體聲音響，從8mm底片照相機到攝錄影機都不放過。

不僅限於有興趣的，就連義式機器或是IH廚房電爐都有涉及。爸爸在九十歲左右為了要做真空管式收音機，由於在大阪找不到適合想要的，還特地跑去京都購買，真把我嚇了一跳。

看來要長壽的話，還是常保好奇心比較好吧。

 學習Point!

　　例文中「好奇心を持ち続けた方がいいようだ」的「たほうがいい」是對「持ち続ける」這行為、動作做以建議性的表達方式。「ようだ」則是表現出較為柔和的建議性表達方式。「たほうがいいと思います」一樣也是較溫和的建議性表達法。

句型1

★ 用在向對方提出建議，或忠告的時候

動詞（た形）
動詞（ない形） **＋ ほう ＋ が ＋ いい ＋ です**

禁煙（きんえん）したほうがいいです。（最好是禁菸。）

タバコを吸（す）わないほうがいいです。（最好是不要抽菸。）

句型 2

● ★ 表示禁止 ⋯⋯⋯⋯⋯⋯⋯⋯⋯⋯⋯⋯⋯⋯⋯⋯⋯⋯⋯⋯

動詞（て形）**＋　は　＋　いけません**

ここでタバコを吸ってはいけません。（在這裡不可以抽菸。）

句型 3

● ★ 表示沒有必要做前面的動作也沒關係 ⋯⋯⋯⋯⋯⋯⋯⋯⋯

動詞（ない形）**＋　なくて　＋　も　＋　いいです**

時間があるから、急がなくてもいいです。

（因為還有時間，可以不用那麼急。）

背單字吧！

日　語	中　文	品詞	日　語	中　文	品詞
家電	家電	名	換気扇	抽風扇	名
電気製品	電器	名	テレビ	電視	名
電子レンジ	微波爐	名	ラジオ	收音機	名
オーブン	烤箱	名	ステレオ	立體聲	名
トースター	烤麵包機	名	CDプレイヤー	CD播放機	名
電気ポット	電熱水瓶	名	スピーカー	揚聲器	名
ミキサー	果汁機	名	イヤフォーン	耳機	名
湯沸かし器	熱水器	名	ビデオ	攝影機	名
冷蔵庫	冰箱	名	ビデオカメラ	錄影機	名
冷凍庫	冷凍庫	名	電気	電燈	名
皿洗い機	洗盤子機	名	ライト	電燈	名

エアコン	空調	名	蛍光灯 けいこうとう	螢光燈	名
クーラー	冷氣	名	電灯 でんとう	電燈	名
ヒーター	暖氣	名	コンセント	電源插座	名
ホットカーペット	電熱毯	名	スイッチ	開關	名
扇風機 せんぷうき	電風扇	名	つける	點燈	動
壊れています。 こわ	壞掉了	文	消す け	關掉	動
（ヒューズが）飛ぶ と	（保險絲）燒壞	動	ボタンを押す お	按按鈕	文
（電球が）切れる でんきゅう き	（電燈泡）壞掉	動	作動しません。 さどう	不動	文

動筆寫一寫吧~

問題	翻譯成日語	必要的單字		使用表達
A	最好把電視關小聲一點。	テレビ	電視	ほうがいいです
B	最好不要使用微波爐。	電子レンジ でんし	微波爐	ほうがいいです
C	電視不可開太大聲。	音 おと	聲音	てはいけません
D	不可使用微波爐。	使う つか	使用	てはいけません
E	可以不開空調。	エアコン	空調	なくてもいいです

A	
B	
C	
D	
E	

如果沒有微波爐、冰箱、電視時，你會怎麼辦？

例 現代では電気、水、どれが止まっても大変困る。

給水停止の予告があれば前もって溜めておくことができる。

電気がなければろうそくを点す。それもロマンチックだ。

Unit 39 インテリア 室内装飾

 ## 世界遺産にはまだまだ

私の生まれた大阪の家は100年ほど前に建てられた典型的な日本家屋だ。

ほとんどの部屋は畳が敷いてある。へやの柱はペンキなど塗っていない木肌そのものだ。

壁は壁紙でなく、土をこねた塗り壁だ。部屋と部屋は和紙が張ってある襖で仕切られている。夏は襖を葦戸に替える。襖の上部は透かし彫りの欄間があり風通しがよいように造られている。

今で言うインテリアと言えば古い日本家屋独特の「床の間」がある。

一畳ほどの空間だが、そこに四季折々の絵が描かれた掛け軸が掛けられていて、鶏などの動物の置物が置かれていたりする。

あるいは、生け花が置かれているときもある。お正月には鏡餅、三月にはお雛様、五月には鎧兜が飾られている。

子供の頃、お正月の間は鏡餅の上に載せておかなければならない干し柿を盗み喰いしたり、お雛様に飾ってある菱餅をねだって、よく怒られたものだ。

還稱不上是世界遺產

我出生地的大阪的家大約是在一百年前建造的典型日式房屋。

裡面的房間多是榻榻米。柱子是原木的沒有上漆。牆壁沒有貼壁紙只是塗上泥土的牆壁。房間和房間中間用日式拉門做為隔間。夏天時就換成用蘆葦編製的斗簾。上面為了通風良好而做了透亮雕刻造型。

有以現今室內裝潢設計裡頗具日式房間代表的壁龕。大概一個榻榻米左右大的空間，通常會掛著因應四季時節的畫，或是擺設雞之類造型的動物。有時也會擺設插花，過年時節會擺置年糕，三月時陳設日式偶人，五月時則是鎧甲造型的擺設。我小時候會偷吃放在年糕上的柿餅乾，還有一直吵著要偶人旁的菱形糕餅，因此常常被罵。

 學習Point!

　　例文中「載せておかなければならない」的「なければならない」是表示「載せておく」這個行為、動作是必須要完成的。

句型1

★ 表示必要和義務

動詞（ない形，將「ない」去掉）＋ なけれ ＋ ば ＋ なりません

太^{ふと}りすぎなのでダイエットをしなければならない。

（由於太胖了所以不得不減肥。）

句型2

★ 表示從前文的前提出發，推測出結論

節 ＋ はず ＋ です

一流^{いちりゅう}シェフが作^{つく}ったので、おいしいはずだ。

（因為是一流的廚師所做的，應該是很好吃。）

句型3

★ 表示以某種情理、經驗為依據，推論出某一事物為完全不可能

節 ＋ はず ＋ が ＋ ありません

素人^{しろうと}が作^{つく}ったので、おいしいはずがない。

（因為是外行人所做的，不可能會好吃。）

185

日　語	中　文	品詞	日　語	中　文	品詞
室内装飾	室內裝飾	名	置き時計	座鐘	名
インテリア	室內裝飾	名	掛け時計	掛鐘	名
じゅうたん	地毯	名	絵画	繪畫	名
玄関マット	玄關墊子	名	テーブルセンター	鋪在餐桌中央的編織物	名
ベッドカバー	床罩	名	カレンダー	日曆	名
テーブルカバー	桌布	名	写真	照片	名
クッション	靠墊	名	ポスター	海報	名
カーテン	窗簾	名	壁掛け	壁掛	名
ブラインド	百葉窗	名	屏風	屏風	名
壁紙	壁紙	名	つい立	屏風	名
ドライフラワー	乾燥花	名	ベンチ	長凳	名
花びん	花瓶	名	絵皿	畫兒碟子	名
オルゴール	音樂盒	名	小物	小東西	名
ロウソク	蠟燭	名	飾る	裝飾	動
ランプ	燈	名	掛ける	掛上	動
シャンデリア	枝形（或花形）吊燈	名	置物	擺設的裝飾品	名

動筆寫一寫吧~

問題	翻譯成日語	必要的單字		使用表達
A	一定要將窗簾關上。	カーテン	窗簾	なければなりません
B	應該是有拍了照片。	写真	照片	はずです
C	我應該有設定鬧鐘。	目覚まし時計	鬧鐘	はずです
D	因為我家很小，所以應該不會買吊燈。	シャンデリア	吊燈	はずがありません
E	懶惰的他不可能會整理房間。	怠ける	懶惰	はずがありません

A

B

C

D

E

想要如何裝飾不同的房間呢？

例 部屋は簡素な飾りが良いとおもう。

廊下には何か古典的な絵を飾り、居間には観葉植物だけでよい。

私の部屋は飾りつけより整理する方が先だ。

Unit 40 交通 交通

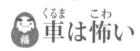

車は怖い

車の運転はそんなに好きではない。

交通の便利な大阪から横浜の郊外に引越

してきたとき、マーケットに行くのに

車が必要だろうと家内が運転免許を取

った。

その後、私も興味半分で教習所に通

った。

日本では車は左側通行なのに、教習

所内での練習のとき、右折してすぐ右側車線に入っ

てしまった。

教官に「海外で暮らしていたのか？」って皮肉を言われた。

海外出張は何回も行っているが、駐在した経験はなかった。

ただ単に間違っただけだ。

いよいよ路上教習。

赤信号で停車、青信号で発車のとき、ギアチェンジレバーと間違ってサイ

ドブレーキを掛けてしまった。

後続の車はびっくりして急ブレーキ。

助手席の教官に「発車のとき、サイドブレーキを掛けた人はあなたが初め

てです」とお誉めの言葉をいただいた。

高速道路で事故を起こしたこともある。

もっとも、料金所で小銭を出そうとポケットを探っていると、ブレーキに掛けている足が浮いて、前に止まっていた車に追突しただけだが。

前の車から出てきたのは男性。建設関係の強面の人で、彼の助手席にはフィリッピンの女性が座っていた。

これは、やばい！脅されたりしたら、どうしよう？

しかし男の人は顔に似合わず優しい人でホッとした。

どうも私と車の相性は悪いようだ。

雨の日。

家内から迎えに来てくれと電話があったので、傘を持って迎えに行った。

「どうして車で来なかったの？」と、家内に怒られた。

車など全く私の頭にはなかったのだ。

譯文　車子很恐怖

我並不怎麼喜歡開車。

從交通十分方便的大阪搬到橫濱的郊區時，要出門去超市就得開車，所以我老婆就去考駕駛執照。

接著不是很有興趣的我也去了汽車駕訓所學開車。

在日本車子是靠左邊行駛，而我在教練場練習時，右轉後我卻馬上切入右側車道。

結果被教官虧說：「你在國外住過吧」。

雖然因出差出國是有，但並沒有長期停留的經驗。

只是不小心弄錯而已。

終於上路練習。

紅燈停，亮綠燈行駛時，不小心把變速桿當手剎車。

後方來車嚇得緊急剎車。

坐在副駕駛座的教官稱讚我說：「從來沒有人發車時就拉手剎車，你是第一人」

也曾在高速公路上發生過車禍。

原本在收費站要從口袋裡找出零錢，踩著剎車的腳一不小心抬了起來就追撞到前面的車子。

前面的車子裡下來了一個男人。好像是從事建築工地的粗壯男人。在副駕駛座裡坐著一位菲律賓女子。

心想這下完蛋了，要是被威脅，該怎麼辦？

但是那男人還好面惡心善，使我鬆了一口氣。

總覺得我跟車子八字不合。

某個下雨天。

老婆打電話要我去接她，我就帶著雨傘去。

卻被老婆罵說：「為什麼不開車來？」

什麼？開車？我從來也沒想過這事。

 學習Point!

例文中「脅されたりしたら、どうしよう」的「たら」是指示：在「脅される」為假設情況下，結果會產生「どうしよう？（と不安になる））」的狀態。使用於當前面句子發生之下後面所敘述句子也跟著實現。

★ 前面的事件和後面的事件是一般性反覆的因果關係
[條件] ＋ ば ＋ [結果]

春になれば桜が咲く。（春天一到，櫻花就開了。）

★ 幾乎都是可以達成事件的條件，並不受前面的事件和後面的事件的限制
[條件] ＋ たら ＋ [結果]

・順態假定事件

雨が降ったらキャンプは中止だ。（如果下雨的話露營活動就停止。）

・發現

「昨日阿里山に行ったら桜が満開だった。

（昨天去阿里山時，看到了櫻花盛開。）

・過去的習慣

子供のころ公園に行ったらよくブランコに乗っていた。

（我小時候只要去公園常常都會玩鞦韆。）

・與事實相反

私が小鳥だったら空を飛べる。

（我如果是隻小鳥，就可以在天空飛翔。）

★ 使用在某些條件下的必然結果、確定、過去的習慣，動作先後順序

句型3

条件 ＋ と ＋ 結果

・必然

1に2を足すと3になる。（1加2等於3。）

・確定

窓を開けると外は雨だった。（打開窗戶時，外面下著雨。）

・過去習慣

冬になるとスキーをした。（一到冬天，我就去滑雪了。）

・順次動作

ドアが開くとたくさんの客が入ってきた。

（一打開門，就湧進了大量的客人。）

★ 在知道某些條件的狀態下，自己做出判斷 ⋯⋯⋯⋯⋯⋯

句型4

条件 ＋ なら ＋ 結果

林さんが参加するなら、私も参加します。

（林小姐參加的話，我也會參加。）

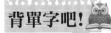

背單字吧！ 🦉

日　語	中　文	品詞	日　語	中　文	品詞
乗り物	交通工具	名	信号	信號	名

<ruby>乗用車<rt>じょうようしゃ</rt></ruby>	車	**名**	<ruby>青信号<rt>あおしんごう</rt></ruby>	綠燈	**名**
<ruby>車<rt>くるま</rt></ruby>	車	**名**	<ruby>赤信号<rt>あかしんごう</rt></ruby>	紅燈	**名**
オートバイ	摩托車	**名**	<ruby>交差点<rt>こうさてん</rt></ruby>	交叉路口	**名**
スクーター	速可達	**名**	カーブ	彎曲	**名**
<ruby>自転車<rt>じてんしゃ</rt></ruby>	腳踏車	**名**	<ruby>渋滞<rt>じゅうたい</rt></ruby>	塞車	**名**
<ruby>電動アシスト自転車<rt>でんどう　　　　じてんしゃ</rt></ruby>	電動腳踏車	**名**	<ruby>交通違反<rt>こうつういはん</rt></ruby>	違反交通規則	**名**
トラック	卡車	**名**	<ruby>制限速度<rt>せいげんそくど</rt></ruby>	限制速度	**名**
ハンドル	方向盤	**名**	スピード<ruby>違反<rt>いはん</rt></ruby>	違規超速	**名**
シートベルト	安全帶	**名**	<ruby>駐車違反<rt>ちゅうしゃいはん</rt></ruby>	違規停車	**名**
<ruby>運転免許<rt>うんてんめんきょ</rt></ruby>	駕照	**名**	<ruby>駐車禁止<rt>ちゅうしゃきんし</rt></ruby>	禁止停車	**名**
<ruby>道路<rt>どうろ</rt></ruby>	道路	**名**	<ruby>直進する<rt>ちょくしん</rt></ruby>	一直前進	**動**
<ruby>高速道路<rt>こうそくどうろ</rt></ruby>	高速公路	**名**	<ruby>右折する<rt>うせつ</rt></ruby>	右轉	**動**
<ruby>料金所<rt>りょうきんじょ</rt></ruby>	收費處	**名**	<ruby>左折する<rt>させつ</rt></ruby>	左轉	**動**
インターチェンジ	高速公路出入口	**名**	バックする	後退	**動**
ガソリン	汽油	**名**	<ruby>駐車する<rt>ちゅうしゃ</rt></ruby>	停車	**動**
ガソリンスタンド	加油站	**名**	ブレーキを<ruby>踏む<rt>ふ</rt></ruby>	踩煞車	**文**
<ruby>駐車場<rt>ちゅうしゃじょう</rt></ruby>	停車場	**名**	<ruby>出る<rt>で</rt></ruby>	出	**動**
<ruby>交通<rt>こうつう</rt></ruby>	交通	**名**	<ruby>追い越す<rt>おこ</rt></ruby>	趕過、追過	**動**
<ruby>標識<rt>ひょうしき</rt></ruby>	標識	**名**	<ruby>止まる<rt>と</rt></ruby>	停	**動**

動筆寫一寫吧~

問題	翻譯成日語	必要的單字		使用表達
A	如果是搭車去的話，就可以早一點到車站。	早く（はやく）	早一點	ば
B	要是有駕照的話，就好了。	運転免許（うんてんめんきょ）	駕照	たら
C	十字路口向右轉就可以看到加油站。	交差点（こうさてん）	十字路口	と
D	他開車總是開得超快的。	スピードを出す（だす）	開得超快	と
E	如果是為了健康的話，騎腳踏車比較好。	自転車（じてんしゃ）	腳踏車	なら

A	
B	
C	
D	
E	

曾經有違反過交通規則或看過別人違反交通規則嗎？那是怎樣的情形？

例 交通ルールと言うよりマナーは国々によって違うので注意が必要だ。
ドイツだったか信号のないところを渡ろうとしたら車が止まってくれた。
台湾は自分の身は自分で守らなければいけない。

Unit 41 バス、タクシー 巴士、計程車

バスは怖い

今日は初めて北屯分校で日本語を教える日だ。

タクシーで行っても良いけど高そうなので、安いバスで行くことにした。

台中駅前のバスの停留所で何番の路線に乗ったらいいか確認しておいた。

バスに乗ってしばらくして窓の外に見える道路の名前と地図とを見比べてみた。

どうもおかしい。

運転手に聞くと、乗り間違って反対方向に走っているのだ。

初めての授業なのに遅刻する。

あわててバスから降り、タクシーに飛び乗った。

反対方向のバスに乗っていたので、目的地に着くまで結構時間がかかった。

授業にはかろうじて間に合ったが、タクシー代は300元もした。

薄給故、せっかく節約してバスにしたのに。

泣きそうだった。

搭公車很可怕

今天是我第一次在北屯分校上課。

雖然搭計程車去分校也可以，但實在是太貴了，所以決定搭便宜的公車。

我先在台中車站前的公車站牌看了要搭幾號公車。

搭上公車後拿著手上的地圖邊看著邊比對車窗外的路名。

好像怪怪的。

問了公車司機後才知道，原來我坐到相反方向的公車。

第一天的課怎麼可以遲到。

我慌張地馬上下了公車，改搭計程車飛奔去分校。

由於是反方向所以花了更多的時間。

還好有趕上上課時間，但卻花了我三百元的計程車費。

因為上課所得不多，原本想要節省花費才搭公車，但倒花了更多。

當時真是想哭啊！

 學習Point!

　　例文中「タクシーで行っても良い」的「ても」是表示假定就算「タクシーで行く」要花錢也沒有關係的意思，後面所敘述句子為反論式的表達。

句型1

★ 表示逆接條件

名詞（主語）＋ が/は ＋

名詞＋で
い形容詞語幹＋くて
な形容詞語幹＋で
動詞（て形）

＋ も ＋ 節

たとえ雨が降っても、ハイキングに行く。

（即使下雨，還是要去郊遊。）

昨日何度電話しても、彼女は電話に出なかった。

（昨天打了好幾次電話給她，但她都沒有接。）

★ 表示許可或允許

動詞（て形） **+ も + いいです**

5時（じ）になったので、もう帰（かえ）ってもいいですか。

（已經5點了，可以回去了嗎？）

背單字吧！

日　語	中　文	品詞	日　語	中　文	品詞
バス	巴士	名	座席（ざせき）	座位	名
マイクロバス	小型巴士	名	時刻表（じこくひょう）	時刻表	名
バス停（てい）	公車的停靠站	名	方向（ほうこう）	方向	名
タクシー乗（の）り場（ば）	計程車乘車處	名	終点（しゅうてん）	終點	名
タクシードライバー	出租司機	名	車庫（しゃこ）	車庫	名
乗車券（じょうしゃけん）	車票	名	（切符（きっぷ））を切（き）る	剪票	動
料金（りょうきん）	費用	名	～行（ゆ）きのバス	往～的巴士	句
領収証（りょうしゅうしょう）	收據	名	次（つぎ）の駅（えき）	下一站	名
運転手（うんてんしゅ）	司機	名	2駅（えき）あと	2個車站後	句
ガイド	導遊	名	～の近（ちか）く	～附近	句
乗客（じょうきゃく）	乘客	名	乗（の）る	乘坐	動
荷物（にもつ）	行李	名	降（お）りる	下來	動

動筆寫一寫吧~

問題	翻譯成日語	必要的單字		使用表達
A	就算搭計程車，也來不及。	タクシー	計程車	ても
B	就算是計程車司機，也會走錯路。	タクシードライバー	計程車司機	ても
C	沒有導遊也可以。	ガイド	導遊	てもいいです
D	在下一站下車也可以。	降りる	下車	てもいいです
E	有空位都可以坐。	座席	座位	てもいいです

A

B

C

D

E

你搭計程車最遠的那一次是有什麼重要的事情要辦。

例 ローマからアッシジまでタクシーで行った。

運転手はコーヒーショップに立ち寄ってエスプレッソをグイと飲む。

会社の出張なのでタクシー代が高くても構わない。

197

Unit 42 電車 火車

 ## 新幹線は怖い

会社の先輩は大物だなあ。

先輩が外国のお客さんを連れて、名古屋
の工場見学に行った。

大阪から名古屋までは新幹線だ。

無事工場見学を終わらせ、名古屋か
ら大阪まで戻るべく、新幹線に乗っ
た。

列車が動き出し、初めて彼は反対
方向に新幹線が走っているのに気がついた。

新幹線なので途中で停まらず、東京まで行ってしまった。

しかも海外からのお客さんを連れて。

名古屋駅では、上りと下りが同じホームなので間違いやすい。

 ### 譯文　　搭新幹線很可怕

公司的前輩是個強人。

前輩帶著國外的客戶去名古屋的工廠參觀。

從大阪到名古屋是搭新幹線。

參觀結束之後，搭上了新幹線直接回到大阪。

新幹線發動後，前輩就感覺搭到了反方向的車。

由於是新幹線中途不停車，所以只好一路坐到東京。

而且身邊還帶著外國客戶。

這是因為在名古屋車站，往東京跟往大阪是在同一月台，所以真的是很容易搭錯車。

 學習Point!

　　例文中「間違いやすい」的「やすい」是表示「間違う」的可能性，頻率很高。

句型1

★ 表示該行為、動作很容易做。該事情很容易發生 ………………
動詞（ます形刪去「ます」）+ **やすい** + **です**
この問題は解きやすい。（這個問題很容易解決。）
6月は雨が降りやすい。（六月很常下雨。）

句型2

★ 表示該行為、動作不容易做，該事情不容易發生 ………………
動詞（ます形刪去「ます」）+ **にくい** + **です**
雪道は滑るので歩きにくい。（積雪的路因為會滑，所以不好走。）
高い山の雪は解けにくい。（高山上的雪，不容易融化。）

 背單字吧！

日　語	中　文	品詞	日　語	中　文	品詞
電車	電車	名	駅員	車站工作人員	名
地下鉄	地鐵	名	運転手	司機	名
モノレール	單軌鐵路	名	車掌	乘務員	名
普通列車	普通列車	名	始発	頭班（車）	名
急行	快車	名	終電	末班電車	名

特急 (とっきゅう)	特快	名	料金 (りょうきん)	費用	名
グリーン車 (しゃ)	商務車廂	名	～号車 (ごうしゃ)	～號車	名
夜行列車 (やこうれっしゃ)	夜行列車	名	車両 (しゃりょう)	車輛	名
寝台車 (しんだいしゃ)	臥舖車	名	停車 (ていしゃ)	停車	名
食堂車 (しょくどうしゃ)	餐車	名	割増料金 (わりましりょうきん)	額外費用	名
駅 (えき)	車站	名	片道切符 (かたみちきっぷ)	單程票	名
待合室 (まちあいしつ)	等候室	名	往復切符 (おうふくきっぷ)	來回票	名
プラットホーム	月台	名	乗り換える (のりかえる)	轉車	動
切符売り場 (きっぷうりば)	售票處	名	時間どおり (じかん)	準時	句
駅長 (えきちょう)	站長	名	遅れる (おくれる)	遲到	動

✎ 動筆寫一寫吧~

問題	翻譯成日語	必要的單字		使用表達
A	這台臥室列車的床，滿好睡的。	寝台車 (しんだいしゃ)	臥舖車	やすい
B	這個車站轉車很方便。	乗り換える (のりかえる)	轉車	やすい
C	在普通列車吃飯很不方便。	普通列車 (ふつうれっしゃ)	普通列車	にくい
D	賣票的地方很難找。	切符売り場 (きっぷうりば)	賣票的地方	にくい
E	冬天的早晨很不想起床。	起きる (おきる)	起床	にくい

A ⇥

B ⇥

C ⇥

D ⇥

E ⇥

有沒有搭錯過電車？當時是什麼情形？

例 イタリアの友人を名古屋で案内したとき電車に乗り間違えた。
何年か後、大阪の環状線に彼といっしょに乗ったとき反対側の電車に乗った。
彼はそのことをいつまでも覚えている。

Unit 43　飛行機　飛機

飛行機は怖い

モスクワの空港からコペンハーゲン行きの飛行機に乗った。

疲れていたのでうつらうつらして目が覚めると、飛行機はすでに着陸して滑走路を走っていた。

入国審査を終え、スーツケースがターンテーブルから出てくるのを待っていた。

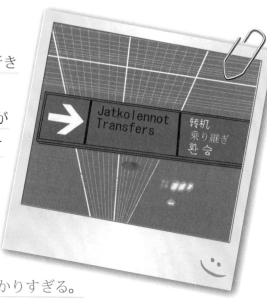

スーツケースが出てくるのに時間がかかりすぎる。

しかも、どうもこの前来たコペンハーゲンの空港と様子が違う。

ウワッ！ここはコペンハーゲンではない。途中のヘルシンキの空港なのだ。

慌ててゲートに戻った。

もはやゲートは閉まっている。

どうしよう？

ゲートのドアのところに非常ベルがあった。

私にとっては非常なのでベルを押した。

けたたましくベルが鳴って係りの人が飛んできた。

そうこうするうちにコペンハーゲンに行く人が三々五々集まってきた。

何だ、まだ飛行機が出発するまで時間があったのだ。

まだ非常ベルが鳴っている。

私は知らぬ顔を装って、椅子に座って待っていた。

譯文 搭飛機很可怕

從莫斯科（俄羅斯首都）搭乘前往哥本哈根飛機。

因為太累了迷迷糊糊地睡著了，醒來時飛機已滑行在跑道上。

入國審查結束，就在行李輸送帶旁等待行李。

等了好久。

而且這裡怎麼跟我以前來過的哥本哈根機場不太一樣。

啊！這裡不是哥本哈根。是中途的赫爾辛基（芬蘭首都）的機場。

我慌張地回到了登機口 。

登機門已經關閉了。

怎麼辦？

這時看到了登機口的門邊有個緊急按鈕。

對我來說真是太重要了，所以我就按下了按鈕。

航空人員聽到了尖銳的鈴聲跑過來。

就在此時要前往哥本哈根的人三三兩兩地聚集過來。

原來，還沒到飛機起飛的時間。

但緊急按鈕還在響。

我就裝著不知情的表情，坐在椅子上等。

學習Point!

　　例文中「時間がかかりすぎる」的「すぎる」是表示因為「時間がかか
る」這動作太過度而產生困擾。

句型1

★ 表示程度超過限度，超過一般水平 ·······················

い形容詞語幹
な形容詞語幹　　　　　　　　　　　　+　すぎます
動詞（ます形刪去「ます」）

給料が少なすぎる。（薪水太少。）
都会は賑やかすぎて好きではない。（都市裡太過於熱鬧我不喜歡。）
食べすぎは体に良くない。（吃太多對身體不好。）

背單字吧！

日　語	中　文	品詞	日　語	中　文	品詞
飛行機	飛機	名	キャビンアテンダント	客艙服務員	名
ジェット機	噴氣式飛機	名	禁煙席	禁菸席	名
プロペラ機	螺旋槳飛機	名	喫煙席	吸菸席	名
旅客機	客機	名	座席番号	座位號碼	名
空港	機場	名	機内食	飛機餐	名
滑走路	飛機滑行跑道	名	手荷物	隨身行李	名
搭乗口	搭乘口	名	ターンテーブル	行李轉盤	名
タラップ	登機梯	名	離陸	起飛	名
航空券	機票	名	着陸	著陸	名
チケット	車票	名	行き先	目的地	名
搭乗券	登機證	名	非常出口	緊急出口	名
エコノミークラス	經濟艙	名	フライト時間	飛行時間	名
ビジネスクラス	商務艙	名	ライフジャケット	救生衣	名
ファーストクラス	頭等艙	名	救命胴衣	救生衣	名
パイロット	飛行員	名	搭乗する	搭乗	動
客室乗務員	客機乘務員	名	シートベルトをしめる	繫安全帶	文

動筆寫一寫吧~

問題	翻譯成日語	必要的單字		使用表達
A	對我來說頭等艙太貴了。	ファーストクラス	頭等艙	すぎる
B	經濟艙等的座位太窄了。	窮屈だ	窄	すぎる
C	在飛機上吃太多了。	機内食を食べる	吃飛機上的食物	すぎる
D	隨身行李拿太多了。	手荷物	隨身行李	すぎる
E	安全帶繫太緊，所以肚子痛。	シートベルト	安全帶	すぎる

A

B

C

D

E

什麼時候曾搭過飛機？具體的回想把它寫出來。

例　グランドキャニオンで小さなセスナ機に乗って観光した。
峡谷では風が不安定なので上下左右に揺れてとても怖かった。
飛行機の床ばかり見て外の景色は覚えていない。

Unit 44 街 城市

とても大切なこと

今日はちょっと肌寒いが天気がよい。

ホテルからニューヨーク近代美術館まで

は歩いて行けそうだ。

太っちょの黒人とか、太っちょのおば

さんの間をすり抜けて歩いていった。

お腹の調子が悪い。

何だか痛くなってきた。

トイレだったらセントラルパークに

あるはずだ。

公園の中のクネクネした道を急ぎ足で歩いていくと、芝生の向こうにトイ

レが見える。

しかしよく見ると、トイレのドアが全部ない。

こんなところは御免だ。

近代美術館にまっしぐらに向かい、事なきを得、ホッとした。

ヨーロッパでもトイレ探しには苦労する。

トイレの前で待ちかまえているおばさんにコインを渡さなければならな

い。

プラハのマクドナルドで、コーヒーを飲みに入ったときだった。

トイレに行くには回数券のような切符を買わなければならないのには驚い

た。

很重要的事

今天感覺有點涼但是天氣很好。

從飯店到紐約近代美術館好像走路就可以到達。

在路上我穿過大胖子黑人和胖子女人間走了過去。

不知道什麼原因肚子不太舒服，痛了起來。

在中央公園裡應該有洗手間。

我快步穿過公園彎彎曲曲的小路，在草坪那邊看見洗手間。

可是仔細一看，整個洗手間都沒有門。

這我可沒有勇氣。

再拚命往近代美術館走，有了，這可鬆了我一口氣。

在歐洲要找洗手間也是很累人的事。

要上洗手間一定要付錢給在洗手間前面的大嬸。

那次在布拉格的麥當勞去買咖啡時。

看到了要去上廁所，還得要買類似回數券的票，真是嚇了一大跳。

學習Point!

例文中「歩いて行けそうだ」的「行け」是「行く」的可能形表現「行ける」的語幹形式。「そうだ」則是為「行ける」（行くことができる）的推量表現。

推測・傳聞的表達及接續方式

そうだ	推測	動詞ます形，將「ます」刪去＋「そうだ」 形容詞語幹＋「そうだ」
		彼が辞めたので、仕事が忙しくなりそうだ。 因為他辭職了，所以工作變得較為忙碌了。
	眼前的樣子	動詞ます形，將「ます」刪去＋「そうだ」
		雲が多くなってきた。今にも雨が降りそうだ。 雲量變多了，可能會下雨。
	樣子	動詞ます形，將「ます」刪去＋「そうだ」 形容詞語幹＋「そうだ」
		見たところ、このケーキはおいしそうだ。 看起來，這個蛋糕好像很好吃。
	傳聞	動詞・い形容詞普通体＋「そうだ」 な形容詞語幹・名詞＋「そうだ」
		聞くところによると、高千穂の日本式定食はおいしいそうだ。 聽說高千穂的日式定食很好吃。
らしい	推測	動詞・い形容詞の常體形＋「らしい」 な形容詞語幹＋「らしい」 名詞＋「らしい」
		明子さんは最近私に冷たい。どうも彼女にボーイフレンドができたらしい。 明子小姐最近對我很冷淡。我覺得她好像交了男朋友。
	典型	名詞＋「らしい」
		花子さんはとても女らしい。 花子小姐非常有女人味。

		動詞・い形容詞常體形＋「ようだ」 な形容詞語幹＋な＋「ようだ」 名詞＋「の」＋「ようだ」
	推測	<ruby>喉<rt>のど</rt></ruby>が<ruby>痛<rt>いた</rt></ruby>い。<ruby>風邪<rt>かぜ</rt></ruby>をひいたようだ。 喉嚨有點痛，可能是感冒了。
ようだ	比喩狀況	名詞＋「の」＋「ようだ」 <ruby>花子<rt>はなこ</rt></ruby>さんはかわいくて<ruby>天使<rt>てんし</rt></ruby>のようだ。 花子像天使般地可愛。
		動詞・い形容詞の常體形＋「みたいだ」 な形容詞語幹＋「みたいだ」 名詞＋「みたいだ」
みたいだ	推測	おなかが<ruby>痛<rt>いた</rt></ruby>い。<ruby>食<rt>た</rt></ruby>べすぎたみたいだ。 肚子痛。好像是吃太多了。
	比喩狀況	名詞＋「みたいだ」 <ruby>見<rt>み</rt></ruby>てみて、ママ。あの<ruby>雲<rt>くも</rt></ruby>、<ruby>羊<rt>ひつじ</rt></ruby>さんみたいだよ。 媽媽，你看。那個雲彩好像綿羊一樣。

背單字吧！

日　語	中　文	品詞	日　語	中　文	品詞
<ruby>並木道<rt>なみきみち</rt></ruby>	林蔭大道	名	<ruby>地下道<rt>ちかどう</rt></ruby>	地下道	名
<ruby>河川<rt>かせん</rt></ruby>	河川	名	<ruby>歩行者天国<rt>ほこうしゃてんごく</rt></ruby>	行人徒步區	名
<ruby>横断歩道<rt>おうだんほどう</rt></ruby>	人行道	名	アーケード	拱廊	名
<ruby>陸橋<rt>りっきょう</rt></ruby>	天橋	名	<ruby>下町<rt>したまち</rt></ruby>	城市商業區， 鬧區	名
<ruby>橋<rt>はし</rt></ruby>	橋	名	タワー	塔	名

踏切 ふみきり	鐵路平交道	**名**	周辺 しゅうへん	邊緣	**名**
高層ビル こうそう	高層建築	**名**	近郊 きんこう	近郊	**名**
大通り おおどおり	馬路	**名**	神社 じんじゃ	神社	**名**
路地 ろじ	小巷	**名**	寺 てら	寺院	**名**
広場 ひろば	廣場	**名**	遺跡 いせき	遺跡	**名**
公園 こうえん	公園	**名**	公衆便所 こうしゅうべんじょ	公共廁所	**名**
展望台 てんぼうだい	展望台	**名**	交番 こうばん	派出所	**名**
中心地 ちゅうしんち	中心地	**名**	博物館 はくぶつかん	博物館	**名**
住宅地 じゅうたくち	住宅區	**名**	美術館 びじゅつかん	美術館	**名**
商店街 しょうてんがい	商店街	**名**	劇場 げきじょう	劇場	**名**
郊外 こうがい	郊外	**名**	喫茶店 きっさてん	咖啡館	**名**
歩道 ほどう	人行道	**名**	噴水 ふんすい	噴泉	**名**
散歩する さんぽ	散步	**動**	歩く あるく	走	**動**

✏️ **動筆寫一寫吧~**

問題	翻譯成日語	必要的單字		使用表達
A	到博物館好像很遠。	博物館 はくぶつかん	博物館	そうだ
B	今天的商店街好像休息。	休む やす	休息	らしい
C	從那個鐵塔好像可以看到整個街道。	タワー	鐵塔	ようだ
D	那個高層大樓好像有展望台。	高層ビル こうそう	高層大樓	そうだ
E	她非常的女性化。	いかにも	非常的	らしい

A →

B →

C →

D →

E →

你有很喜歡的散步道路嗎？請具體的說明是什麼樣的地方。

例 毎朝、近くの公園に散歩に行く。

公園にやって来る鳥は季節によって異なる。

今日来た小鳥は大変珍しいそうだ。

<ruby>偽物<rt>にせもの</rt></ruby>には<ruby>手<rt>て</rt></ruby>を<ruby>出<rt>だ</rt></ruby>すな

<ruby>台北<rt>たいべい</rt></ruby>の<ruby>店<rt>みせ</rt></ruby>で<ruby>腕時計<rt>うでどけい</rt></ruby>を<ruby>見<rt>み</rt></ruby>ていた。

すると<ruby>店員<rt>てんいん</rt></ruby>が「お<ruby>兄<rt>にい</rt></ruby>さん、もっと<ruby>良<rt>よ</rt></ruby>い

ものがあるよ。ついて<ruby>来<rt>き</rt></ruby>なさい」と<ruby>言<rt>い</rt></ruby>

う。

のこのこついていくと<ruby>鉄<rt>てつ</rt></ruby>の<ruby>二重扉<rt>にじゅうとびら</rt></ruby>の<ruby>部<rt>へ</rt></ruby>

<ruby>屋<rt>や</rt></ruby>に<ruby>通<rt>とお</rt></ruby>された。

<ruby>店員<rt>てんいん</rt></ruby>が<ruby>開<rt>ひら</rt></ruby>いたアタッシュケースには

ピカピカの<ruby>時計<rt>とけい</rt></ruby>がぎっしり<ruby>入<rt>はい</rt></ruby>ってい

た。

オメガ（OMEGA）とかロレックス（Rolex）などの<ruby>有名<rt>ゆうめい</rt></ruby>ブランドばかり

だ。

どれでも<ruby>一個<rt>いっこ</rt></ruby><ruby>日本円<rt>にほんえん</rt></ruby>で1,000<ruby>円<rt>えん</rt></ruby>と<ruby>言<rt>い</rt></ruby>う。

<ruby>話<rt>はなし</rt></ruby>の<ruby>種<rt>たね</rt></ruby>に<ruby>買<rt>か</rt></ruby>ってみようと<ruby>思<rt>おも</rt></ruby>った。

　（<ruby>念<rt>ねん</rt></ruby>のために<ruby>言<rt>い</rt></ruby>うと、<ruby>当時<rt>とうじ</rt></ruby>はまだ<ruby>偽<rt>にせ</rt></ruby>ブランド<ruby>品<rt>ひん</rt></ruby><ruby>輸入<rt>ゆにゅう</rt></ruby><ruby>禁止<rt>きんし</rt></ruby>などの<ruby>規制<rt>きせい</rt></ruby>がなか

った）

そう<ruby>言<rt>い</rt></ruby>えば、<ruby>会社<rt>かいしゃ</rt></ruby>の<ruby>先輩<rt>せんぱい</rt></ruby>がパテックフィリップ（Patek Philippe）だよって

<ruby>自慢<rt>じまん</rt></ruby>していたのを<ruby>思<rt>おも</rt></ruby>い<ruby>出<rt>だ</rt></ruby>し、それを<ruby>買<rt>か</rt></ruby>った。

ホテルに<ruby>帰<rt>かえ</rt></ruby>って<ruby>良<rt>よ</rt></ruby>いものを<ruby>買<rt>か</rt></ruby>ったなあと、<ruby>時計<rt>とけい</rt></ruby>を<ruby>撫<rt>な</rt></ruby>でていたらポロリとガ

ラスの<ruby>蓋<rt>ふた</rt></ruby>が<ruby>外<rt>はず</rt></ruby>れてしまった。

すぐさま<ruby>買<rt>か</rt></ruby>った<ruby>店<rt>みせ</rt></ruby>に<ruby>舞<rt>ま</rt></ruby>い<ruby>戻<rt>もど</rt></ruby>ると、「<ruby>大丈夫<rt>だいじょうぶ</rt></ruby>、<ruby>大丈夫<rt>だいじょうぶ</rt></ruby>。すぐ<ruby>直<rt>なお</rt></ruby>るから」と<ruby>道<rt>どう</rt></ruby>

具でガラスの蓋を締め付けた。

すると、バキッと音がしてガラスが粉々に割れてしまった。

「大丈夫、大丈夫。幾らでも代わりのものがあるから」

その後、何日か腕にはめていたが、メッキがすぐにはがれ無惨な姿になり、引き出しに放り込んだままになっている。高級時計は束の間の夢だった。

譯文　不要買仿冒品

在台北的商店看著手錶。

然後有個店員說：「還有更好的貨色，跟我來吧」。

我若無其事地跟著走，通過了有兩道鐵門的房間。

店員打開了盒子，裡面裝滿了閃閃發亮的手錶。

都是像勞力士，奧米茄等等之類有名的精品。

每一個只要日幣1000元。

心裡想說當作談話的題材就買一個看看吧。

（當時在日本還沒有仿冒精品的禁止進口制度）

想起前輩曾驕傲的說：「這是百達翡麗（Patek Philippe）的喔」，我就買了。

回到飯店想著我買到了一個好東西，沒想到用手一摸整個玻璃的蓋子就滑落了下來。

馬上回到購買的店家，對方說：「沒問題、沒問題。馬上幫你修理。」就拿工具將玻璃的蓋子鎖緊。

結果玻璃蓋就整個粉碎，破掉了。

「沒關係、沒關係。要換幾個都有！」

之後，我戴了幾天，但是都會發生鍍金掉落的慘狀，我就將它收放在抽屜裡了。

高級手錶真是個短暫的夢。

學習Point!

例文中「引き出しに放り込んだままになっている」的「まま」是表達出將已購買的手錶放在抽屜裡「放り込んだ」後，就一直放著至今都沒有拿來使用的持續狀態。

句型1

★ 表示後項是在前項狀態，或前項行為的結果所形成的持續狀態

名詞 ＋の
い形容詞語幹 ＋い
な形容詞語幹 ＋な ＋ まま
動詞 （た形）
動詞 （ない形）

彼は大人になっても、顔は子供のままだ。

（他就算長大了，臉還是小孩的樣子。）

彼女は前髪が長いままの方がかわいい。

（她的瀏海，還是維持長一點比較可愛。）

年をとってもきれいなままでいたい。

（真希望要是老了，還是維持一樣的漂亮。）

着替えずに、服を着たまま寝てしまった。（沒換睡衣就睡了。）

日本語が話せないまま旅行したので面白くなかった。

（在不會說日文的情況下就去了旅行，所以玩得不盡興。）

背單字吧！

日　語	中　文	品詞	日　語	中　文	品詞
買い物	買東西	名	プレゼント	禮物	名
ショッピング	購物	名	バーゲン	打折特價	名
現金	現金	名	ブランド	品牌	名

紙幣 (しへい)	紙幣	名	流行 (りゅうこう)	流行	名
硬貨 (こうか)	硬幣	名	デパート	百貨商店	名
値段 (ねだん)	價格	名	スーパーマーケット	超級市場	名
値札 (ねふだ)	價格標籤	名	専門店 (せんもんてん)	專賣店	名
高い (たか)	貴的	形	衣料品店 (いりょうひんてん)	布莊・服裝店	名
安い (やす)	便宜的	形	花屋 (はなや)	花店	名
値引き (ねび)	降價	名	雑貨屋 (ざっかや)	雜貨舖	名
おつり	找的錢・零錢	名	売り場 (うば)	售貨處	名
レジ	收銀機	名	試着室 (しちゃくしつ)	試衣間	名
クレジットカード	信用卡	名	店員 (てんいん)	店員	名
暗証番号 (あんしょうばんごう)	密碼	名	客 (きゃく)	客人	名
パスワード	密碼	名	売る (う)	賣	動
営業中 (えいぎょうちゅう)	營業中	名	買う (か)	買	動
営業時間 (えいぎょうじかん)	營業時間	名	支払う (しはら)	支付	動
負ける (ま)	減價	動	値切る (ねぎ)	殺價	動

動筆寫一寫吧~

問題	翻譯成日語	必要的單字		使用表達
A	姐姐去買東西，還沒回來。	ショッピング	買東西	まま
B	照著牌子上的價錢買下皮包。	値札 (ねふだ)	價錢的吊牌	まま

C	我把信用卡放在桌上，放了就回來了。	クレジットカード	信用卡	まま
D	店員就一直默默地站在賣場。	黙_{だま}る	不說話	まま
E	這件衣服是百貨公司買的，還是新的。	デパート	百貨公司	まま

A	
B	
C	
D	
E	

你有殺價過嗎？當時是怎樣的情況？

例 友達と北京に旅行した。

土産物屋で友達は値切ったがあまり負けてくれない。

もう帰ろうと言ったら店員は半額にしてくれた。

Unit 46 ホテル 飯店

恐怖のなかの胸算用
(きょうふ) (むなざんよう)

夕方になったのでそろそろ食事に出かけ

ようと、ホテルを出た。

アムステルダムは観光客も多いし、ス

リもいるから、大金を持っていくのは

危険だろうと、50ギルダーだけ右の

ポケットに入れた。

左のポケットにはドイツで使ってい

た50マルクがまだ入ったままだ。

当時はまだEUになっていなかったので、あちこち

でフランス・フランとかギルダーとかそれぞれの通貨に両替しなければな

らず不便だ。

外はまだ明るい。

観光客が固まって運河に沿って歩いている。

私もその集団が途切れたところを同じ方向に歩いていった。

すると向こうから黒人がニコニコしながらやってきて、私の胸のポケット

にさしてあるボールペンが欲しいと言う。

1本しかなかったので断るや否や、胸倉をつかまれた。

彼の手にはナイフも見える。

直後、「金を出せ」と、そのナイフで私の胸を突くではないか。

「待ってくれ」と言いながら、慌ててポケットから紙幣を取り出した。50

ギルダーは右のポケットだったのか、左のポケットだったのか、動転していたのでどちらに入れたのか分からない。

とは言え、ドイツマルクより価値の低いギルダーをやろうと、頭の中では計算している。

結果、残念ながらポケットから出てきたのはドイツマルクだった。

ホテルに帰ってみると、胸の所に蚊に刺されたくらいの傷が出来ていた。

譯文　恐慌之下的盤算

到了傍晚，想說差不多該吃飯了，就走出飯店。

在阿姆斯特丹不僅觀光客多，小偷也很多，心裡想著帶太多錢會危險，所以就只帶50基爾德（荷蘭貨幣單位）放進了右邊的口袋。

左邊的口袋還放著在德國用剩下的50馬克。

當時由於歐元貨幣還沒有流通，所以像法國法郎或是荷蘭基爾德之類的，都必須各自兌換，非常不方便。

現在外頭還是很明亮。

觀光客都聚集在一起沿著運河走。

我也就中途加入跟著走著同一邊的方向。

此時，有一個黑人微笑著朝向我走來說：「我想要你胸前口袋裡的筆」。

因為我身上只有一支筆，所以馬上就拒絕了他，之後他抓住我的前襟。

亮出他手上的刀。

緊接著他對我說：「把錢拿出來」，並用那把刀刺向我。

我邊說「等一下」邊慌張地從口袋裡拿出紙幣。但驚慌失措之下，我忘了50基爾德是在右邊還是左邊哪個口袋。雖說如此我腦袋還在盤算著德國馬克比較貴還是給他荷蘭基爾德吧。

但可惜的是，掏出的還是德國馬克。

回到飯店後才發現胸口上被刺了個小小的傷口。

例文中「フランス・フランとかギルダーとかそれぞれの通貨に両替しなければならず不便だ」的「～とか～とか」是舉例出像「フランス・フラン」、「ギルダー」等等之外，還暗示出有其他流通的貨幣。

> 句型 1
>
> ★ 指示出事物或動作的舉例，暗示還有其他相同的事物或動作……
>
> 名詞
> 動詞（辞書形）　**＋　とか　＋**　名詞　**＋　とか**
>
> 私はマンゴとかライチとかの台湾の果物が好きです。
>
> （我喜歡像台灣的芒果或荔枝的水果。）
>
> 旅行したら、美術館に行くとか、おいしいものを食べるとかしたい。（如果要去旅行，我想去像美術館或有好吃東西的地方。）

背單字吧！ 🦉

日　語	中　文	品詞	日　語	中　文	品詞
旅館	旅館	名	ルームナンバー	房間號碼	名
ホテル	飯店	名	ルームサービス	客房服務	名
ビジネスホテル	商務旅館	名	ランドリーサービス	洗衣服務	名
フロント	服務台	名	モーニングコール	叫醒服務	名
ロビー	大廳	名	チップ	小費	名
チェックイン	入住登記手續	名	食事	吃飯	名
チェックアウト	退房離開	名	デイスカウント	折扣	名
予約	預約	名	静かな部屋	安靜的房間	名
満室	滿室	名	バス付き	附設浴缸	名

空室 （あきしつ）	空房間	名	シャワー付き （つ）	附設淋浴	名
ダブルルーム	雙人房（2小床）	名	トイレ付き （つ）	附設廁所	名
シングルルーム	單人房	名	1泊 （ぱく）	一晚	接尾
ツインルーム	雙人房（1大床）	名	朝食付き （ちょうしょく つ）	附有早餐	名
海側 （うみがわ）	靠海的房間	名	2食付き （しょく つ）	附有2餐	名
非常口 （ひじょうぐち）	緊急出口	名	泊まる （と）	停泊、留宿	動
ルームキー	房間鑰匙	名	部屋番号 （へ や ばんごう）	房間號碼	名

動筆寫一寫吧~

問題	翻譯成日語	必要的單字		使用表達
A	車站附近有很多飯店和旅館。	旅館 （りょかん）	旅館	～とか～とか
B	機位登記完之後一定要確認緊急出口的位置。	非常口 （ひじょうぐち）	緊急出口	～とか
C	因為沒有房間所以沒有辦法預約。	予約する （よ やく）	預約	～とか
D	要給飯店人員小費實在很麻煩。	チップ	小費	～とか
E	一定要設定早晨呼叫服務或設定鬧鐘。	モーニングコール	早晨呼叫服務	～とか～とか

A	
B	
C	
D	
E	

請具體寫出有關記憶中的飯店樣子。

例 パキスタンのカラチには夜中に飛行機が着くので飛行場の近くのホテルに泊まった。

部屋は2畳もないくらいの狭さで暗く汚い。

着替えるのも嫌でそのまま硬いベッドに横になった。

Unit 47　銀行・郵便局　銀行・郵局

福　郵便配達のおじさん、ありがとう

居留証をもらうため移民局へ行こうと、台中駅前のバス乗り場まで行った。

何番のバスに乗ればいいのか分からなかったので、係員に聞くと73番に乗れと言う。

バスはどんどん走り続ける。乗り間違えたことがあるので、心配になってきて車内の路線表を見た。

目的地が路線表に載っていない。

運転手に聞いても移民局は知らないと言う。

多分、政府口で降りるのが一番近そうだ。

政府口で降りるとき、運転手が「あそこに郵便配達員がいるから聞いたらよいよ」と言ってくれた。

郵便配達員に聞いたら、「そこは遠いから、この車で連れて行ってあげる」と言ってくれた。

移民局の玄関まで緑の車で送ってくれたのだ。

なんて親切なのだろう。

確かに歩いては行けないほど遠かった。車に乗せてもらわなければ今頃未だ歩き続けているかも知れない。

郵便配達の車に乗せてもらって配達されたのは生まれて初めてだ。

感謝郵局的投遞人員

因為要去移民局辦居留證，所以就去了台中車站前的公車站。

由於不知道要搭幾號公車，就問了車站人員，他告訴我是73號公車。

車子在行進中，但由於曾經有搭錯車的經驗，所以一直看著車內的路線圖。

但是怎麼都看不到我要去的移民局。

問了司機，他說不知道移民局在哪裡。

我想應該是離市政府最近的地方吧。

在市政府下車時，司機告訴我：「在那裡有一位郵局人員，你去問他一下」。

一問之下，他告訴我說：「要到那裡還很遠，我帶你去好了」

他就開著郵局綠色的車，載著我到移民局。

怎麼會有這麼親切的人。

的確，要是用走路的大概走不到吧。如果不是他好心載我去。或許現在我還在走吧。

坐上郵局工務車被運送，這還是我生平頭一遭的經驗。

學習Point!

　　例文中「バスはどんどん走り続ける」的「続ける」是表示持續做「走る」的這個動作。

　　同樣的「歩き続けている」的「続ける」也是表示持續做「歩く」這個動作。

> 句型1
>
> ● **★ 表示繼續、不斷地處於同樣狀態** ‥‥‥‥‥‥‥‥
>
> 動詞（ます形刪去「ます」）**＋ つづけます**
>
> 朝から晩まで働き続けた。（從早一直工作到晚。）
>
> 彼女に毎日毎日電話し続けた。（她每天、每天一直打電話。）

日　語	中　文	品詞	日　語	中　文	品詞
ぎんこう 銀行	銀行	名	ゆうびんりょうきん 郵便料金	郵費	名
こう ざ 口座	帳戶	名	そくたつ 速達	快信	名
よ きん 預金	存款	名	エアメール	航空郵件	名
つ た 積み立て	儲蓄	名	ポスト	郵筒	名
つうちょう 通帳	存摺	名	さき あて先	地址	名
いんかん 印鑑	圖章	名	ゆうそう 郵送する	郵寄	動
サイン	簽字	名	う と 受け取る	領取	動
り そく 利息	利息	名	はがき	明信片	名
りょうがえ 両替する	兌換	動	がいこく 外国	外國	名
あず 預ける	存款	動	こくない 国内	國內	名
ひ だ 引き出す	提款	動	かきとめ 書留	掛號	名
そうきん 送金する	匯款	動	ゆうびん か わせ 郵便為替	郵匯	名
ゆうびんきょく 郵便局	郵局	名	でんぽう 電報	電報	名
て がみ 手紙	信	名	さしだしにん 差出人	發信人	名
こづつみ 小包	小包	名	うけとりにん 受取人	收件人	名
きって 切手	郵票	名	ゆうびん はいたつじん 郵便配達人	郵遞員	名

動筆寫一寫吧~

問題	翻譯成日語	必要的單字		使用表達
A	每個月一直都用郵局匯款給兒子。	郵便為替（ゆうびんかわせ）	郵局匯款	つづけます
B	這樣一直付利息很辛苦。	利息（りそく）	利息	つづけます
C	每個禮拜持續地寄信給我的女朋友。	手紙（てがみ）	信	つづけます
D	在多封的邀請函上，一直貼上郵票。	招待状（しょうたいじょう）	邀請函	つづけます
E	繼續零存整付。	積立預金（つみたてよきん）	零存整付	つづけます

A

B

C

D

E

最近去銀行或郵局辦了什麼事？

例 レストランではコインがいっぱい溜まる。

紙幣に両替のため、コインの入った重たい袋を持って銀行に行った。

コインはたくさんあるので自分では数えていない。

Unit 48 旅行 旅行

旅は道連れ、世は情け

家内とヨーロッパからアメリカに3カ月の旅行をした。その間、多くの人にお世話になり、助けられた。

オーストリアのインスブルック（Innsbruck）は、以前にも来たことがある。

そのときは車でベニスからアルプスを越えて行った。峠まで来ると眼下にこの街が見おろせ、薄紫のベールを被ったような夕暮れの景色には感動した。あの時、是非家内にも見せたいと思っていた所だ。

山頂までケーブルカーで登ると、四方に見える神々しいまでの雪山に家内も私も時間を忘れて見とれていた。

しかし下山時が大変だった。

街に近いところまで下りたのだが、道に迷ってしまった。

暗い夜道を行ったり来たりで途方にくれていたときに、突如現れたのは自転車に乗った修道女だ。

ちょうど街に帰るところだと言って、親切に案内してくれたのだ。

彼女に会わなかったらどうなっていたことか。

もしかしたら天使だったのかも知れない。

そしてチェコでは、マリアンスケー・ラーズニェ（Marianske Lazne）温泉に電車とバスで乗り継いで行った。

土地の人に、身ぶり手振りでお風呂に入っているまねをして、温泉のあるところを聞いた。

行ってみると、確かに水はあるだろうが、そこはスイミングプールだった。

やっと英語の出来る夫婦に出会い、路面電車の乗り方を教えてもらってなんとか目的地にたどり着くことができた。

イタリアのベルガモでは、ミラノへ戻る電車に間に合うかどうか、やきもきしてバスに乗っていたら、親切なお婆さんが、駅に一番近い便利なバス停を教えてくれた。

バスを降りてから必死に走ったので電車にどうにか間に合った。

まだまだ色々なところで、沢山の人に助けられて、無事旅行を終えることができた。

「みなさん、ありがとう」

譯文

出外靠朋友、處事靠人情

和老婆從歐洲到美國旅行的這三個月當中，受到很多人的照顧和幫助。

奧地利的因斯布魯克（Innsbruck）以前我曾經有來過。那時是搭車從威尼斯穿越阿爾卑斯山。我被從山崖往下看去像是披著紫色薄紗般的景色所感動。當時我心裡想著「一定要帶我老婆來，也讓她感受一下」。

我們搭乘纜車到山頂，四周都可以看到神聖美麗的雪景，就連我老婆也看到忘了時間。

但是下山時不得了了。

我們是在最靠近城鎮的地方下車，卻迷路了。

在黑暗的街道裡走來走去不知方向時，突然出現了一位騎腳踏車的修女。

她說剛好也要回城裡去，就好心地帶我們一起走。

如果那天沒有遇到她會是怎樣的情形呢？

或許她是上天派來的天使吧。

接著在捷克換乘電車和巴士前往瑪莉安斯凱溫泉。

比手畫腳地模仿洗澡動作，向當地人詢問哪裡有溫泉。

去了之後一看，還真的有水，但那裡是游泳池。

好不容易遇到了一對會說英語的夫婦，他們教我如何搭路面電車，總算到達了目的地。

而在義大利的貝爾格，當時不知道來不來得及搭往米蘭的電車，著急地搭上公車之後，有一位親切的老婆婆，告訴了我們離車站最近、最方便的公車站牌。

下了公車後就拚命地跑，總算搭上了電車。

還有在很多地方，受到很多人的幫助，讓我們能夠平安無事地旅遊歸來。

「真心地感謝大家」

學習Point!

例文中「突如現れたのは自転車に乗った修道女だ」的「の」是指示「現れた」這動詞將它名詞化。助詞「は」是為格助詞指示出前面的字為主語，在做敘述時前面的單字必須是名詞形式。

★ 動詞名詞化

句型1

動詞（普通体）＋ の

昨日彼女と行ったのは日本料理屋だ。（昨天和她去的是日本料理店。）

彼が彼女と歩いているのを見かけた。（我看到了他和她走在一起。）

背單字吧！

日　語	中　文	品詞	日　語	中　文	品詞
こくないりょこう 国内旅行	國內旅行	名	めんぜいてん 免税店	免税店	名

かいがい りょこう 海外旅行	海外旅行	名	おみやげ	土特產	名
かんこう 観光	旅遊	名	こっきょう 国境	國門	名
ほよう 保養	療養	名	インフォメーション	信息	名
ツアー	團體旅行	名	しょうめいしょ 証明書	證明書	名
スーツケース	旅行箱	名	パスポート	護照	名
きが 着替え	換衣服	名	ビザ	簽證	名
りょひ 旅費	旅費	名	こくせき 国籍	國籍	名
かくやす 格安チケット	格外便宜的機票	名	しゅっぱつ び 出発日	出發日	名
ガイド	導遊	名	ぜいかん 税関	海關	名
ガイドブック	旅遊指南	名	ぜいきん 税金	稅金	名
ち ず 地図	地圖	名	しょしき 書式	格式	名
にってい 日程	日程	名	きにゅう 記入する	填寫	動
かたみち 片道	單程	名	たの 楽しみ	享受	名
おうふく 往復	往返	名	つか 疲れる	累	動
りょうがえ 両替	兌換	名	かんこう あんないじょ 観光案内所	旅遊詢問處	名

✏️ **動筆寫一寫吧~**

問題	翻譯成日語	必要的單字		使用表達
A	● 很期待和男朋友去旅行。	たの 楽しみだ	期待	の
B	● 咖啡我喜歡喝黑咖啡。	ブラック	黑咖啡	の

C ▸ 我知道有很便宜的機票。	格安 _{かくやす} 很便宜	の
D ▸ 我注意到行李箱開著沒關。	スーツケース 行李箱	の
E ▸ 我聽到小鳥在叫的聲音。	鳴く _な 叫	の

A ▸

B ▸

C ▸

D ▸

E ▸

具體寫出曾在旅行中遇到快樂、困難的事。

例 ベニスの空港から町に行くのには水上タクシーで行かなければならない。夜中に着くと大変だ。迷路の中を徒歩でホテルを探さないといけないのだ。真冬の夜中で道を聞く人はいないし、トイレにも行きたかったしとても困った。

Unit 49 スポーツ 體育

水泳が一番

先祖に相撲取りがいたためか、小さい頃、相撲は誰にも負けなかった。

水泳は小学校の時は泳げなく、みんなが向こうの端まで泳いでいるのに私はとぼとぼとプールサイドを歩いていった。何と情けないことだろう。

中学生の夏休みにやっと泳げるようになり、嬉しくて夢の中で何度も何度も泳いでいた。

高校生になると、浜寺と言う地元では有名な海水浴場で5kmの遠泳をするのが学校の恒例行事だ。夏も8月になると土用波と言う大きなうねりの波が押し寄せる。

波の谷間では、連なって泳いでいる前後の人が見えないので、孤独感の恐怖に襲われる。岸に戻ってきたときはもうフラフラだった。しかしそのおかげでいくらでも泳げる自信がついた。

大学の時、白髪の老人が、プールを何度も往復して泳いでいるのを見た。私の目標はこれだと思った。

一方、球技は全く苦手だ。野球も、打った後3塁に走っていって恥をかいたし、高校のとき体を鍛えるために入ったサッカー部も文字通り三日坊主。ゴルフもダメ、パチンコまでダメだ。

譯文

說不定因為我的祖先是相撲力士，小時候，相撲是不會輸給任何人的。

小學時就是不會游泳，當大家都朝向泳池的對面游過去時，我還慢慢地在池邊用走的。真的是很丟臉。

到了國中暑假時我終於學會游泳，開心地在夢裡面一直游過來游過去。

念高中時，學校有一個例行活動要在當地一個很有名的浜寺海水浴場進行五公里的長距離游泳比賽。一到夏天八月時會有一種叫做土用波的大型大波浪。沖激在海浪間，由於會看不到前後一起游泳的人，一種恐怖的孤獨感就襲擊而來。游到岸邊時整個人就搖搖晃晃的，但也是因為如此對游泳更有自信了。

大學時，（我）看到了一位白髮老人在游泳池裡來回游好幾次。

當時我心裡想著，這就是我的目標。

話說，在球技方面我完全不行。棒球也是，揮棒之後竟跑到三壘真的很丟臉，高中時為了鍛鍊身體進入足球部也可以說是三天捕魚兩天曬網。

高爾夫球也不行，就連柏青哥也不行。

學習Point!

例文中「体を鍛えるために入った」的「ために」是指示「入る」這個行為的目的為「鍛える」的這個動作。

句型**1**

★ 表示為了某一目的，而有後面積極努力的動作、行為

名詞 ＋の

動詞1 （辞書形） ＋ ために ＋ 動詞2

美容のためにヨガをしている。（為了愛漂亮，而做瑜珈。）

痩せるために甘いものを食べない。（為了要瘦身，所以不吃甜食。）

日　語	中　文	品詞	日　語	中　文	品詞
運動	運動	名	テニス	網球	名
スポーツ	體育	名	バドミントン	羽毛球	名
サーフィン	衝浪	名	卓球	乒乓球	名
ボート	小船	名	体操	體操	名
ヨット	遊艇	名	ゴルフ	高爾夫球	名
ダイビング	潛水	名	スキー	滑雪	名
ウオーキング	步行	名	スケート	滑冰	名
ジョギング	跑步	名	武道	武藝	名
サイクリング	自行車旅行	名	柔道	柔道	名
水泳	游泳	名	剣道	劍術	名
陸上競技	田徑賽	名	相撲	相撲	名
野球	棒球	名	試合	比賽	名
サッカー	足球	名	レース	比賽	名
ラグビー	橄欖球	名	対戦	對戰	名
バスケットボール	籃球	名	チャンピオン	冠軍	名
バレーボール	排球	名	オリンピック	奧林匹克運動會	名
引き分け	平局	名	勝つ	贏	動
運動する	運動	動	負ける	輸	動
走る	跑	動	勝戦	勝戰	名
観戦する	觀看比賽	動	敗戦	戰敗	名

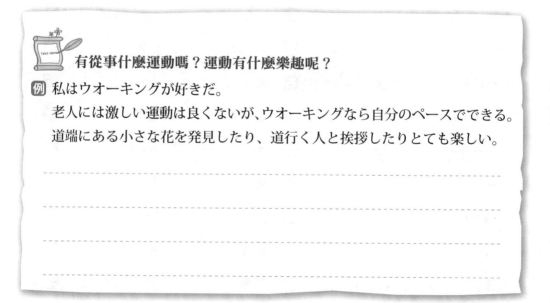

動筆寫一寫吧~

問題	翻譯成日語	必要的單字		使用表達
A	為了健康每天步行走路。	ウオーキング	步行	ために
B	練習是為了參加奧林匹克。	オリンピック	奧林匹克	ために
C	為了觀看足球賽而買了入場券。	サッカー	足球	ために
D	換了鞋子是為了要溜冰。	スケート	溜冰	ために
E	練習是為了比賽要贏。	試合（しあい）	比賽	ために

A

B

C

D

E

有從事什麼運動嗎？運動有什麼樂趣呢？

例 私はウオーキングが好きだ。

老人には激しい運動は良くないが、ウオーキングなら自分のペースでできる。

道端にある小さな花を発見したり、道行く人と挨拶したりとても楽しい。

Unit 50 アウトドア 戸外運動

 ところで私の仕事は？

家内は日に焼けるのが怖いので海には行かず、もっぱら高原、湖に行っている。

富士山の裾野には5つの湖があり富士五湖と言われている。

家から車で2時間とかからず、年に何回も遊びに行くので、我が家の庭みたいなものだ。

その中のひとつの山中湖に着くと、バーベキューだ。

現地で手早くするには、家で野菜を洗っておいたり、必要なものはアルミホイルでくるんでおいたりと、材料の下準備はしておかないとダメだ。これは家内の仕事。

固形燃料に火をつけ、炭が赤くなるまで見守る役目は息子に譲った。

娘はかいがいしく、網に食材を乗せていく。

傍らでお腹を空かせてビールを飲んでいる役目は私が引き受けた。

富士山を眺めながら、みんなと一緒に料理を作って食べるのはとても楽しくおいしい。

お腹がいっぱいになっても、「甘いものは別腹」と言いながら近くの店にケーキを食べに行くのがお決まりのコースだ。

日本はおいしい自然の湧水に恵まれていて幸せだ。

忍野八海、三分一湧水、白州高原などに行くときは、固形燃料を持っていく。

現地でコーヒーを沸かすのだ。

ちょっとしたアウトドアーライフの気分が味わえる。

 **那我的工作是什麼？**

由於我老婆很怕曬太陽，所以不去海邊，總是往高原或是湖邊。

富士山山麓有五座湖，稱為富士五湖。

從家裡開車不用兩個小時，由於一年之中會去好幾次，就好像我家的庭院一般。

只要一去其中的山中湖，就會烤肉。

為了在現場節省時間，會在家裡先把青菜洗好，用鋁箔紙先把要烤的東西包好，材料一定會事先準備。這都是老婆的工作。

起火到炭火變紅為止的看守工作就交給兒子去做。

女兒就勤快地把要烤的東西放在網子上。

在旁邊餓著肚子、喝著啤酒的工作就由我來做。

邊眺望著富士山和家人一起做料理真是愉快又美味。

但就算是吃飽了，也一定會去附近的蛋糕店吃蛋糕，有一句話說「甜食是裝在不同的胃」。

日本是一個受到自然湧出水的幸福國家。

去忍野八海、三分一湧水、白州高原等地方時，我也會帶著火種在當地煮咖啡。

體驗一下室外生活的氣氛。

學習Point!

例文中「家内は日に焼けるのが怖いので海には行かず」的「ので」是表示因為「日に焼けるのが怖い」所以才會有「海に行かない」的行為。

「年に何回も遊びに行くので、我が家の庭みたいなものだ」的「ので」也是一樣的表達方式，指出會「年に何回も遊びに行く」的原因、理由是為「我が家の庭みたいである」。

★ 指示節1為其原因、理由，而做出節2的表達 ....
節1 + から + 節2

うるさいから、静(しず)かにして！（很吵，請安靜！）

★ 指示節1為其原因、理由，而做出節2的表達 ....
節1 + ので + 節2

電車(でんしゃ)が遅(おく)れたので、遅刻(ちこく)しました。（由於電車誤點，所以遲到了。）

「ので」通常使用於非主觀性的表達方式，在表現出因果關係上時比較強調出前項。

做藉口時常會用「ので」來表達。

背單字吧！

日 語	中 文	品詞	日 語	中 文	品詞
アウトドア	戶外	名	野外料理(やがいりょうり)	野外餐點	名
登山(とざん)	登山	名	バーベキュー	野外烤肉	名
ハイキング	健行	名	キャンプファイヤー	營火	名
ピクニック	郊遊	名	懐中電灯(かいちゅうでんとう)	手電筒	名
キャンプ	露營	名	たき火(び)	籠火	名
海水浴(かいすいよく)	海水浴	名	コンロ	爐灶	名
森林浴(しんりんよく)	森林浴	名	マッチ	火柴	名

釣り	釣	名	火をつける	打開火	名
テント	帳篷	名	飲み水	飲用水	名
ロッジ	小房（特指山中小屋）	名	ゴミ	垃圾	名
キャンピングカー	露營車	名	水泳禁止	禁止游泳	名
寝袋	睡袋	名	パラソル	陽傘	名
登山靴	登山鞋	名	歩く	走	動
弁当	盒飯	名	登る	上	動
リュックサック	背包	名	休む	休息	動
水筒	水壺	名	休憩する	休息	動

動筆寫一寫吧~

問題	翻譯成日語	必要的單字		使用表達
A	因為明天要去郊遊，所以要做便當。	ハイキング　郊遊		から
B	因為正在下雨，所以就不去海水浴場了。	海水浴	海水浴場	ので
C	因為走得太累了，所以想要休息。	疲れる	累	から
D	山裡的夜晚很冷，所以需要睡袋。	寝袋	睡袋	ので
E	這條河禁止游泳，所以不能在這裡游泳。	水泳する	游泳	から

A ⊶
B ⊶
C ⊶
D ⊶
E ⊶

寫出你記憶中快樂的旅遊雜記吧。

例 若いとき埔里の友達らと日月潭に遊びに行った。

近くの店で焼き鳥やらビールをたくさん買ってきてピクニックだ。

女性たちは水着でなく服のままで湖に飛び込むのには驚いた。

音楽 音樂

音楽は心の友

音楽は聴くのも自分で楽器をいじるのも好きだ。

でも小学校のときはそうではなかった。

音楽の授業の時、みんなの前で一人ずつ歌わされる。

恥ずかしがり家だった私は足が震えて泣きたいくらいだった。

絵を描くことは好きだったので高校の時は美術部に入っていた。

合宿の時、流れてきた音楽がタンゴの「ジェラシー」と言う曲だ。

衝撃を覚えた。

名画を見てうまく描かれているなとは思っても、かつてこんなに激しく心が動かされることはなかった。

絵を描きに合宿に来たのに、音楽に目覚めたのだ。

今では家の中には、ピアノ、キーボード、ギター、ケーナー、リコーダー、オカリナ、フルート、それにパソコンの音楽ソフトまでが「へたの横好き」であるご主人にいつ遊んでもらえるのかと待っている。

譯文 音樂是心靈之友

不論是聽音樂和還是玩樂器我都很喜歡。

但是小學時並非如此。

上音樂課時，大家都要輪流上台唱歌。

當時怕羞的我總是雙腳發抖得快哭了出來。

由於很喜歡繪畫，高中時候參加了美術社。

集體住宿時聽到一首叫做「忌妒」的探戈音樂感到非常震驚。

就算曾經看到覺得畫得很棒的畫，但也不曾有過如此讓內心激動的感覺。

參加的是繪畫營但印象深刻的卻是音樂。

現在我家裡有，鋼琴、電子琴、秘魯的傳統長笛、八孔直笛、奧卡利那笛、長笛、還有電腦音樂軟體它們都正在等待我這「不擅長卻又很愛」的主人什麼時候會想起它們。

 學習Point！

　　例文中「絵を描きに合宿に来たのに、音楽に目覚めたのだ」的「のに」是表示來「絵を描きに合宿に来た」這件事的結果是和「音楽」有關係，而不是跟「絵」有關係。這句型是表達後節和前節的結果與予想中呈現出不同情形。

句型1

★ 表示前後的因果關係，由於事出意外、不應該、不合邏輯等 …

名詞1 ＋ が/は ＋ | 名詞2 ＋ な
い形容詞（普通体）
な形容詞語幹 ＋ な
動詞（普通体）
節1 | ＋ のに ＋ 節2

こうきゅう
高級レストランなのに、おいしくなかった。

（雖然是高級餐廳，但不好吃。）

彼はまだ若いのに白髪が多い。

（他雖然還很年輕，但白頭髮卻很多。）

彼女は若くてきれいなのに、老人と結婚した。

（她年輕又漂亮，卻和老人結婚。）

長い間待ったのに、彼女は来なかった。（等了很久，她卻沒來。）

句型2

★ 表示前後的因果關係，由於事出意外，不應該、不合邏輯等。用
來表示說話者對別人的抱怨、指責等

名詞1 ＋ が/は ＋ 名詞2 ＋の
い形容詞 （普通体）
な形容詞語幹 ＋な ＋ くせに ＋ 節2
動詞 （普通体）
節1

彼はそのことを知っているくせに、教えてくれなかった。

（他明明知道這件事，卻沒有告訴我。）

句型3

★ 表示後項與前項所預想的不同

名詞 （＋であり）
い形容詞語幹 ＋い
な形容詞語幹 （＋であり）
動詞 （ます形刪去「ます」）

＋ ながら ＋ 節

彼は子供ながら、家計を助けている。

（他雖然還是個孩子，就已經在幫忙家計了。）

彼はまだ若いながら、しっかりしている。

（他雖然還很年輕，但卻很成熟。）

数独は、見かけは単純ながら、なかなか難しい。

（數獨看起來沒什麼，但實際上不簡單。）

彼はそのことを知っていながら、教えてくれなかった。

（他知道那件事，卻沒有告訴我。）

日 語	中 文	品詞	日 語	中 文	品詞
音楽	音樂	名	バンド	樂團	名
ミュージック	音樂	名	民謡	民謠	名
歌	歌	名	演歌	演歌	名
曲	曲子	名	歌手	歌手	名
楽譜	樂譜	名	演奏家	演奏家	名
メロディー	旋律	名	指揮者	指揮者	名
リズム	韻律	名	音楽家	音樂家	名
コンサート	音樂會	名	作曲家	作曲家	名
オーケストラ	管弦樂	名	作詞家	作詞家	名
クラッシック	古典	名	ピアノ	鋼琴	名
ポップス	流行歌曲	名	バイオリン	小提琴	名
ジャズ	爵士樂	名	ギター	吉他	名
ロック	搖滾樂	名	フルート	長笛	名
ミュージカル	音樂劇	名	クラリネット	單簧管	名
オペラ	歌劇	名	楽器	樂器	名
コーラス	合唱	名	弾く	彈	動
ソリスト	獨唱者	名	演奏する	演奏	動
デュエット	二重（唱）奏	名	歌う	唱	動

動筆寫一寫吧~

問題	翻譯成日語	必要的單字		使用表達
A	這首曲子旋律很簡單，但要唱就不容易了。	メロディー	旋律	のに
B	她雖然是職業歌手卻不會童謠。	プロ	專家	くせに
C	她雖然是唱歌劇的，但也會演歌。	オペラ	歌劇	ながら
D	去聽了有名的音樂劇，但卻睡著了。	ミュージカル	歌舞劇	のに
E	雖然他的長笛很貴，但發出來的聲音不好聽。	フルート	長笛	ながら

A

B

C

D

E

音樂所帶給人的是什麼呢？

例 音楽は人に安らぎを与えます。

クラッシック音楽を牛に聞かせておいしい牛乳を作っている牧場があるそうだ。

モーツアルトの音楽を聴いて高血圧を直す療法もある。

Unit 52 映画・演劇 電影・戲劇

多情多恨（たじょうたこん）

映画の効果は面白い。
時代劇の「鞍馬天狗」とか西部劇を見て
映画館を出てくるときは、すっかり自
分が主人公になってしまっている。胸
を張って、歩き方も変わってくる。
撮影に何年も費やしたというロシア
の大作「戦争と平和」。
私は壮大な戦場のシーンより、リュ

ドミラ・サベイリワ（Lyudmila Savelyeva）の演じ
る可憐なナターシャに心を奪われてしまった。
20年も経った後に、DVDがあることを知り、すぐさま購入した位だ。
それほどまでに心に焼き付いているということだ。
白黒映画ではあるが、はるか昔、テレビで見たジェラール・フィリップ
（Gérard Philipe）主演の「パルムの僧院」も良かったし、「赤と黒」も良
かったなあ。
題名は定かではないが「青髭城」に出ていた女性にももう一度会いたいの
だが手がかりがない。

譯文　多情多恨

電影所帶給人的影響真是有趣。

不論是看了時代劇的「鞍馬天狗」還是西洋片，當走出電影院時，總會覺得自己是劇中主角。抬頭挺胸走出電影院，整個腳步也變得不一樣。

有一部花費多年拍攝而成的俄羅斯影片「戰爭與和平」。

比起那浩大的場景來說，我整個心都被那奧黛莉·赫本（Lyudmila Savelyeva）所飾演的可憐角色娜塔莎給奪走了。

就算經二十年之後，得知有DVD的上市，也馬上購買下來。

雖然是黑白片，很久以前在電視上看到的由傑哈菲利浦（Gérard Philipe）所主演的「棕櫚寺院」也很好看，「紅與黑」也不錯。

名稱不是很確定，在「青鬍城」裡出現的女子好想再次遇見她，但好像不可能。

 學習Point!

　　例文中「「パルムの僧院」も良かったし、「赤と黒」も良かった」的「し」是指示將「『パルムの僧院』も良かった」和「『赤と黒』も良かった」這兩者做出並列式的評價。

> **句型1**
>
> ★ 用於敘述話題中的人或事物給予兩個以上的評價時
>
> 名詞1 ＋ は ＋ 　名詞2
い形容詞1（普通体）
な形容詞1（普通体）
動詞1（普通体）　＋ し ＋（それに）＋ 　名詞3
い形容詞2（普通体）
な形容詞2（普通体）
動詞2（普通体）
>
> 彼女は美人だし、かしこい。（她不僅是個美人，還很聰明。）
>
> 彼女は美しいし、聡明だ。（她不僅很美麗，還很聰明。）
>
> 彼女はきれいだし、やさしい。（她不但漂亮，還很溫柔。）
>
> 彼女は大食いで、ステーキを二人分食べたし、それにケーキもたくさん食べた。（她吃了兩人份的牛排，還有很多蛋糕，食量真的很大。）

★ 使用於敘述（節1）、節2來解釋，形成節3的理由

し

(節1) ＋ （し） ＋ 節2 ＋ から ＋ 節3

ので

雨が降ってきたし、早く帰ろう。（下起雨來了，早一點回家吧。）

この部屋はせまいし、暗いし、体に悪い。

（這個房間不僅狹窄又暗，這樣對身體不好。）

今日は給料日だし、彼女の誕生日なので、ご馳走してあげよう。

（今天不但發薪水，也是女朋友的生日，所以就請她吃飯。）

背單字吧！

日　語	中　文	品詞	日　語	中　文	品詞
映画	電影	名	劇場	劇場	名
名作	名作	名	チケット売り場	門票出售處	名
喜劇	喜劇	名	入場券	門票	名
悲劇	悲劇	名	前売券	預售票	名
アニメ	動畫片	名	役者	演員	名
スクリーン	（電影）銀幕	名	男優	男演員	名
カラー映画	彩色電影	名	女優	女演員	名
白黒映画	黑白電影	名	監督	監督	名
上映	放映	名	タレント	演員	名
舞台	舞台	名	拍手	拍手	名
客席	觀覽席	名	ドキュメンタリー	（影）紀錄片	名

漫才<ruby>まんざい</ruby>	相聲	名	始<ruby>はじ</ruby>まり	開始	名
落語<ruby>らくご</ruby>	單口相聲	名	終<ruby>お</ruby>わり	結束	名
指定席<ruby>していせき</ruby>	指定席	名	休憩時間<ruby>きゅうけいじかん</ruby>	休息時間	名
映画館<ruby>えいがかん</ruby>	電影院	名	幕<ruby>まく</ruby>	幕	名
演劇<ruby>えんげき</ruby>	演劇	名	演技<ruby>えんぎ</ruby>をする	表演	動
ドラマ	電視劇	名	観劇<ruby>かんげき</ruby>する	看戲	動

動筆寫一寫吧~

問題	翻譯成日語	必要的單字	使用表達
A	電影的話，喜劇也喜歡、悲劇也喜歡。	喜劇/悲劇<ruby>きげき/ひげき</ruby> 喜歡/悲劇	し
B	相聲不僅有趣，又可解悶。	漫才<ruby>まんざい</ruby> 相聲	し
C	這部電影不僅是動畫，給小孩子看也很好。	アニメ 動畫	し
D	她不僅是個美人，還演技很好，所以大受歡迎。	大人気だ<ruby>だいにんき</ruby> 大受歡迎	し～から
E	這部電影由於從以前就想看，現在又拿到了票，決定明天就去看。	チケット 票	し～ので

A ⤷

B ⤷

C ⤷

D ⤷

E ⤷

請寫有關於你印象中深刻的電影、電視劇或連續劇。

例 今、NHK の朝ドラで「純と愛」と言うのをやっている。
自分の意思を貫き通そうとする純と人の心が読める愛の物語だ。
奇想天外な話の展開がとても面白い。

Unit 53 文学 文學

もう一度読んでみたい

趣味、嗜好は遺伝するのかも知れない。家庭環境によって違いがでてくるのだろう。

私の両親は仕事に追いまくられ、わがままな5人の子供を育てるのに四苦八苦していたので、小説を読んでいる姿など見たことはない。

私も小説を読む習慣はなかったが、中学生の時、友人が貸してくれた北杜夫の「どくとるマンボウ航海記」は夢中で読んだ。その各国を巡るユーモラスな話に憧れを持ったことがその後の私に少しは影響を与えたと思う。

日本の多くの若者が読んだように、私もヘルマン・ヘッセの「デミアン」や「車輪の下」を読んだ。

しかし蛙の子は蛙なのか、今や私の書棚は小説よりもパソコン関係の本や楽譜で埋め尽くされている。

最近読んだ本で感銘を受けたのは、やはり友達から薦められた高田郁の時代小説「銀二貫」だ。

彼女の作「みおつくし料理帖」と同じく料理人の人情あふれる物語だが、むしろ私は主人公の決して諦めることのない技術者魂によって、いかに新しい寒天が作りあげられて行ったのかに感銘を受けた。

想再看一次

興趣、嗜好或許是遺傳來的。

根據每個人的家庭環境不同，就會衍生出不同的興趣、嗜好吧。

我的父母忙於工作，由於要養育任性的五個小孩，實在是非常辛苦。我從未曾看過他們看小說的樣子。

雖然我也沒有看小說的習慣，但是在中學時期，沉迷一本朋友借我的北杜夫的「醫生拉丁美洲航海記」。我想我是因憧憬於故事裡的巡迴各國幽默的話語，而對日後的我也產生了影響。

像日本年輕人在閱讀的，我也會看了赫爾曼海賽的「戴米安」「車輪下」等。

可是有其父必有其子吧，現在我的書架上比起小說而言，盡是有關電腦的書本或是樂譜。

最近看了一本令人感動的是朋友推薦的高田郁的時代小說「銀二貫」。內容是和她的另一作品「澪之料理帖」一樣，也是描寫料理人豐富的情感，我因為受那主角對於怎樣才可做出新的寒天絕不放棄的技術靈魂之精神而深受感動。

學習Point!

　　例文中「家庭環境によって違いがでてくるのだろう」的「によって」是指示出「家庭環境」的不同是其因素，而造成「（趣味、指向の）違いがでてくる」的不同。

　　「技術者魂によって、いかに新しい寒天が作りあげられて行ったのかに感銘を受けた」的「によって」是指示出被動句（受身形）的「作りあげられる」之動作主體為「技術者魂」。在主動句（主動形）的表達上是為「技術屋魂がいかに新しい寒天を作りあげて行ったかに感銘を受けた」。

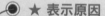
★ 表示原因

名詞（原因）+ によって
により
による

津波によって町は壊滅状態になった。（因為海嘯整個城市毀滅。）

津波により町は壊滅状態になった。（因為海嘯整個城市毀滅。）

町が壊滅状態になったのは津波による。（城市毀滅全因為海嘯引起。）

津波による被害は大きい。（由於海嘯所造成的災害甚大。）

★ 表示手段

名詞（手段）+ によって
により
による

高い堤防によって町を守る。（建築高的堤防，來守護整個城市。）

高い堤防により町を守る。（建築高的堤防，來守護整個城市。）

高い堤防による対策をとった。（提出建築高堤防政策。）

★ 用來表示出受身形句子的動作主體

名詞（受身文的動作主）+ によって
により

津波によって町は流された。（因海嘯，整個城市被沖走了。）

津波により町は流された。（因海嘯，整個城市被沖走了。）

★ 指示出結果差異之其原因

名詞（結果差異的原因）+ によって
により
によっては
による

堤防の高さによって、津波の被害の程度は異なる。

（由於防波堤高度之差異，因而所造成海嘯災害程度也會有所不同。）

堤防の高さにより、津波の被害の程度は異なる。

（由於防波堤高度之差異，因而所造成海嘯災害程度也會有所不同。）

堤防の高さによっては、津波の被害の程度は異なる。

（由於是防波堤高度之差異，而所造成海嘯災害程度也會有所不同。）

津波の被害の程度は、堤防の高さによる。

（海嘯所引起的災害會因防波堤高度不同，而形成不同的災害程度。）

★ 表示消息、信息的來源，或推測的依據 ………………

名詞（根據） ＋ によると
によれば

天気予報によると、明日は大雪だそうだ。

（根據天氣預報上報導，明天會下大雪。）

天気予報によれば、明日は大雪だそうだ。

（根據天氣預報上報導，明天會下大雪。）

背單字吧！

日 語	中 文	品詞	日 語	中 文	品詞
古典文学	古典文學	名	著者	著者	名
現代文学	現代文學	名	批評	批評	名
小説	小說	名	叙情詩	抒情詩	名
歴史小説	歷史小說	名	叙事詩	敘事詩	名
推理小説	推理小說	名	散文	散文	名
恋愛小説	愛情小說	名	エピソード	小故事	名
童話	童話	名	ラブストーリー	愛情故事	名
詩	詩	名	出来事	事情	名
文学史	文學史	名	伝説	傳說	名

物語 ものがたり	故事	名	原稿 げんこう	原稿	名
ベストセラー	暢銷書	名	文体 ぶんたい	文體	名
作家 さっか	作家	名	筋 すじ	「筋」的話會想到的是「筋骨」如文章裡應該用「情節」較為適當	名
詩人 しじん	詩人	名	主人公 しゅじんこう	男主角	名
文豪 ぶんごう	文豪	名	書く か	寫	名
翻訳 ほんやく	翻譯	名	執筆する しっぴつ	執筆	動
文学賞 ぶんがくしょう	文學獎	名	読む よ	讀	動
図書館 としょかん	圖書館	名	読書する どくしょ	看書	動
作者 さくしゃ	作者	名	語る かた	（曲藝）說唱	動

✏️ 動筆寫一寫吧~

問題	翻譯成日語	必要的單字		使用表達
A	她因為得到了文學獎，而出名了。	有名になる ゆうめい	出名	によって
B	這篇詩詞，描寫出自然的美。	描く えが	描寫	により
C	這本書，是有名的作家所寫的。	有名な ゆうめい	有名的	によって
D	不同的作者，表現的方式會不相同。	仕方 しかた	方式	によって
E	根據作者說明，主角就是作者本人。	主人公 しゅじんこう	主角	

A
B
C
D
E

請寫出有關於曾讓你感動過的小說的感想。

例 若いころに読んだ本に「聖テレジア自叙伝」がある。

道端に咲いている白い小さな花のように可愛くて純粋な聖人の自叙伝だ。

私も白い花になりたいと思ったが、今はなんと醜悪になったことか。

 **Unit**
54 絵画・写真 繪畫・照片

Date＿＿＿／＿＿／＿＿

ルノアールもいいけど

ピカソの絵はいただけないなあ。

彼が若い時に描いた絵は写実的で納得できるものだが、彼の抽象画は私には奇をてらっているとしか思えない。

しかし、奇をてらっているかも知れないが、ダリの絵は私を引きつける。

柔らかい時計が木にぶら下がっている絵は有名だが、別な作品の「Illumined Pleasure」を初めて見たとき、これはいいと思うと同時に笑ってしまった。

奇怪なことは奇怪ではあるが、その中に描かれている何人かが自転車に乗っている図は何ともおかしい。

地下鉄半蔵門線錦糸町駅で乗り換えるとき、いつもいいなあと思うのは壁面に描かれている歌川広重の「両国花火」だ。

放物線を描いて落ちていく花火の大胆な構図にいつも見とれてしまう。

アニメ、劇画における大先輩なのだろう。

伊藤若冲の絵は装飾的ではあるが、その豪華絢爛、繊細さ、華麗さには圧倒される。

技術立国日本の底流に流れているものを感じる。

雷諾瓦的畫也不錯

看不太懂畢卡索的畫。

他年輕時所畫的寫實畫，還能接受。但是他的抽象畫我只覺得怪怪的。

可是，同樣也是怪怪的作品，達利的畫就比較吸引我。

雖然他的吊掛在樹下的柔軟時鐘很有名。但另一件作品「Illumined Pleasure」第一次看到時，覺得真棒就笑了出來。雖然奇怪是奇怪，但是在畫裡面有好幾人騎著腳踏車的情景總覺得好笑。

每當在地下鐵半藏門線錦糸町驛換車時，總會看到牆壁上的歌川廣重所畫的「両国花火」一直都覺得很棒。

對於描繪拋物線落下狀的煙火大膽構圖，我一直是看得入迷。

而歌川廣重或許就是動畫、連環漫畫的大前輩吧。

雖然伊藤若沖的畫作是屬於裝飾畫，但驚嘆於他那豪華絢爛、纖細度、華麗感。感受到日本技術立國的底流。

學習Point!

　　例文中「アニメ、劇画における大先輩」的「における」是指示出「大先輩」的關係，範圍所屬是為「アニメ、劇画」。

★ 表示動作或作用的時間、地點、範圍、狀況等

名詞 （場所）		において
名詞 （時間）	+	においては
名詞 （分野・範囲）		における

・場所

世界において、日本のアニメの評価は高い。

（日本的卡通片在世界獲得極高的評價。）

・時間

現代において、インターネットは不可欠の情報手段だ。

（電腦網路，以現代社會來說是不可欠缺的消息來源。）

・分野・範囲

料理界において、彼は巨匠と言われている。

（在料理界裡，他被稱為食神。）

★ 表示前項先提出一個話題，後項就針對這個話題進行說明

「につき」：用較慎重的說法來傳達事情的說明或解釋理由。常使用於佈告、書信中。

名詞（對象）＋ について
　　　　　　 につき

方言について興味があります。（有關於地方方言我有興趣。）

工事中につき通行止めご協力ください。

（在進行工程施工請配合不要通行。）

背單字吧！

日　語	中　文	品詞	日　語	中　文	品詞
絵画	繪畫	名	写真家	攝影師	名
絵	圖畫	名	写真機	照相機	名
水彩画	水彩畫	名	カメラ	照相機	名
油彩画	油畫	名	デジカメ（デジタルカメラ）	數位相機	名
油絵	油畫	名	フイルム	軟片	名
風景画	風景畫	名	アルバム	相簿	名
静物画	靜物畫	名	カメラ	照相機	名
人物画	人物畫	名	レンズ	（照相機的）鏡頭	名

報道写真 （ほうどうしゃしん）	新聞照片	**名**	ネガ	（相片）底片、負片	**名**
画家 （がか）	畫家	**名**	シャッター	快門	**名**
カンバス	帆布	**名**	フラッシュ	閃光燈	**名**
額縁 （がくぶち）	畫框	**名**	カラーフィルム	彩色軟片	**名**
筆 （ふで）	筆	**名**	白黒フイルム （しろくろ）	黑白軟片	**名**
パレット	調色盤	**名**	スライド	幻燈片	**名**
展覧会 （てんらんかい）	展覽會	**名**	写真館 （しゃしんかん）	照相館	**名**
ギャラリー	美術展覽室	**名**	写真を撮る （しゃしん　と）	拍照片	**文**
美術館 （びじゅつかん）	美術館	**名**	撮影する （さつえい）	攝影	**動**
博物館 （はくぶつかん）	博物館	**名**	現像する （げんぞう）	沖洗	**動**
絵を描く （え　か）	畫圖	**文**	焼き増しする （や　ま）	（照相）加洗的相片	**動**

動筆寫一寫吧~

問題	翻譯成日語	必要的單字		使用表達
A	展覽會在大街上的美術館要開幕了。	開く （ひら）	開幕	において
B	畢卡索早期的作品以寫實畫居多。	初期 （しょき）	早期	においては
C	在繪畫上來說素描是很重要。	デッサン	素描	においては
D	攝影家說明了有關於數位相機的使用方法。	デジカメ	數位相機	について
E	出入口是禁止停車。	駐車禁止 （ちゅうしゃきんし）	禁止停車	につき

A

B

C

D

E

在畫家裡面你喜歡哪一位？喜歡他哪一點？

例　セザンヌ、ルノワールなどの印象派の画家の絵が好きだ。

色もきれいだし温かいものを感じる。

自由奔放、奇想天外なダリも見ていて楽しい。

Unit 55 娯楽・趣味 娛樂・愛好

へたの横好き

私にとっての趣味は趣味を増やすことだ。

絵画、音楽、外国語、その他、どれ一つとして、これが私の趣味です、どうぞ見てくださいと言えるものはない。

自己満足という趣味なのかもしれない。

小さい頃から絵を描くのが好きで、

普通の大学を卒業後、会社に入ってから夜間のデザイン学校に2年間通った。

そちらの方面に転向しようかとも思ったが、自分の創造力の無さに気づきそのままサラリーマンをやっていた。

しかし「芸は身を助く」とはいかないまでも、ちょっとでも絵を描いた経験があるので、社内誌の表紙を頼まれたときでも、それなりのものを描けたし、

日本語を教えるようになったときでも図で説明するとみんなが喜んでくれた。

オペラも好きだ。ソプラノ、テナーの肉感的とも言える声を聴くとしびれる。私の中学の同窓生の友人にバリトン歌手がいる。

彼はドイツ、イタリアで歌手活動の経験があり、日本の代表的なオペラ歌

手活動機関である二期会に所属している。

その彼に発声法を教えてもらったこともある。何とかしてあの立派な声が

でないかと、「ア〜ァ、ア〜ァ」と頑張っている。

しかし家内には「何の動物を飼っているのかって、近所の人が思うから止

めて！」と言われている。

マンションはペットが飼えないきまりになっている。

趣味の道は孤独だ。

譯文　不擅長卻很愛好

我的興趣就是增加興趣。

畫圖、音樂、外國語，還有其他的，不論是哪個，都無法讓我說得出「這是我的興趣請多指教」之類的話。

或許只是自我滿足吧。

因為小時候喜歡畫圖，普通大學畢業後，進入公司工作，晚上還去上兩年的設計學校。原本想往這方面轉職，但又感覺到自己缺乏創造力就一直從事上班族的工作。

但是，有一句話說「一技在身、勝積千金」雖然我還不到厲害的程度，但由於有繪畫的經驗，所以不論是公司雜誌的封面叫我畫，教日語時用圖解說明，學生們也都很開心。

我也喜歡歌劇。一聽到女高音、男高音的肉感聲音都會頭皮發麻。我中學時的同窗的朋友有男中音的歌手。他在德國、義大利都曾有過演唱的經驗，屬於代表日本的歌劇歌手組織裡的二期會。

他曾經教過我發音方法。但為什麼我就發不出那麼好的聲音，我努力地練「啊〜啊〜啊」可是我老婆說：「鄰居會以為我們養了什麼動物要我停止練習」。

因為公寓裡規定不能養寵物的。

興趣之路是孤獨的。

例文中「私にとっての趣味」的「にとっての」是指示出以「私（我）」為立場、感覺上來說，「趣味」這件事將會做出何種評價。

句型1

★ 表示前面名詞（話題）的立場，來進行判斷或評價 ·············

名詞 （話題） +
にとって
にとっては
にとっての

私にとって、歌は人生だ。（對我來說，唱歌就是我的人生。）

句型2

★ 表示動作、感情施予的對象，表示比較 ·············

名詞 （對象） +
に対して
に対し
に対する

私に対して、彼女はやさしいときも冷淡なときもある。

（她對我，有時很溫柔有時又很冷淡。）

出汁には、玉ねぎ10個に対して、ショウガ3個が要る。

（要煮出海帶柴魚片湯的話，如果以10顆洋蔥來說，那薑要用3個來搭配。）

車は、日本が右ハンドルに対して、台湾は左ハンドルだ。

（以車子的方向盤來說，日本是在右邊，而台灣是在左邊。）

背單字吧!

日 語	中 文	品詞	日 語	中 文	品詞
遊園地	遊樂場	名	サイコロ	骰子	名
競馬	賽馬	名	ギャンブル	賭博	名
競輪	自行車競賽	名	ビリヤード	撞球	名

競艇 きょうてい	賽艇	名	ボウリング	保齡球	名
オートレース	摩托車（汽車） 競賽	名	オセロ	奥賽羅	名
陶芸 とうげい	陶磁工藝	名	チェス	國際象棋	名
園芸 えんげい	園藝	名	トランプ	撲克牌	名
手芸 しゅげい	手工藝	名	手品 てじな	魔術	名
編み物 あ　もの	編織物	名	テレビゲーム	電視遊戲	名
生け花 い　ばな	插花	名	ゲームセンター	電子遊樂場	名
日曜大工 にちようだいく	星期天休息日 在家做木工修 補房子（的人）	名	ディスコ	迪斯可舞	名
ゴルフ	高爾夫	名	遊ぶ あそ	玩	動
トランプ	撲克牌	名	楽しむ たの	享受	動
ゲーム	遊戲	名	楽しい たの	快樂的	形

✏ 動筆寫一寫吧~

問題	翻譯成日語	必要的單字		使用表達
A	對我來說打高爾夫球真是痛苦。	ゴルフ	高爾夫	とって
B	對他來說，陶藝是他生存的價值。	生き甲斐 い　がい	生存的價值	とっての
C	他反對賭博公營化。	カジノ	賭博	に対して
D	一個杯子，加上一湯匙的糖。	カップ/スプーン	杯子/湯匙	に対して
E	相較於以前的小孩子在外面玩樂來 說，現在大多在家裡玩比較多。	遊ぶ あそ	玩樂	に対し

A

B

C

D

E

假日都是如何度過的呢？

例 パソコンのプログラミングに凝っていた時期があった。

「言葉」を入力して画像が動いたときは感激した。

外国人と話して通じたときの喜びと同じだ。

Unit 56 学校① 學校①

遠い昔の思い出

幼稚園は家から歩いて10分くらいの所だった。

隣の家の子も同じ歳だったのでいつも行き帰りは同じ。

そう言えば、彼は歌が上手だったな。

入園してから黒板に名前を書きなさいと言われて漢字で書いた。

すると先生は平仮名で書きなさいと言う。

みんなが書いているのは平仮名だったのだ。

私は漢字しか書けなくて恥ずかしい思いをした。

またある日の昼食の時、前に座っている子がむせて、彼の口に入っていたものが私の食器に飛んできた。

嫌だなあと思いながら、気の弱い私は食べざるを得なかった。

一番恥ずかしい思い出と言えば我慢できずにそそうをしてしまったことだ。

それがずっと心のトラウマになっていた。

だが自慢ができることもあった。

お絵描きの発表会があるというので、父親がわざわざ神戸まで特急列車で、港に停泊している汽船の絵を描きに連れていってくれた。

家でも汽船の絵を練習して、幼稚園での発表の時はうまく描くことができた。

先生に大変褒められ、壁に私の絵を張り出してくれたときはとてもうれしかった。

譯文　遙遠的回憶

小時候的幼稚園是離家大概走路十分鐘就會到的地方。

由於我和隣居的小孩年齡相同，所以上下學的路都是一樣。

話說，他真的很會唱歌。

幼稚園入學時老師要我們在黑板上寫名字，我就用漢字寫。

之後老師就叫我用平假名。

因為同學們大家都用平假名寫。

現在想起覺得很丟臉的是因為我只會寫漢字。

有一天吃午飯時，坐在我對面的人嗆到，他嘴裡的食物就飛到了我的碗盤裡。

雖然很生氣，但膽子小的我還是只敢把飯吃了。

一說起記憶中我最丟臉的一件事就是忍不住大便失禁。

而這件事一直留在我心中的造成了精神性傷害。

但也曾經有得意的時候。

有一次因為有畫圖比賽，爸爸就特地帶我去坐特快車到神戶，畫停泊在港灣的輪船。

即使在家裡也一直努力練習畫輪船，在幼稚園的發表會上大獲好評。

受到老師的稱讚，當我的畫被貼在教室牆壁時，真的非常開心。

學習Point!

　　例文中「一番恥ずかしい思い出と言えば我慢できずにそそうをしてしまったことだ」的「と言えば」是用於取「一番恥ずかしい思い出」為話題而聯想出的情況，就是將這裡的「そそうをしてしまったこと」做出敘述。

★ 用在承接某個話題，從這個話題引起自己的聯想，或對個話題進行說明

名詞
文 + というと
といえば
といったら

私の好物と言うと、やはりチョコレートだ。

（要說起我所喜歡的東西，那就是巧克力了。）

旅行をすると言ったら、いつも雨が降る。

（才說要去旅行，就一直下雨。）

句型2

★ 表示身分、地位、資格、立場、種類、名目、作用等

名詞 + として
としては
としても

彼女は、女優としても、母としても素晴らしい人だ。

（她不論是做一個女演員，還是當人家母親，都是很稱職的。）

彼は人間として最低だ。（他可是人類裡最差勁的。）

背單字吧!

日　語	中　文	品詞	日　語	中　文	品詞
保育園	托兒所	名	生徒	學生（國中，高中）	名
幼稚園	幼兒園	名	学生	學生（大學生）	名
小学校	小學	名	教師	教師	名
中学校	初中	名	教授	教授	名
高等学校	高級中學	名	学年	學年	名

だいがく 大学	大學	名	ひっき しけん 筆記試験	筆試	名
だいがくいん 大学院	研究所	名	こうとう しけん 口頭試験	口試	名
たんだい (たんき だいがく) 短大（短期大学）	短期大學	名	おし 教える	教導	動
こうりつがっこう 公立学校	公立學校	名	まな 学ぶ	學習	動
しりつがっこう 私立学校	私立學校	名	べんきょう 勉強する	學習	動
せんもんがっこう 専門学校	專門學校	名	じゅぎょう う 授業を受ける	上課	文
しんがく 進学	升學	名	じゅぎょう 授業をさぼる	翹課	文
にゅうがく しけん 入学試験	入學考試	名	らくだい 落第する	考試不及格、留級	動
ごうかく 合格	合格	名	ごうかく 合格する	合格	動
じゅぎょう 授業	授課	名	りゅうねん 留年する	留級	動
こうぎ 講義	講課	名	そつぎょう 卒業する	畢業	動

動筆寫一寫吧~

問題	翻譯成日語	必要的單字		使用表達
A	說起高中時期，那體育老師真是恐怖。	こわ 怖い	恐怖	というと
B	說起大學同學，不知道他現在過得怎樣呢？	いまごろ 今頃	現在	といえば
C	說到酒，最喜歡的還是日本酒。	やはり	還是	といったら
D	那個人當老師是非常優秀的人。	ゆうしゅう 優秀な	優秀的	として
E	那間幼稚園也可以當托兒所。	ほいくえん 保育園	托兒所	としても

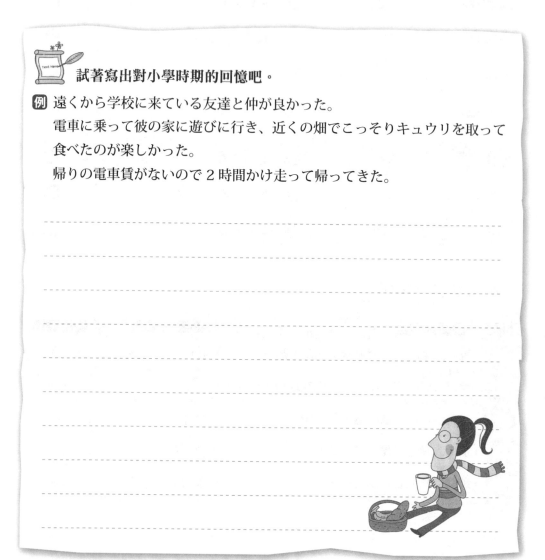

A

B

C

D

E

試著寫出對小學時期的回憶吧。

例 遠くから学校に来ている友達と仲が良かった。

電車に乗って彼の家に遊びに行き、近くの畑でこっそりキュウリを取って食べたのが楽しかった。

帰りの電車賃がないので２時間かけ走って帰ってきた。

うとうと…

昔天才、今恍惚の人

小学校の時の勉強は、せいぜい宿題をするだけで、もっぱら近所の子と石けり、缶けり、コマ回し、馬とび、蝉取りなどに興じていた。
習い事に関しては習字と算盤だけで、今の子供達が行くような学習塾には行かなかった。
中学生になって、試験の前に勉強すると結果が良くなることに気がついた。
また、予習、復習をするともっと成績が良くなることにも気がついた。
どんどん成績が上がって、お母さんがとても喜んでくれた。
クラスの仲間はみんな仲良しで、自分たちで学習班など作って勉強が遅れている級友に教えもした。
中学の時の友達が、定年になった今でも一番の友達だ。
高校時代は、進学高校だったせいか、みんなについて行くのがやっとで、何だか暗いイメージが残っている。
お昼御飯を食べた後の歴史の時間は必ず居眠りをしていた。
その気持ちよい至福の時間だけが思い出される。

譯文　過去是天才，現在是恍惚的人

小時候上學，大概只要寫寫功課就好，其他時間幾乎都和鄰居的小朋友玩，丟石頭、丟罐子、打陀螺、捉蟬等等。

關於學才藝課的部分，也多是書法、算盤而已，不像現在的小朋友去上才藝班。

上了國中，我注意到在考試前有唸書的話，就會有好成績。

還有，上課前有預習，下課後再複習，也會拿到更好的成績。

成績一步一步往上爬，媽媽也會很開心。

班上同學大家感情都很好，還自己組了學習班指導比較跟不上成績的人。

在我國中時期的朋友，即使現在大家都已退休了，還是最要好的朋友。

高中時期，不知道是因為唸的是升學高中的緣故，因為要努力跟上同學們，所以留下的印象都是灰暗的。

吃完午餐後上歷史課就一定會打瞌睡。

現在能回憶起的美好時光就只有那時候。

 學習Point!

　　例文中「習い事に関しては習字と算盤だけで」的「関しては」是用在於有關「習い事」上的「習字」或「算盤」等等之類的事情為對象時。

★ 用於想將各種關係、情況當作為對象時

句型1

名詞 ＋
に関して
に関しては
に関する

こう ぼ きん かん しら
酵母菌に関して調べた。（查閱了有關於酵母菌的資料。）
こう ぼ きん かん かれ せんもん か
酵母菌に関しては彼は専門家だ。（有關於酵母菌他是一位專家。）
こう ぼ きん かん ほん よ
酵母菌に関する本を読んだ。（我看了一本有關於酵母菌的書。）

句型2

★ 指示出受爭議、對立的批評點，後面句子通常為具有爭議、對立的詞句 ....

名詞 + をめぐって
をめぐる

原発の是非をめぐって双方が激しく議論した。

（雙方激烈地討論了有關於核電的利損觀點。）

原発をめぐる議論が白熱した。（激烈討論以核電為議題的話題。）

背單字吧！ 🦉

日 語	中 文	品詞	日 語	中 文	品詞
校舎（こうしゃ）	校舍	名	机（つくえ）	桌子	名
校庭（こうてい）	操場	名	更衣室（こういしつ）	更衣室	名
体育館（たいいくかん）	體育館	名	教科書（きょうかしょ）	教科書	名
講堂（こうどう）	禮堂	名	宿題（しゅくだい）	作業	名
プール	游泳池	名	点数（てんすう）	分數	名
教室（きょうしつ）	教室	名	百点満点（ひゃくてんまんてん）	滿分	名
音楽室（おんがくしつ）	音樂室	名	評価（ひょうか）	評價	名
保健室（ほけんしつ）	保健室	名	手を上げる（てをあげる）	舉起手	文
職員室（しょくいんしつ）	職員室	名	答える（こたえる）	回答	動
校長室（こうちょうしつ）	校長室	名	試験を受ける（しけんをうける）	參加考試	文
教壇（きょうだん）	講台講壇	名	質問する（しつもんする）	質問、發問	動
廊下（ろうか）	走廊	名	研究する（けんきゅうする）	研究	動
美術室（びじゅつしつ）	美術室	名	復習する（ふくしゅうする）	複習	動
黒板（こくばん）	黑板	名	数学が得意だ（すうがくがとくいだ）	擅長數學	文
チョーク	粉筆	名	英語が苦手だ（えいごがにがてだ）	怕英文	文

 **動筆寫一寫吧~**

問題	翻譯成日語		必要的單字		使用表達
A	討論了有關於冬天游泳池的管理方式。		プール	游泳池	に関して
B	關於在成績方面他一點都沒有問題。		成績	成績	に関しては
C	以經制訂好了有關於體育館的使用規則。		規則	規則	に関する
D	討論了有關於教科書一事。		教科書	教科書	をめぐって
E	提出了很多有關於考試結果評價的意見。		試験	考試	をめぐる

A

B

C

D

E

試著寫出對國中時期的回憶吧。

例 家の向かいに住んでいた子といつも学校へ一緒に行っていた。
彼は絵がうまく、字も活字のようなきれいな字を書いていた。
私も彼に倣って活字のような字で書くようになった。

Unit 58 学科・学問 科系・學問

運命のいたずら

母親は、私が物を作ったりするのが好き

だったので、工芸高校に進学すれば良い

と言ってくれていた。

私もそうしたいと思っていた。

しかしたまたま中学校の時の成績が良

くて、欲が出てきたと言うのであろ

う、高校は大学進学学校を選んだ。

大学は、私自身は理科系に進みたか

ったが、あにはからんや成績が良くなかったので、

文化系にせざるを得なかった。

文化系には、文学、法律、経済とあるが、どれも正直あまり興味が湧かな

い。

それで第一志望を国立大学の経営学部に、第二志望を市立の外国語大学に

した。

国立大学の入学試験の後に、市立・私立大学の入学試験があるのだ。

第二志望には自分の成績で間違いなく入学出来る大学を選んでおく。

いわゆる滑り止めのための大学だ。

私自身の気持ちは逆に外国語大学こそが第一志望だったが、運命はいたず

らなものだ。

あまり行きたくなかった第一志望に合格してしまったのだ。

国立大学に合格しておいて、市立大学に入学するバカはいないと言うのが世間の常識だ。

結局、意志の弱い私は国立大学に進んだ。

ここぞと言う時こそ自分の意思を貫かねばならない。それが出来なかった為に大学、社会と進むにつれ、喪失感に悩まされることになったのだ。

譯文　命運捉弄人

媽媽曾對我說，因為我喜歡製作東西，那麼選工藝學校就好了。

我也曾經如此想過。

可是，國中時期學校功課也還算不錯，就產生了企圖心，所以高中時就選定了升大學。

關於大學，我原本想選理工科，哪知成績不是很理想，不得以只好進入文學院。

在文化學系裡，有文學、法律、經濟但老實說都引發不起我的興趣。

因此第一志願就填寫了國立大學的經營系，第二志願就選了市立的外國語大學。

國立大學入學考試之後，接著是市立大學還有私立大學的入學考試。

第二志願的成績可先選擇學校。

也就是說為了怕考不上而選的大學。

當時我自己的心意反而是外國語大學才是我的第一志願。但命運真是捉弄人。

我考上的是我不是很想讀的第一志願。

一般人總不會笨到放棄第一志願的國立大學而選市立大學吧。

結果，意志不堅定的我還是選了國立大學。

在選擇時刻如果無法充分表現出自己的意願。不論是升學或工作之後，都會為此感到懊悔的。

學習Point!

例文中「外国語大学こそが第一志望だった」的「こそ」是指示強調出「外国語大学」這件事情。

★ 表示特別強調某事物 ⋯⋯⋯⋯⋯⋯⋯⋯⋯⋯⋯⋯⋯

名詞（＋助詞）
動詞（て形）　**＋ こそ**

彼こそ本当の政治家だ。（他才是真正的政治家。）

本当のことを正直に言ってこそ信頼される。

（只因為他誠實地說出了真相，所以得到大家的信賴。）

★ 將唯一的理由或原因做出強調的表達 ⋯⋯⋯⋯⋯⋯⋯

名詞（普通体）
い形容詞（普通体）
な形容詞（普通体）　**＋ から ＋ こそ**
動詞（普通体）

彼がキャプテンだからこそ優勝したのだ。

（正因為他是領隊，所以才會得到勝利。）

彼が頑張ったからこそ優勝したのだ。

（正因為他的努力，所以才會贏取勝利。）

★ 表示特別強調理由 ⋯⋯⋯⋯⋯⋯⋯⋯⋯⋯⋯⋯⋯⋯

名詞（ば形）
い形容詞（ば形）
な形容詞（ば形）　**＋ ば ＋ こそ**
動詞（ば形）

限りある命であればこそ、大切にしたい。

（在有限的生命裡，想要好好珍惜一切。）

生きていればこそ、楽しいこともあるのだ。

（只要是活著，一定會有開心的事。）

背單字吧! 🦉

日 語	中 文	品詞	日 語	中 文	品詞
学科	學科	名	医学	醫學	名
国語	國語	名	法学	法學	名
算数	算術	名	経済学	經濟學	名
理科	理科	名	商学	商學	名
社会	社會	名	工学	工學	名
体育	體育	名	教育学	教育學	名
専門	專業	名	地質学	質地學	名
数学	數學	名	人文学	人文學	名
歴史学	歷史學	名	日本文学	日本文學	名
考古学	考古學	名	農学	農學	名
地理学	地理學	名	海洋学	海洋學	名
化学	化學	名	獣医学	獸醫學	名
物理学	物理學	名	人類学	人類學	名
生物学	生物學	名	天文学	天文學	名
科学	科學	名	芸術	藝術	名
情報処理	資訊處理	名	ジャーナリズム	新聞學	名
言語学	語言學	名	建築	建築	名
哲学	哲學	名	文系	文科	名
心理学	心理學	名	理系	理科	名

動筆寫一寫吧~

問題	翻譯成日語	必要的單字		使用表達
A	現今，對小孩子來說國語才是最重要的。	国語	國語	こそ
B	他就是因為喜歡算術，所以才當了數學學者。	算数	算術	からこそ
C	正是因為學了心理學，才能懂得他的心情。	わかる	懂	ばこそ
D	正因為他是天文學學者，才會那麼了解星座的名稱。	学者	學者	からこそ
E	他就是喜歡算術，即使是複雜的也不會討厭。	嫌がる	討厭	ばこそ

A	
B	
C	
D	
E	

試著寫出對高中時期的回憶吧。

例 担任の先生は眉毛が濃くあごが張っていたので「張子の虎」とみんなは呼んでいた。

文化祭のとき顔は先生の似顔絵、身体は虎の張子を作って仮装行列した。文字通り張子の虎だ。

Date____/__/__

Unit 59 文房具 文具

がんぐ
玩具

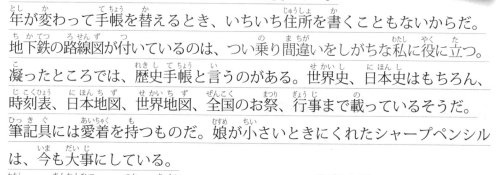

文房具屋に行くのは楽しい。

ゼムクリップを一つ取り上げただけで

も、針金を単に渦巻状に曲げただけの物

でなく、ハートの形とか、動物の形と

か、それも色とりどりのものがある。

手帳を選ぶのも楽しい。

手帳にはアドレスを記入するところが

後ろのページにあるのが多いが、私

はアドレス帳を別に持っているのでそれは使わない。

年が変わって手帳を替えるとき、いちいち住所を書くこともないからだ。

地下鉄の路線図が付いているのは、つい乗り間違いをしがちな私に役に立つ。

凝ったところでは、歴史手帳と言うのがある。世界史、日本史はもちろん、

時刻表、日本地図、世界地図、全国のお祭、行事まで載っているそうだ。

筆記具には愛着を持つものだ。娘が小さいときにくれたシャープペンシル

は、今も大事にしている。

私には万年筆など使う機会はめったにないが、文房具店に行くとやはりじ

っと眺めてしまう。物を書くのが仕事の小説家には万年筆に強い思いいれ

があるようだ。開高健は次のように書いている。「万年筆というのは何十

年と同棲してそのあげくようやくなじみあえる器物なのだから、そうであ

るなら、ちょっと夫婦関係に似たところがあり……」

玩具

去文具店是很快樂的事。

就以迴紋針為例，單一迴紋針不再只是渦狀，有心形的、動物的造型的，顏色也是五顏六色。

選筆記本也很開心。

筆記本內頁裡通常附有通訊錄，但我一般會將通訊錄登記在別的通訊簿裡，所以都不會使用到它。

每年要更換筆記本時，也不用再一個一個的寫。

內附的電車路線圖，對於常不小心搭錯車的我而言，十分有用。

更精緻的，據說還附有歷史記事本。世界史、日本史就不用說了，時刻表、日本地圖、世界地圖，就連全國的節慶行事都有。

對於筆記用具我總有依戀。像是女兒在國小時，送我的自動鉛筆到現在我都還好好保存著。

我幾乎用不到鋼筆，但只要一到文具店還是會去看看。以寫作為工作的小說家似乎對鋼筆有某種特別強的依戀。開高健就曾這樣寫道：「鋼筆數十年來都與我同在，因此像是青梅竹馬般的物品。真是如此的話，那也就有如同夫妻關係般的……」

學習Point!

　　例文中「つい乗り間違いをしがちな私に役に立つ」的「がちな」是表示「乗り間違い」這件事是有經常發生的傾向。

> **句型1**
>
> ★ 表示即使無意的，也容易出現某種傾向，或是常會這樣做。一般多用於負面評價的動作
>
> 名詞
> 動詞（ます形刪去「ます」）　**＋　がち**
>
> 彼は体が弱く病気がちだ。（他身體不好，常常生病。）
> 一人でいると、ついタバコを吸いがちだ。
>
> （只要是單獨一人時，就會想抽菸。）

281

日　語	中　文	品詞	日　語	中　文	品詞
文房具	文具	名	ホッチキス	訂書機	名
ステーショナリー	文具	名	画びょう	大頭圖釘	名
帳面	本子	名	クリップ	迴紋針	名
ノート	筆記本	名	ファイル	文件夾	名
手帳	記事本、手冊	名	筆箱	鉛筆盒	名
鉛筆	鉛筆	名	ペンケース	鉛筆盒	名
色鉛筆	彩色鉛筆	名	ペーパーナイフ	切紙刀	名
ボールペン	原子筆	名	蛍光ペン	螢光筆	名
万年筆	鋼筆	名	インク	墨水	名
修正液	立可白	名	メモ用紙	便條紙	名
消しゴム	橡皮擦	名	接着剤	黏合劑	名
カッター	美工刀	名	鉛筆削り	削鉛筆機	名
はさみ	剪刀	名	ラベル	標籤	名
セロテープ	透明膠帶	名	シール	貼紙	名
のり	漿糊	名	コピー機	影印機	名
シャープペン	自動鉛筆	名	封筒	信封	名
定規	尺	名	電卓	計算器	名
コンパス	圓規	名	ファックス用紙	傳真紙	名

動筆寫一寫吧~

問題	翻譯成日語	必要的單字		使用表達
A	女生的包包裡很喜歡放很多小東西。	バッグ	包包	がち
B	會將容易忘記的事寫在記事本裡。	手帳	記事本	がち
C	用色鉛筆將容易弄錯的字做記號。	印	記號	がち
D	忘記東西是老人家常有的事。	物忘れ	忘記東西	がち
E	鋼筆常常被認為是很貴的東西，事實上很便宜。	万年筆	鋼筆	がち

A	
B	
C	
D	
E	

你對文具用品會特別的挑剔嗎？是哪一種呢。

例　小型のポケット・コンピューター「HP200LX」を 10 年ほど愛用している。バッテリーが長時間持つし、すぐ起動できるし、自分で簡単にソフトも作れた。

Windows が開発されたりスマートフォンが出現した時代でも手放せない。

Unit 60 OA機器 OA機器

インターネットにノーベル賞をあげたい

初めて海外出張した時はまだ1ドルが360円の時代、外貨持ち出しに500ドルの制限があった。

オーストラリア、フィリピン、香港、台湾の合計1カ月以上の出張だ。

海外に行く人は希であったこともあり、一旦行くと長期の出張だった。

通信手段がどんどん発達してきているが、当時は現地でのレポートを郵送していた。

郵件秤

極めて薄いレポート用紙にカーボン紙を挟んで書くのだ。

切手代を節約するためにできるだけ薄い紙にレポートを書いた。

日本に届くには1週間以上もかかっただろう。

時間を急ぐ現在のビジネスでは考えられない。

その後、アルファベット文字で書くテレックスが使われるようになった。

電話回線を通じて送受信しているので節約のため短い文章が必要だ。

例えば、「ありがとう」の「Thank you」は「TNKS」だ。

「谷氏」の意味で「TANISHI」と書いたつもりが、「田螺」と誤解されたことがあった。

FAXが導入されてさらに便利になった。

漢字・平仮名、文字は何でも書ける。図表で相手に説明が出来る。1枚の情報量が多いのでコスト削減にもなった。東南アジアでいち早く広まったのは漢字などの文字が使えたためだろう。

その後eーメールが使われるようになり、データの送受信が可能となって一段と便利になった。

譯文　想頒諾貝爾獎給網際網路

第一次到國外出差那時的匯率是1美元兌換360日幣，外帶幣值限定不得超過500美元。

那次出差大約一個月的時間，要前往澳洲、菲律賓、香港和台灣等國家。

那時出國的人並不多，一旦出差都要停留很長的時間。

雖然現在通訊已經漸漸發達，但那時給公司的報告還是要透過郵寄遞送。

在非常薄的報告用紙，挾著複寫紙寫。

為了要節省郵費，報告都盡可能的用薄紙來寫。

寄到日本大概都要花上一個星期以上。

以現在重視時間的商業時代來說，是難以想像的。

之後，又進入了用字母來發電報。

由於是透過電話電路線來收訊，為了節省成本寫的內容就必須簡短。

例如，「謝謝」的「Thank you」就用「TNKS」。

也曾有過「谷氏」是要寫成「TANISHI」，但卻被誤解為「田螺」的情形。

之後又有了傳真（FAX），就更加便利了許多。

不僅漢字、平假名，任何文字都可書寫。也可用圖表來加以說明。由於一張的傳真紙就可大量傳達訊息，所以大幅減低了成本。因為傳真機能使用漢字等文字，所以在東南亞傳真機才能很快地擴展開吧。

在這之後又到了e網路時代，可用電子檔來接收訊息，在便利性上更加快速便利。

學習Point！

例文中「電話回線を通じて送受信している」的「を通じて」是表示經由、通過「電話回線」的意思。

句型1

★ 指示出要成立某種行為或要做出某種行為時需要透過某種手段或關係人 ⋯⋯⋯⋯⋯⋯⋯

名詞（手段・仲介者）＋ **を通じて**
を通して

ふ どうさん や　 とお　 いえ　 こうにゅう
不動産屋を通して家を購入した。（透過仲介，買了房子。）

句型2

★ 表示整個時間範圍內 ⋯⋯⋯⋯⋯⋯⋯⋯⋯⋯⋯⋯⋯⋯⋯⋯⋯⋯⋯

名詞（期間）＋ **を通じて**
を通して

わたし　 へ や　 いちねん　 つう　 ひ あ　　 よ
私の部屋は一年を通じて日当たりが良い。

（我的房間，一整年都曬得到太陽。）

背單字吧！

日　語	中　文	品詞	日　語	中　文	品詞
パソコン	個人電腦	名	にゅうりょく 入力する	輸入	動
デスクトップ	桌面	名	へんかん 変換する	轉換	動
ノートブック	筆記型電腦	名	けんさく 検索する	檢索	動
モニター	顯示器	名	せつぞく 接続する	連接	動
キーボード	鍵盤	名	せってい 設定する	設定	動
マウス	滑鼠	名	クリックする	點選	動
プリンター	列印機	名	ダブルクリックする	點選兩次	動

アイコン	游標	名	立ち上げる	啟動	動
ハードディスク	硬碟	名	起動する	啟動	動
ソフト	軟體	名	消去する	刪除	動
プログラム	電腦計算程式	名	保存する	保存	動
スクリーン	螢幕	名	開く	打開	動
画面	畫面	名	閉じる	關上	動
モデム	數據機	名	ダウンロードする	下載	動
インターネット	網路	名	送信する	發送	動
E－メール	電子郵件	名	受信する	接收	動
迷惑メール	垃圾郵件	名	検索する	檢索	動
ウイルス	病毒	名	選択する	選擇	動
アドレス	收件人姓名、住址	名	コピーする	複製	動
ファイル	檔案	名	貼り付ける	插入	動

✏ 動筆寫一寫吧~

問題	翻譯成日語	必要的單字		使用表達
A	個人電腦因為網路而中毒。	ウイルスに感染する	中毒	を通じて
B	透過朋友，知道了她的信箱號碼。	アドレス	信箱號碼	を通じて
C	訊號透過電纜線，傳到監視器裡。	ケーブル/モニター	電纜線/監視器	を通じて

| D | 透過互聯網服務商，接通網路。 | プロバイダー | 互聯網服務商 を通して |
| E | 山中湖一年四季都值得去旅遊。 | 四季（しき） | 四季 を通して |

A	
B	
C	
D	
E	

你什麼時候會使用電腦？

例 パソコンで一番よく使うのはやはりメールだ。

長期間家族と離れているときは SKYPE がとても役に立つ。

料理の作り方など情報入手にも勿論役に立っている。

Unit 61 職種・業種 工作的種類・行業

To be, or not to be

今、家内と私はNHKの朝の連続テレビド
ラマ「カーネーション」にはまってい
る。

世界的ファッションデザイナーのコシ
ノ三姉妹の母親（ドラマの中では小原
糸子）の話だ。

糸子の実家は呉服屋だが、父親に
反対されながらも洋裁店を目指す。

今まで従業員の制服が和服だった百貨店へ、自分が
デザインした洋装の制服を着て行き、売り込みに成功する。実家の火事、
夫の戦死にもめげず、ひたむきに自分の信念、仕事に打ち込んでいる姿は
感動的だ。

第100回目のシーンを見ていて、私自身が問われているような感じを受
けた。長女の優子は美術大学の受検を希望しているが、母親の糸子は優
子が本気で画家を目指す覚悟のないのを見すかし猛反対する。セリフは
大阪弁。

優子「一体うちはどないしたらええ？」（一体私はどうすれば良いの？）

糸子「甘えんな！（甘えるな！）自分がどないしたいかやろ？（自分がど
うしたいのかだろ？）ほんなもん、お母ちゃん、知ったことちゃうやん。
（そんなこと、お母ちゃんが知った事ではないでしょ。）

私自身、自分自身の進路、職業を選ぶ際に、じっくり深く考えただろう

か。多分に自分を忘れて流されて来たようだ。

しかし道は違っても、その道は深く広い。

その道の中で自分がしたいことを見つけることができてきたとも思っている。

譯文 　To be, or not to be

現在老婆和我正迷上NHK早上播放的電視連續劇「康乃馨」。

劇中描寫的是世界服裝設計師コシノ三姊妹的母親（在劇中是小原糸子）。

雖然糸子的娘家是做和服的店，就算遭到爸爸反對，她的目標還是開洋裝店。

成功的打造了原本製作作業員所穿的和服百貨店，改而以自身所設計的洋裝制服的百貨店。

我對於糸子在經過娘家的火災、老公的戰死都打敗不了她，還是一心一意埋頭苦幹工作的樣子所感動。

在看了第一百集的那一回我有了親身的感受。長女優子想要考美術大學，但是當母親的糸子看出了她並不是真心想當畫家，所以極力反對。以下台詞是用大阪腔。

優子：「一体うちはどないしたらええ？」（到底我要怎樣做才對？）

糸子：「甘えんな！（不要任性！）自分がどないしたいかやろ？」（你自己最想做的是什麼？）「ほんなもん、お母ちゃん、知ったことちゃうやん。」（有關於這件事媽媽我不是不清楚的。）

在選擇自己本身、自己的出路、職業時，大概都會陷入深深的思考。大概也都會隨著局勢而遺忘了自己吧。

可是就算走不同的路，那也有深奧寬廣之處。

我總覺得就算在不同的道路上，也能慢慢發現找到自己想要做的東西。

　　例文中「職業を選ぶ際に、じっくり深く考えただろうか」的「際に」是表示「職業を選ぶときに」、「職業を選ぶ場合に」的意思。

句型 1

★ 表示「～的時候」「～的情況下」的意思。是較為鄭重其事的表現

名詞＋の

動詞（普通体）　＋

際
際に
際は

横浜にお越しの際は、我が家にもお立ち寄りください。

（來到橫濱時，請順便到我家來。）

両替する際はパスポートが必要だ。

（要兌換外幣時，需要用到護照。）

句型 2

★ 表示狀態在持續進行之間，尚未結束之前

名詞　＋の

い形容詞語幹＋い

な形容詞語幹＋な　　　＋ うちに ＋ 節

動詞（辞書形）

動詞（て形＋いる）

動詞（ない形）

朝のうちに、洗濯をすませておく。（趁早上，先將衣服洗好。）

若いうちに、海外旅行をしたい。（趁年輕，想出國旅遊。）

雨が降って、見る見るうちにタケノコが伸びた。

（在雨中，很快的筍子就長出來了。）

子供が寝ているうちに、二人でこっそりとケーキを食べた。

（趁著小孩子在睡覺時，兩個人就偷偷地把蛋糕給吃掉了。）

焼きたてのパンが冷めないうちに食べたら、香ばしくておいしかっ

た。（剛烤好的麵包趁熱吃的話，又香又好吃。）

背單字吧！ 🦉

日　語	中　文	品詞	日　語	中　文	品詞
職業	職業	名	漁師	漁夫	名

就職活動（就活） <small>しゅうしょくかつどう しゅうかつ</small>	求職（求職）	名	大工 <small>だい く</small>	木匠	名
公務員 <small>こう む いん</small>	公務員	名	郵便局員 <small>ゆうびんきょくいん</small>	郵局人員	名
会社員 <small>かいしゃいん</small>	公司職員	名	運転手 <small>うんてんしゅ</small>	司機	名
消防士 <small>しょうぼう し</small>	消防員	名	建築士 <small>けんちく し</small>	建築師	名
薬剤師 <small>やくざい し</small>	藥劑師	名	プログラマー	電腦程式設計者	名
ジャーナリスト	記者	名	美容師 <small>び よう し</small>	理髮師	名
派遣 <small>は けん</small>	派遣	名	デザイナー	設計師	名
パートタイム	短期打工	名	パイロット	飛行員	名
歯科医 <small>し かい</small>	牙科醫生	名	芸術家 <small>げいじゅつ か</small>	藝術家	名
警察官 <small>けいさつかん</small>	警官	名	レジ係 <small>がかり</small>	收銀員	名
獣医 <small>じゅう い</small>	獸醫	名	売り子 <small>う こ</small>	售貨員	名
弁護士 <small>べん ご し</small>	律師	名	セールスマン	推銷員	名
エンジニア	工程師	名	作業員 <small>さぎょういん</small>	工作員	名
実業家 <small>じつぎょう か</small>	實業家	名	秘書 <small>ひ しょ</small>	秘書	名
会計士 <small>かいけい し</small>	會計師	名	通訳 <small>つうやく</small>	口譯	名
税理士 <small>ぜい り し</small>	稅務代理人（專門處理納稅工作的人）	名	翻訳者 <small>ほんやくしゃ</small>	翻譯者	名
銀行員 <small>ぎんこういん</small>	銀行職員	名	技術者 <small>ぎ じゅつしゃ</small>	技術人員	名
農民 <small>のうみん</small>	農民	名	靴屋 <small>くつ や</small>	鞋店	名
勤める <small>つと</small>	工作	動	働く <small>はたら</small>	工作	名

動筆寫一寫吧~

問題	翻譯成日語	必要的單字		使用表達
A	要申請護照時，需要照片。	パスポート	護照	際
B	要安裝零件時，要小心靜電。	部品	零件	際には
C	要開石油暖爐時，要注意通風。	ストーブ	暖爐	際は
D	抵達飯店時，天還未暗。	ホテル	飯店	うちに
E	拍到了嬰兒正在笑的照片。	とる	拍照	うちに

A

B

C

D

E

你已經實現了小時候曾想要做的工作了嗎？現在是如何呢？

例 子供のころ外国に憧れていた。

会社に入って私は背が高いと言う理由だけで輸出部に配属された。

どんな仕事でも嫌なことはあるが、子供のころの夢が叶っているので幸せだ。

Unit 62 役職 官職

Date____/____/____

私も欲しい

私の先輩は社長の娘と結婚し社長の家に住んでいた。

私の家が近いこともあって何度か遊びに行った。

何故か何時も社長夫妻はいなかった。

初めて社長宅にお伺いしたとき、ビニールではなく本革のスリッパがあったので、それを履いたら、「ダメ、ダメ。それは社長の」って言われた。

良いスリッパがあるからと言ってすぐ履くものではない。

新潟の取引先に行ったとき、そこの社長を交えて料亭で宴会がもたれた。

蟹も出されたが、甲羅には誰も手を出さない。

私が食べようと取ったら、「ダメ、ダメ。それは社長の」って言われた。

社長は甲羅に付いている蟹味噌が好きだったのだ。

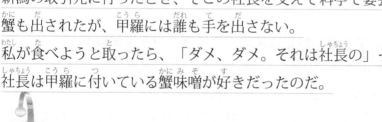

譯文 我也想要

我公司的前輩和社長的女兒結婚後，就住在社長的家。

因為我家就在附近，所以去玩了幾次。

但不知道為什麼老闆夫妻總是不在家。

第一次去社長家拜訪時，看了一雙不是塑膠製而是真皮的拖鞋，當我要穿它時就

294　**Unit 62 役職**

被阻止說「不行、不行。那是社長的拖鞋。」

就算看到了一雙好鞋也不是我能穿的。

去新瀉客戶那裡時，那裡的社長在高級日本料理店宴客。

端出了螃蟹，但甲殼都沒人取用。

我才想要夾甲殼時又被說「不行、不行。那是社長的」

原來社長喜歡甲殼煮的螃蟹味噌啊。

 學習Point!

例文中「すぐ履くものではない」的「ものではない」是表示「すぐ履く」這動作為反常現象，用來表達不好的情況表達。

句型1

★ 表示常識性、普遍的事物的必然的結果

い形容詞 （普通体-る形）

な形容詞 （普通体、語幹＋だ→語幹＋な）

動詞 （普通体-る形）

節

＋ **ものだ**
ものではない （否定）

おふくろの料理はやはりおいしいものだ。

（媽媽做的料理，當然是好吃的。）

子供がいないと静かなものだ。（小朋友不在的時候，就安靜多了。）

女性が一人で夜道を歩くものではない。

（女性不應該單獨一人走夜路回家。）

句型2

★ 表示驚訝讚賞或有著願望請求評價等心情之表達

い形容詞 （普通体）

な形容詞 （普通体、語幹＋だ→語幹＋な）

動詞 （普通体）

節

＋ **ものだ**
ものではない （否定）

汗をかいた後のビールはおいしいものだ。

（流汗之後，所喝的啤酒最好喝。）

夕焼けの空はきれいなものだなあ。（夕陽的天空是最美麗的。）

あの腕白小僧がずいぶん立派になったものだ。

（那個淘氣鬼，成為了一個值得稱讚的人。）

★ 使用於說話者再次回想敘述以前的習慣或和現在有所不同的情況

い形容詞 （普通体-た形）

な形容詞 （普通体-た形 註 ）

動詞 （普通体-た形）   + ものだ

節

子供の時は、お正月が待ち遠しかったものだ。

（小時候，總是盼望著過年的到來。）

昔の女性はしとやかだったものだ。（以前的女性，是比較文雅的。）

子供の時、良くセミをとりに行ったものだ。

（在小時候，總是經常去捉蟬。）

註 な形容詞普通体-る形，例：夕焼けの空はきれいなものだなあ。
（夕陽的天空是最美麗的。）

な形容詞普通体-た形，例：地震があったのに、彼はよく無事だったものだ。
（有地震，他居然安然無恙。）

背單字吧!

日 語	中 文	品詞	日 語	中 文	品詞
社員	公司職員	名	所長	所長	名
主任	主任	名	支店長	分店長	名
係長	股長	名	店長	店長	名
課長	科長	名	オーナー	所有者	名
次長	次長	名	管理職	管理人員	名
部長	部長	名	大企業	大企業	名

とりしまりやく 取締役	董事	名	ちゅうしょう き ぎょう 中小企業	中小企業	名
じょう む 常務	常務	名	れいさい き ぎょう 零細企業	小企業	名
せん む 専務	專務	名	かぶしきがいしゃ 株式会社	股份（有限）公司	名
ふくしゃちょう 副社長	副社長	名	ゆうげんがいしゃ 有限会社	有限公司	名
しゃちょう 社長	社長	名	おやがいしゃ 親会社	總公司	名
かいちょう 会長	會長	名	こ がいしゃ 子会社	子公司	名
こ もん 顧問	顧問	名	がっぺい 合併	合併	名
かん さ やく 監査役	監査人	名	ていけい 提携	合作	名
し はいにん 支配人	經理	名	だい そ しき 大組織	大組織	名
い いんちょう 委員長	委員長	名	ちんぎん 賃金	工資	名
いんちょう 院長	院長	名	ぶ もん 部門	部門	名
こ よう 雇用する	僱傭	動	けいえい 経営する	經營	動

✐ 動筆寫一寫吧~

問題	翻譯成日語	必要的單字		使用表達
A	難過的事就應該把它忘了啊。	つら 辛い	難過的	ものだ
B	動物的小孩都很可愛啊。	あか 赤ちゃん	小孩	ものだ
C	經常在山中湖烤肉。	バーベキュー	烤肉	ものだ
D	工作後來一瓶啤酒真是享受啊。	うまい	好吃	ものだ
E	他的才能並非完全無用。	まんざら〜ない	並非完全〜 （否定）	ものではない

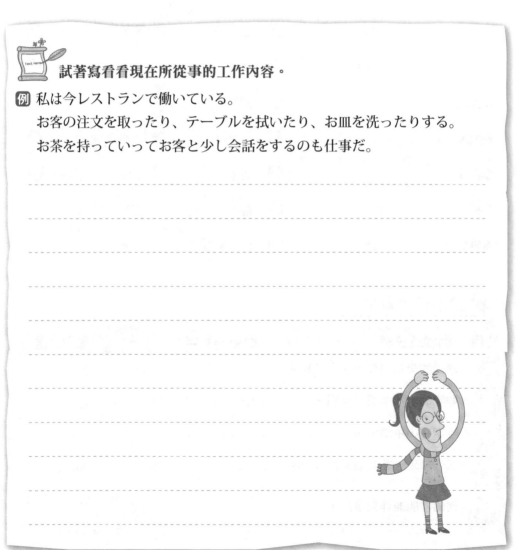

試著寫看看現在所從事的工作內容。

例 私は今レストランで働いている。

お客の注文を取ったり、テーブルを拭いたり、お皿を洗ったりする。

お茶を持っていってお客と少し会話をするのも仕事だ。

Unit 63 職場 工作單位

こうかいさき　た
後悔先に立たず

職場の人間関係は一番厄介なことだ。
海外指導に出る技術者がかなりの偏屈者
で、先輩は彼との同行を私に押しつけ
てきた。

なるほど、同行してみると緊張の連
続。エレベーターで乗り降りすると
きも、「遅い！」と言われ尻を叩か
れた。もう疲れはて、駐在員を交え
ての食事の時、失礼ながら眠ってしまった。

彼と今後どう付き合っていいか困っていたが、年賀状を彼に出してから
は、なんだか私に優しくなった気がする。年賀状一枚の効果だ。
私のアシスタントに女性がいた。最初のうちは仲良く仕事をしていた。
彼女には社内に好きな男性がいる。ある日、彼女、その男性、他の仲間達
と一緒にお酒を飲みに行ったことがある。
その男性の杯が空いているのを見た私が彼女に「注いであげなさい」と言
ってあげた。するとしばらくしてから彼女は何故か泣き出した。
女性の繊細な気持ちを私が分からなかったからなのかなあ。翌日からは私
が「おはよう」と言っても、返事もくれなくなった。もちろん仕事もやり
にくくなったのだ。
また或る時は、所属している課の売上成績が良くなく、課長は部下に偽り

の空伝票を書くように指示した。みんなはしかたなく指示に従った。後で
そのことが露呈し、課長は部長からこっぴどく叱られた。
私たちも同罪だとして、とばっちりを受けたのだ。あのとき、悪事が行わ
れていることを言おうかどうか逡巡していたが、言っておきさえすれば出
世間違いなかったのにと悔やまれる。

譯文 **事到如今後悔莫及**

在工作的地方最麻煩的就是人際關係。

有一位海外指導技術師是一位非常怪僻的人，前輩把他硬推給我一起同行。

的確，在同行之下發生了許多接二連三緊張的情況。就連進電梯出電梯時，也打
我的屁股說「太慢了。」我實在是累翻了，在和海外駐在人員吃飯時，還很失禮
的不小心睡著了。

雖然我正煩惱以後不知該怎麼與他相處，但還是寄了一張賀年卡給他，忽然覺得
自己好像變親切了。這是一張賀年卡所產生的效果。

我有一位女性助理。剛開始工作上的互動都非常良好。她喜歡公司裡的一位男同
事。有一天和那位男同事及他的好友們一起去喝酒。我看到那位男同事的酒杯裡
沒有酒了，就跟她說「幫他倒一下吧」。沒想到那女同事卻莫名地哭了起來。或
許是我不懂女性細膩的心情。第二天起就算我跟她打招呼道「早安」她也不回應
我。當然在工作上也變得很難溝通。

又有一次，我們所屬的課營業額成績不理想，課長就指示部屬假造假傳票。大家
在沒辦法之下都只好照辦。之後這件事曝光了，課長被部長狠狠地大罵一頓。我
們也等同罪被牽連了。雖然當時我有曾猶豫不決要不要將這件壞事呈報。那時要
是有先說的話，或許會被升官也不一定。只是現在很後悔那時沒有先說。

學習Point!

　例文中「言っておきさえすれば出世間違いなかった」的「～さえ～ば」是表示為了要「出世」這件事「言っておく」是十分、非常重要的條件。

句型1

★ **表示只要某事能夠實現就足夠了**

名詞1 （＋助詞） **＋** **さえ** **＋** ┌ 動詞 （ば形）
　　　　　　　　　　　　　　　├ い形容詞 （ば形）
　　　　　　　　　　　　　　　├ な形容詞 （ば形）
　　　　　　　　　　　　　　　└ 名詞2 （ば形）　**＋** **ば**

あと 5 万円さえあれば、車が買える。

（只差五萬日圓，就買得起車子了。）

この試験にさえ合格すれば弁護士になれる。

（只要通過這個考試，就可以當律師了。）

この試験に合格さえすれば弁護士になれる。

（這個考試只要通過了，就可以當律師。）

開封しても、商品さえ未使用であれば、返品可能だ。

（就算打開了，只要還沒用，都可退貨。）

句型2

★ **表示只要某事能夠實現就足夠了**

動詞 （ます形刪去「ます」） **＋** **さえ** **＋** **すれ** **＋** **ば**

薬を飲みさえすれば、この病気は治る。

（只要吃了藥，這個病就會好。）

句型3

★ **表示只要某事能夠實現就足夠了**

い形容詞語幹＋く
な形容詞語幹＋で　**＋** **さえ** **＋** **あれ** **＋** **ば**

人生は楽しくさえあればいい。（人一生只要開心就好了。）

子供は健康でさえあればいい。（小孩只要身體健康就好了。）

背單字吧！

日　語	中　文	品詞	日　語	中　文	品詞
本社 ほんしゃ	總公司	名	会議 かいぎ	會議	名
支社 ししゃ	分公司	名	ミーティング	會議	名
支店 してん	分店	名	メモ	筆記・紀錄	名
上司 じょうし	上司	名	タイムカード	打卡表	名
部下 ぶか	部下	名	休暇 きゅうか	休假	名
同僚 どうりょう	同事	名	就任 しゅうにん	就任	名
給料 きゅうりょう	薪水・工資	名	面接 めんせつ	面試	名
出張手当 しゅっちょうてあて	出差津貼	名	接待 せったい	接待	名
残業手当 ざんぎょうてあて	加班費	名	ボーナス	獎金	名
昇進 しょうしん	晉升	名	オフィス	辦公室	名
昇格 しょうかく	升格	名	提案をする ていあん	建議	動
解雇 かいこ	解僱	名	説明をする せつめい	說明	動
免職 めんしょく	免職	名	出勤する しゅっきん	上班	動
残業 ざんぎょう	加班	名	出社する しゅっしゃ	上班	動
出張 しゅっちょう	出差	名	退社する たいしゃ	下班或辭職	動
転勤 てんきん	調動工作	名	遅刻する ちこく	遲到	動
申請 しんせい	申請	名	残業する ざんぎょう	加班	動
人事 じんじ	人事	名	辞職する じしょく	辭職	動
ロッカー	置物櫃	名	辞める や	辭職	動
書類 しょるい	文件	名	定年退職する ていねんたいしょく	退休	動

問題	翻譯成日語	必要的單字		使用表達
A	要是沒有塞車，考試就不會遲到了。	渋滞（じゅうたい）	塞車	さえ～ば
B	只要這個工作結束，就可以回家了。	仕事（しごと）	工作	さえ～ば
C	他只要沒有搭上那班飛機的話，就好了。	助（たす）かる	得救	さえ～ば
D	只要找到鑰匙的話，就可以進得去房間了。	鍵（かぎ）	鑰匙	さえ～ば
E	電子辭典要是再小一點的話，就可以放入口袋了。	ポケット	口袋	さえ～ば

A ━○
B ━○
C ━○
D ━○
E ━○

工作時，什麼時候感覺到最有充實感。

例 レストランの仕事は料理を売るだけではない。
笑顔も売っているのだ。
お客がおいしいよまた来るよって言ってくれたら大満足だ。

Unit 64 政治・経済 政治‧經濟

坂本龍馬待望論
（さかもとりゅうま たいぼうろん）

先日、司馬遼太郎原作のテレビドラマ「坂の上の雲」を見た。

欧米と肩を並べるほどの近代国家になったのは、ちょんまげを結った侍の時代が終わって、わずか30年ほど後だと言うことをあらためて認識した。

その頃、国を引っ張っていった人達はそれほど志や能力が高く人間として強かったと言うことだ。

今はどうだろうか？

歴代の首相を見てみると、1987年から2011年までで、何と17人が入れ替わっている。平均すると1.5年に一人だ。

これでは、外国から見たら誰を信頼して話をすれば良いのか分からない。

日本が凋落の危機にあるにもかかわらず、党利党略、足の引っ張り合いばかりしている。

少しぐらい汚点があっても良いではないか。実行力のある強い政治家が望まれる。

坂本龍馬待望論

前幾天，看了司馬遼太郎原作的電視劇「坂の上の雲」。

能夠成為和歐美國家並駕齊驅，使人另眼相看，據說是在結束髮髻武士時期，不過僅僅30年之後。

在那時候，帶領國家的人都是有志氣或能力很強的強者。

那麼，現在又是如何呢。

以歷代的首相來看，從1987年到2011年間，換了17名。平均1.5年換一位。

這樣的話，其他國家的人還真不知可以相信哪位首相所說的話。

不顧日本日趨衰弱的危機，只是一味地爭黨派的利益，爭奪黨權，盡是扯人後腿。

就算有些許的瑕疵也可以接受吧。期望的是有很強實行力、有能力的政治家。

 學習Point!

例文中「日本が凋落の危機にあるにもかかわらず、党利党略、足の引っ張り合いばかりしている」的「にもかかわらず」是以「日本が凋落の危機にある」這件事來做為預想，政治家必須考慮日本的改革。然而「党利党略、足の引っ張り合いばかりしている」是為現況，所以表達出的是與預想不相同的情況。

句型1

★ 表示跟這些無關，都不是問題

名詞 ＋ **にかかわらず / にかかわりなく** ＋ 節

混浴風呂は、性別にかかわらず入浴できる。

（混合式浴池，不論男女都可使用。）

期限が過ぎれば、理由にかかわりなく申し込みできない。

（不論什麼理由，只要過了申請日期都不能申請。）

句型2

★ 表示不論何種對立的因素情況都會成立

名詞

～（か）～（か）＋　にかかわらず

～かどうか　　　　　にかかわりなく　＋　節

混浴風呂、男女にかかわらず入浴できる。
こんよくぶろ　だんじょ　　　　　にゅうよく

（混合式浴池，不論男女都可使用。）

好きか嫌いかにかかわりなく、美空ひばりは有名だ。
す　　きら　　　　　　　　　　み そら　　　　　ゆうめい

（不論你喜歡或討厭，美空雲雀真的很有名。）

句型3

★ 表示逆接，後項事情常是跟前項相反或相矛盾的事態

節1 ＋　にもかかわらず　＋ 節2

彼は知っているにもかかわらず、教えてくれなかった。
かれ　し　　　　　　　　　　　　　おし

（他不管懂不懂，都不會告訴我。）

彼は疲れていたにもかかわらず、不平を言わないで残業した。
かれ　つか　　　　　　　　　　　　　ふ へい　い　　　　　　ざんぎょう

（他不論累還是不累，都不會抱怨地加班。）

句型4

★ 表示跟前項無關，不會形成問題

名詞 ＋　を/は　＋　問わず　＋ 節

混浴風呂は、性別を問わず入浴できる。
こんよくぶろ　　　せいべつ　と　　にゅうよく

（混合式浴池，不問性別都可使用。）

期限が過ぎれば、理由を問わず申し込みできない。
きげん　す　　　　　　りゆう　と　　もう　こ

（不管什麼理由只要過了申請日期都不能申請。）

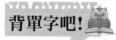

背單字吧！

日　語	中　文	品詞	日　語	中　文	品詞
国家 こっか	國家	名	選挙権 せんきょけん	選舉權	名
国民 こくみん	國民	名	市民権 しみんけん	公民權	名

日本語	中文	詞性	日本語	中文	詞性
市民（しみん）	市民	名	憲法（けんぽう）	憲法	名
住民（じゅうみん）	居民	名	税金（ぜいきん）	稅金	名
選挙（せんきょ）	選舉	名	所得税（しょとくぜい）	所得稅	名
投票（とうひょう）	投票	名	納税（のうぜい）	納稅	名
国会（こっかい）	國會	名	経済（けいざい）	經濟	名
憲法（けんぽう）	憲法	名	景気（けいき）	景氣	名
条例（じょうれい）	條例	名	失業（しつぎょう）	失業	名
自治体（じちたい）	自治團體	名	黒字（くろじ）	盈餘・順差	名
衆議院（しゅうぎいん）	眾議院	名	赤字（あかじ）	赤字	名
参議院（さんぎいん）	參議院	名	損失（そんしつ）	損失	名
政党（せいとう）	政黨	名	取引（とりひき）	交易	名
大臣（だいじん）	大臣	名	生産（せいさん）	生產	名
首相（しゅしょう）	首相	名	貿易（ぼうえき）	貿易	名
政府（せいふ）	政府	名	輸入（ゆにゅう）	進口	名
政治家（せいじか）	政治家	名	輸出（ゆしゅつ）	出口	名
賄賂（わいろ）	賄賂	名	物価（ぶっか）	物價	名
議会（ぎかい）	議會	名	交渉する（こうしょう）	談判	動
選挙運動（せんきょうんどう）	選舉活動	名	契約する（けいやく）	訂契約	動

動筆寫一寫吧~

問題	翻譯成日語	必要的單字		使用表達
A	鞋子不管什麼尺寸，價格都一樣。	サイズ	尺寸	にかかわらず
B	所購買的書，不管你有沒有看過、都不能退。	返品する	退貨	にかかわりなく
C	雖然他還未成年，卻在抽菸。	タバコを吸う	抽菸	にもかかわらず
D	唱歌比賽，不論年齡，都可參加。	のど自慢	唱歌的比賽	を問わず
E	雖然我照著約定好的時間到，但他卻沒有來。	約束	約定	にもかかわらず

A ⊂
B ⊂
C ⊂
D ⊂
E ⊂

你希望的社會是什麼樣子的呢？

例 人間関係がどんどん疎遠になってきている。

少なくとも隣近所の人とはにこにこと挨拶だけでもしたい。

近所の人がそのまた向こうの近所の人と挨拶する輪が広がっていけばよい。

Unit 65 法律 法律

裁判の抜け穴

1994年に長野県松本市で毒ガス事件、

いわゆる松本サリン事件が発生した。

警察は何と第一通報者の河野さんを重

要参考人として取り調べ、犯人扱いし

たのだ。

翌年にオウム真理教による世界を

震撼させた地下鉄サリン事件が東京

で発生。

その後松本サリン事件もオウム真理教の犯行と判明

し、河野さんは一転して加害者ではなく被害者となったのである。

つまり警察のずさんな調査による冤罪事件だ。警察は国民を守ってくれる

反面、ひとつ間違えば国民を苦しめることにもなるのだ。

河野さんの奥さんもサリンの被害を受けていて、気の毒にも事件から14年

後にそれが原因で亡くなっている。

サリン事件の首謀者の麻原は死刑の判決を受けたが、いまだ死刑は執行さ

れず獄中にいる。

一方、逃亡していたオウム真理教特別手配犯の平田容疑者が2012年1月に

なって警察に出頭した。警察は最初は冗談だと思い、ここじゃあない、あ

っちへ行けとたらい回しをしたそうだ。何とずさんなことだろう。

彼の裁判が始まれば、新たな事実が出てくる可能性があるので麻原死刑囚

の執行がまた延期されるのではないかと言われている。
人が人を正しく裁くと言うことは本当に難しいことだ。

譯文　審理漏洞

在1994年長野縣松本市的毒瓦斯事件，發生了所謂的松本沙林事件。

警察竟然將第一位通報者，重要證人河野先生當作犯人來調查。

第二年在東京發生了震驚全世界由歐姆真理教所主導的地下鐵沙林事件。

之後經過調查，原來松本沙林事件也是由歐姆真理教所為，而河野先生也由加害人變成被害人。也就是說警察在沒有經過嚴密的調查而造成了無辜之罪。警察在保護人民的同時，也可能因一些小錯誤而反倒使人民陷入痛苦中。

河野先生的老婆也遭受沙林事件所害，可惜的是從事件發生起的14年後也因此原因而死亡。

雖然，沙林事件的主謀麻原被判了死刑，但至今還被關在牢獄中尚未執法。

另一方面，曾經逃亡的歐姆真理教特別通緝犯、嫌疑犯平田在2012年1月向警察投案。據說警察最初認為他在開玩笑說，走錯了，要他去別的地方，而推來推去。怎麼會這麼潦草呢？一般來說，如果一開始就審判，有可能會因為出現新的證據而麻原的死刑執法就不會一再延期了吧。

人要正確地評斷另一個人還真是相當困難的事。

學習Point!

　　例文中「警察は国民を守ってくれる反面、ひとつ間違えば国民を苦しめることにもなるのだ」的「反面」是指和「警察は国民を守ってくれる」這性質相反而呈現「苦しめる」的特性。

句型 1

★ 表示一件物品或事情有兩個對照性的相反性質特性

名詞＋である／名詞＋の
い形容詞（普通體）
な形容詞（普通體、語幹＋だ→語幹＋な/語幹＋である）
動詞（普通體）

＋ 反面
半面

円高（えんだか）は輸出減（ゆしゅつげん）の反面（はんめん）、輸入品（ゆにゅうひん）が安（やす）く買（か）える利点（りてん）もある。

（日幣高漲造成外銷減少，但另一方面是進口商品變便宜。）

父親（ちちおや）は会社（かいしゃ）ではきびしい反面（はんめん）、家（うち）ではやさしい。

（我父親在公司很嚴厲，可是在家很溫柔慈祥。）

生活（せいかつ）が便利（べんり）になった半面（はんめん）、人（ひと）の心（こころ）に余裕（よゆう）がなくなった。

（生活便利了，而人的內心卻變得更忙碌了。）

背單字吧！

日 語	中 文	品詞	日 語	中 文	品詞
裁判（さいばん）	審判	名	判決（はんけつ）	判決	名
裁判所（さいばんしょ）	法院	名	有罪（ゆうざい）	有罪	名
法廷（ほうてい）	法庭	名	無罪（むざい）	無罪	名
起訴（きそ）	起訴	名	死刑（しけい）	死刑	名
刑事（けいじ）	刑警	名	賠償金（ばいしょうきん）	賠款	名
民事（みんじ）	民事	名	少年犯罪（しょうねんはんざい）	未成年犯罪	名
裁判官（さいばんかん）	法官	名	少年院（しょうねんいん）	少年教養院	名
原告（げんこく）	原告	名	刑務所（けいむしょ）	監獄	名
被告（ひこく）	被告	名	訴（うった）える	起訴・控告	動
検察官（けんさつかん）	檢察官	名	起訴（きそ）する	起訴	動
弁護士（べんごし）	律師	名	法廷（ほうてい）で争（あらそ）う	在法庭爭辯	文
証人（しょうにん）	證人	名	裁判（さいばん）する	審判	動
証拠（しょうこ）	證據	名	証言（しょうげん）する	證言	動

問題	翻譯成日語	必要的單字		使用表達
A	住在鄉下很悠閒，可是買東西不方便。	田舎 (いなか)	鄉下	反面
B	網路是很方便，但會有個人資料外洩的危險。	流出 (りゅうしゅつ)	外洩	反面
C	塑膠會防水，但不耐熱。	プラスティック	塑膠	反面
D	客人很多很開心，可是很忙很累。	うれしい	開心	反面
E	那個工作很賺錢，但危險性也很高。	もうかる	賺錢	反面

A ○
B ○
C ○
D ○
E ○

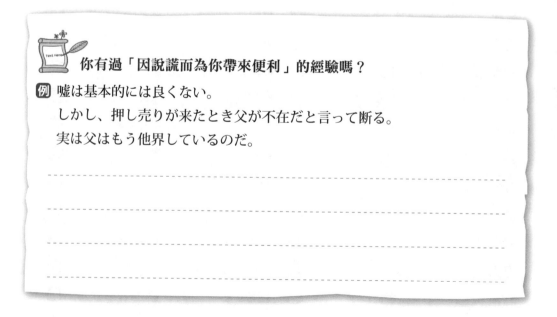

你有過「因說謊而為你帶來便利」的經驗嗎？

例 嘘は基本的には良くない。

　しかし、押し売りが来たとき父が不在だと言って断る。

　実は父はもう他界しているのだ。

半人前
はんにんまえ

中学生の頃、父に頼まれて銀行に行った。
ちゅうがくせい *ころ* *ちち* *たの* *ぎんこう* *い*

銀行に行ってお金を下ろしてくるなんて
ぎんこう *い* *かね* *お*

初めてのことで、大人になったような
はじ *おとな*

気分がして、うれしかったというより
きぶん

むしろ非常に緊張した。
ひじょう *きんちょう*

父には印鑑を捺すときは、印鑑をじ
ちち *いんかん* *お* *いんかん*

っとよく見て捺すのだぞ、決して白
み *お* *けっ* *はく*

紙に印鑑を捺してはいけないよと教
し *いんかん* *お* *おし*

えられていたので益々緊張した。
ますますきんちょう

家に帰る途中も誰かに襲われるのじゃあないかとずっと緊張していた。
いえ *かえ* *とちゅう* *だれ* *おそ* *きんちょう*

無事家に戻ってきて父にお金を渡す時には大人のような平静さを装っていた。
ぶじいえ *もど* *ちち* *かね* *わた* *とき* *おとな* *へいせい* *よそお*

 譯文　半人前

在我讀國中時，爸爸要我去銀行。

由於去銀行領錢還是第一次，所以感覺上好像是變成大人般的，要是說開心倒不
如是說非常緊張。

由於爸爸有交代蓋章時，要仔細看好再蓋。絕對不可以蓋在白紙上所以我就更緊
張了。

在回家的途中一直都很緊張，心裡想著會不會突然被人襲擊。

當平安無事回到家，把錢交給爸爸時我還裝作非常沉著鎮靜的樣子。

學習Point!

例文中「うれしかったというよりむしろ非常に緊張した」的「というより」是指示出和「うれしかった」做比較之下、「緊張した」是較為貼切的。

★ 表示在相互比較的情況下，後項的說法比前項更為恰當 ....

名詞

い形容詞 （普通体）

な形容詞 （普通体、語幹＋だ→語幹）

動詞 （普通体）

＋ というより

台中の1月は冬というより、夏と言った方がいい。

（台中的一月份來說，與其說是冬天不如說是夏天來得比較恰當。）

彼女は美しいというより、かわいい。（說她漂亮，不如說她可愛。）

彼女はきれいというより、かわいい。（說她美麗，不如說她可愛。）

大学で勉強したというより、遊んだ方が多かった。

（在大學裡與其說是在唸書，不如說是都在玩樂。）

★ 表示承認前項的說法，但同時也在後項做部分的修正，或限制其內容，說明實際上程度沒有那麼嚴重 ....

名詞 （普通体、名詞＋だ→名詞/名詞＋だ/名詞＋である）

い形容詞 （普通体）

な形容詞 （普通体、語幹＋だ→語幹/語幹＋だ/語幹＋である）

動詞 （普通体）

＋ といっても

台中は、冬といっても、暑い日がある。

（在台中，就算是冬天有時也會很熱。）

彼女は美しいといっても、女優には及ばない。

（就算說她很美麗，但還比不過女演員來得美。）

彼女はきれいといっても、妹ほどではない。

（就算說她是漂亮的，但還是妹妹比較漂亮。）

高速道路で事故を起こしたといっても、バンパーを傷つけただけだ。（說是在高速公路上發生車禍，但也只不過是保險桿擦撞一下而已。）

日　語	中　文	品詞	日　語	中　文	品詞
株 かぶ	股票	名	株券 かぶけん	股票	名
株主 かぶぬし	股東	名	金融機関 きんゆうきかん	金融機關	名
株式市場 かぶしきしじょう	股市	名	銀行 ぎんこう	銀行	名
投資 とうし	投資	名	証券会社 しょうけんがいしゃ	證券公司	名
配当金 はいとうきん	紅利	名	普通預金 ふつうよきん	活期存款	名
資本金 しほんきん	資本金	名	利子 りし	利息	名
為替レート かわせ	匯率	名	利息 りそく	利息	名
円高 えんだか	日圓升值	名	当座預金 とうざよきん	活期存款（甲種存款）	名
インフレ	通貨膨脹	名	定期預金 ていきよきん	定期存款	名
デフレ	通貨緊縮	名	貯金 ちょきん	存款	名
通貨 つうか	貨幣	名	現金取引 げんきんとりひき	現金交易	名
有価証券 ゆうかしょうけん	有價證券	名	信用取引 しんようとりひき	信用交易	名
小切手 こぎって	支票	名	売買 ばいばい	買賣	名
手形 てがた	票據	名	貸す か	貸款	動
証券 しょうけん	證券	名	借りる か	借款	動
債券 さいけん	債券	名	預ける あず	存款	動

問題	翻譯成日語	必要的單字		使用表達
A	說他是業餘者不如說他是專家。	アマチュア/プロ	業餘者/專家	というより
B	說那位議員去考察還不如說他是去觀光。	視察(しさつ)	考察	というより
C	說是暑假，也才只有三天。	夏休み(なつやすみ)	暑假	といっても
D	他說他是社長，也不過是小小公司的社長。	社長(しゃちょう)	社長	といっても
E	說是很飽，但是蛋糕還是吃得下。	お腹(なか)がいっぱい	肚子很飽	といっても

A ⊶

B ⊶

C ⊶

D ⊶

E ⊶

你有過金錢借貸上的困擾嗎？當時是如何解決的。

例 新入社員のころ人に１万円貸した。

彼は信頼できない、他の人にも度々借りていると先輩が教えてくれた。

すぐに返してくれるよう頼んだから良かったけど、放っておいたらいつまでも返してくれなかっただろう。

マスコミ　宣傳媒體

真実はどこ？

朝日新聞で、ジャーナリストの池上彰が「見出しで印象様変わり」として、次のように書いていた。

「スポーツの試合で『Aチームが負けた』と言うか、『Bチームが勝った』と表現するか。言い方によって印象は大きく異なります。」

さらに彼は続けて書いているが、要点は次の通りだ。

「2012年1月16日に朝刊各紙が、ある研究チームが従来の量子力学について実験結果を発表したと報道した。

これについて、『読売新聞も毎日新聞も従来の量子力学に欠陥があった』と報道した。

日経新聞は『物理の基本原則に破綻が発生』と報道した。

これらの新聞を見る限りでは、一般人は何か悪いニュースがあったのだと思う。

しかし、朝日新聞は『物理学に新たな数式が発見された』と報道している。

この朝日新聞を見ると、なんだか新しい発見があったようで、ワクワクしてくる。」

朝日新聞の方が、他紙に比べて、明るい感じがする。
事実はいかようにも報道される。読む方も何が正しいのか他紙も読むなど
して信頼し過ぎないことだ。

譯文　真相在哪裡？

朝日報紙上，記者池上彰以「因標題而會有所改觀」而寫下了以下的報導。

「在報導體育新聞比賽時，是要以『A隊伍戰敗』還是以『B隊伍取得獲勝』。因不同的表達方式給人的印象也會有很大的差異。

接著他還寫到，要點如下。

「2012年1月16日各早報報導，某研究團體發表了根據以往的量子力學而做出的實驗結果。

有關這一點，獨賣新聞和每日新聞共同以『以往的量子力學確實是有其缺點。』做出報導。

而日經新聞則是以『物理基本原則出現了破綻』。

一般人如果只單純看到此內容，大概會認為發生了什麼壞事吧。

但是，朝日新聞是以『物理學發現了新的計算公式』做出了報導。

看朝日新聞的報導，會讓人覺得好像有了什麼新發現似的，心裡撲通地跳了起來。」

我覺得朝日報紙的報導，比起其他報社要來的明朗、快活些。

一件事實無論怎樣被報導都是可以。讀者方面也不要一味地過度信賴，可多閱讀其他的報社來了解什麼才是真正正確的。

例文中「他紙に比べて、明るい感じがする」的「に比べて」是在敘述和「他紙」在事物上做程度的比較。

★ 表示比較，對照 ……………………………………
に比べて/と比べて
名詞 ＋ に比べ/と比べ
に比べると/と比べると

台湾は日本に比べて、南に位置する。（台灣比日本來得較為南邊。）
台湾は日本に比べ、暖かい。（台灣比日本來得溫暖。）
台湾は日本に比べると、果物がおいしい。

（台灣和日本相比較之下，台灣的水果很好吃。）

背單字吧！

日　語	中　文	品詞	日　語	中　文	品詞
マスコミ	宣傳媒體	名	レポーター	採訪記者	名
放送	廣播	名	司会者	主持人	名
報道	報導	名	コメンテーター	評論員	名
生放送	實況轉播	名	インタビュー	訪問・記者採訪	名
テレビ	電視	名	特派員	特派員	名
ケーブルテレビ	有線電視	名	番組	節目	名
衛星放送	衛星廣播	名	記事	報導・消息	名
ラジオ	收音機	名	ニュース	新聞	名
出版	出版	名	宣伝	宣傳	名
書籍	書籍	名	コマーシャル	廣播（或電視）中的廣告	名
新聞	報紙	名	事件	事件	名

雑誌	雑誌	名	スキャンダル	醜聞	名
週刊誌	週刊雑誌	名	犯罪記事	犯罪報導	名
月刊誌	月刊雑誌	名	一面トップ記事	頭版新聞	名
記者	記者	名	三面記事	社會新聞	名
編集者	編輯人員	名	ドキュメンタリー	記錄片	名
アナウンサー	廣播員	名	バラエティ	綜藝	名
キャスター	（電視新聞等的）播報員	名	ドラマ	連續劇	名

✎ 動筆寫一寫吧~

問題	翻譯成日語	必要的單字		使用表達
A	比起報紙來說，電視的影響力更大。	訴える力	說服力	比べると
B	比起報紙來說，週刊雜誌的誹聞報導要來得多。	スキャンダル	誹聞	比べ
C	比起民間廣播來說，NHK的節目要來得有趣。	民放放送	民間廣播	比べて
D	比起電視來說，收音機更能夠引發想像力。	掻き立てる	引發	比べて
E	比起錄影來說，現場直播要來得吸引人。	迫力がある	吸引人	比べ

A
B
C
D
E

有常看的電視節目嗎？有趣的地方在哪裡？

例「所さんの目が点」を良く見ている。

科学的な生活情報教養番組で非常に役に立つ。

実際に数多くの実験をして検証しているところが面白い。

 季節・年月日 季節・年月日

一日が四季

日本は四季があるからいいなあ。

春はピンクの桜、夏は緑の木々、秋は

紅葉、冬は真っ白な雪。

私は夏少年。夏の暑さが好きだ。冬に

なると炬燵から出るのが嫌で、熊のよ

うに冬眠状態だ。

一方、家内は身が引き締まるような

冬の寒さが好きだという。

まるで北極の白熊だ。

台中の冬は寒い。

台中に住み始めて最初の12月、足が氷のように冷たくて寝ることができな

いくらいだった。

冷房はあるが、暖房器具はない。

そのうえ空気中の水分率が高いから余計に冷たく感じるのだろう。

一月になると朝方寒いと思っていても、日中は汗をかくほど暑い日があ

る。

そう言えば台中では一日のうちに四季があると聞いたことがある。

譯文　一天有四季

日本四季分明真是太棒了。

春天有粉紅的櫻花、夏天有綠意盎然的樹木、秋天有紅葉、冬天有著純白色的雪。

我喜歡夏天。喜歡那夏天的暑氣。一旦到了冬天就會跟熊一樣，呈現冬眠狀態，不想爬出那有暖爐的矮桌。

話說，我老婆喜歡全身包得緊緊的冷峻的冬天。

就像北極熊一樣。

台中的冬天很冷。

住在台中的第一個月是12月，那時在睡覺的時候，腳會冷到像冰棒一樣都快要睡不著。

（房間）雖然有冷氣但是沒有暖氣。

再加上空氣中水氣過高，而會感覺到更加寒冷吧。

到了一月就算早上很冷，有時候到了正中午就會熱到流汗。

因此，我曾聽說台中在一天內有如四季。

 學習Point!

　　例文中「そのうえ空気中の水分率が高いから余計に冷たく感じるのだろう」的「その」是指「冷房はあるが、暖房器具はない」這件事。「うえ」是表示在「冷房はあるが、暖房器具はない」狀況下，再更進一步做出加強說明「空気中の水分率が高い」的狀況。

句型1

★ 表示追加、補充同類的內容

名詞（普通体、名詞＋だ→名詞＋である）
い形容詞（普通体）
な形容詞（普通体、語幹＋だ→語幹＋な/語幹＋である） ＋ うえ / うえに
動詞（普通体）

今日（きょう）はクリスマスであるうえに、私（わたし）の誕生日（たんじょうび）だ。

（今天不僅是聖誕節，而且也是我的生日。）

323

白州高原は夏でも涼しいうえに、酒蔵があるのでまた訪れたい。

（雖說白州高原以夏天涼爽聞名，但我會想去是因為那裡有酒窖。）

高速バスは便利なうえに、安い。（高速巴士又方便，又便宜。）

彼は英語が話せるうえに、ロシア語も話せる。

（他不僅會說英語，而且也會說俄羅斯話。）

★ 表示根據從數據或地圖等等圖表的情報得知

名詞 ＋の ＋ 上で
上では

こよみの上では春だが、まだ寒い。

（雖然日曆上已經是春天了，但還是很冷。）

★ 指示出領域、範圍

名詞 ＋の ＋ 上で
上では

仕事の上では彼と良く言い争うが、仲の良い友達だ。

（在工作上雖然常和他有所爭論，但我們感情很好。）

★ 表示出「要做什麼、在做什麼的過程裡」的意思。使用在注意點
或問題點上

名詞 ＋の
動詞 （辞書形） ＋ 上で

相手の話をよく聞くことは、コミュニケーションの上で、大切なこ
とだ。（仔細聽對方說話，在人關係上是很重要的。）

インターネットを使う上で、ウイルスに気をつけなければならな
い。（在使用網際網路上，必須小心中毒。）

★ 表示兩個動作在時間上的先後關係。表示先進行前一動作，後面
再根據前面的結果，採取下一個動作

名詞 ＋の 上
動詞 （た形） ＋ 上で

上司と相談したうえで、決める。（和上司商量後才做出了決定。）

日　語	中　文	品詞	日　語	中　文	品詞
いっさくじつ 一昨日	前天	名	きょねん 去年	去年	名
きのう 昨日	昨天	名	ことし 今年	今年	名
きょう 今日	今天	名	らいねん 来年	明年	名
あした 明日	明天	名	ねんまつ 年末	年終	名
あさって 明後日	後天	名	ねんし 年始	年初	名
よくじつ 翌日	次日	名	ねんない 年内	年中	名
ぜんじつ 前日	前一天	名	げつようび 月曜日	星期一	名
こんしゅう 今週	這個星期	名	かようび 火曜日	星期二	名
せんしゅう 先週	上星期	名	すいようび 水曜日	星期三	名
らいしゅう 来週	下週	名	もくようび 木曜日	星期四	名
しゅうまつ 週末	週末	名	きんようび 金曜日	星期五	名
しゅうかん い ない 1週間以内	1週以內	句	どようび 土曜日	星期六	名
しゅうかん ご 1週間後	1週後	句	にちようび 日曜日	星期日	名
せんげつ 先月	上個月	名	ふつか まえ 二日前	兩天前	名
こんげつ 今月	這個月	名	みっか ご 三日後	三天後	名
らいげつ 来月	下個月	名	しき 四季	四季	名
つきはじ 月初め	月初	名	はる 春	春天	名
げつまつ 月末	月底	名	なつ 夏	夏天	名
げつまえ 1か月前	1個月前	句	あき 秋	秋天	名
げつご 1か月後	1個月後	句	ふゆ 冬	冬天	名

動筆寫一寫吧~

問題	翻譯成日語	必要的單字		使用表達
A	他上個月通過了司法考試之後，今天又通過了會計師的考試。	税理士 (ぜいりし)	會計師	うえ
B	從地圖上來看，台灣和沖繩的地理位置很接近。	地図 (ちず)	地圖	上では
C	同音異字，是指在意思上不一樣。	異なる (こと)	不一樣	上で
D	在維持健康上，運動是很重要的。	保つ (たも)	維持	上で
E	是用了新商品之後，做了評價。	評価する (ひょうか)	評價	上で

A	

B	

C	

D	

E	

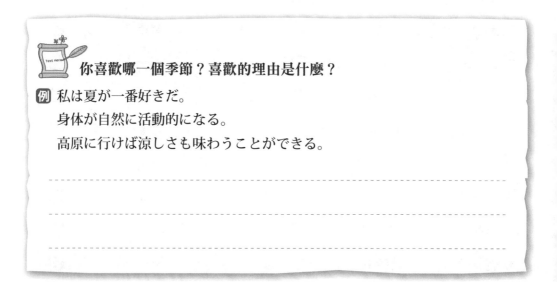

你喜歡哪一個季節？喜歡的理由是什麼？

例 私は夏が一番好きだ。

身体が自然に活動的になる。

高原に行けば涼しさも味わうことができる。

Unit 69 時間 時間

私の時計は正確
（わたし の とけい は せいかく）

若（わか）かりし頃（ころ）、出張（しゅっちょう）でスロベニア（Slovenija、当時（とうじ）はユーゴスラビアと言（い）っていた）に行（い）った。

ホテルの前（まえ）に仮（かり）の舞台（ぶたい）があり、若者達（わかものたち）がディスコを踊（おど）っていたので、私（わたし）も参（さん）加（か）した。

その中（なか）の男（おとこ）の子（こ）がみんなで映画（えいが）を見（み）に行（い）こうと私（わたし）も誘（さそ）ってくれた。題名（だいめい）は「サタディ・ナイト・フィーバー」だ。チケットは彼（かれ）がどこかで拾（ひろ）ってきたものだ。

途中（とちゅう）で検札（けんさつ）が来（き）て、その男（おとこ）の子（こ）だけつまみ出された。私（わたし）たちは最後（さいご）までトラボルタのダンスに見（み）とれていたけれど。

ダンスをしているとき、金髪（きんぱつ）の可愛（かわい）い女（おんな）の子（こ）にデートを申（もう）し込（こ）まれた。

翌日（よくじつ）の日曜日（にちようび）の11時（じ）にブレッド湖（こ）（Bled）のバス停（てい）で会（あ）うことになった。

翌日（よくじつ）、11時前（じまえ）に約束（やくそく）のバス停（てい）に着（つ）いた。しかし、彼女（かのじょ）は現（あらわ）れない。

小（こ）1時間（いちじかんま）待（ま）っても現（あらわ）れない。しかたなく近（ちか）くの喫茶店（きっさてん）に行（い）った。

時計（とけい）が壁（かべ）にかかっている。

あれ？！私（わたし）の時計（とけい）では12時過（じす）ぎなのに、壁（かべ）の時計（とけい）は もう1時過（じす）ぎになっている。壁（かべ）の時計（とけい）が進（すす）んでいるのか喫茶店（きっさてん）の人（ひと）に聞（き）いた。

壁（かべ）の時計（とけい）だけでなく喫茶店（きっさてん）の人（ひと）の腕時計（うでどけい）も1時過（じす）ぎだ。

なんと昨日の夜から夏時間になって、1時間戻されたのだそうだ。
彼女は夏時間の11時（私の時計では10時）に長い間待ったのに、私が来なかったから帰ってしまったのだろう。
それとも……、彼女はもともと来る気がなくって、私はすっぽかされたのか。

譯文　我的手錶沒有錯

我年輕時，因出差去了斯洛文尼亞（Slovenija、當時叫做南斯拉夫）。

在我下榻的飯店前有個臨時的舞台，許多年輕人跳著迪斯可，而我也跟著一起跳了起來。

其中有個男子約大家一起去看「周末夜狂熱」，也約了我一起去。而那門票是他撿來的。看到一半，驗票人員突然出現，就把他趕出去。而我們卻一直看到約翰屈伏塔跳舞跳跳到最後。

在我們跳舞時，有一位可愛的金髮女子約了我第二天的星期天11點在布列德湖（Bled）的巴士站見面。

第二天，我還沒11點就到了約定的巴士站。但是，她沒有出現。

等了一個小時她還是沒出現。不得以我就去了附近的咖啡店。

店內牆上有掛著時鐘。

啊？我的手錶都已經過12點了，但牆上的時鐘卻是已經過了1點。我問了店裡的人是不是時鐘太快了。

但不只是牆上的時鐘已經過1點，連店裡的人的手錶也都過了1點。

什麼，原來從昨天晚上起開始轉為夏日時間，會快1個小時。

她在夏日時間11點（我的是10點）等了很久，而我卻沒有出現。

還是……她原本就沒有打算要來，而我是被放了鴿子吧。

學習Point!

例文中「壁の時計だけでなく喫茶店の人の腕時計も1時過ぎだ」的「～だけでなく～も」是表示不僅「壁の時計」還是「腕時計」都符合了「1時過ぎ」這件事。

句型1

★ 使用於在某話題上同時符合前項與後項 ·············

普通体 （名詞＋だ→名詞（＋助詞）/名詞＋である、な形容詞語幹＋だ→語幹＋である/語幹＋な）＋ **だけでなく** ＋ **～も**

彼は銀行員であるだけでなく歌手でもある。

（他不僅是一個銀行員，也是歌手。）

彼は背が高いだけでなく、ハンサムだ。（他不僅身高很高，又帥。）

彼は演歌を歌うだけでなく、童謡も歌う。

（他不但唱演歌，也唱童謠。）

句型2

★ 表示由核心的人或物擴展到很廣的範圍 ·············

名詞 ＋ **をはじめ**

パーティーには大統領をはじめ、有名人が出席した。

（在派對上以總統為首，還有很多名人都出席了。）

句型3

★ 表示除前項的情況之外，還有後項程度更甚的情況 ·············

名詞 （普通体、名詞＋だ→名詞/名詞＋である）

い形容詞 （普通体）　　　　　　　　　　**ばかりか**

な形容詞 （普通体、語幹＋だ→語幹＋な/語幹＋である）＋ **ばかりでなく**

動詞 （普通体）

日本のアニメは日本ばかりか、ヨーロッパでも大人気だ。

（日本的卡通片不只在日本，連在歐洲都很受歡迎。）

彼女は日本語の歌が上手なばかりか、イタリア語の歌まで歌える。

（她不只日文歌唱得很好，連義大利歌曲也很會唱。）

彼は餃子を30個食べたばかりでなく、ラーメンも、ワンタンも食べた。（他不只吃了30個餃子，還吃了拉麵和餛飩。）

★ 表示並列或並舉 ·······

句型4

~も ＋ 動詞（ば形）
い形容詞（ば形）
な形容詞（ば形）
名詞（ば形）
＋ ば ＋ ~も~

彼は酒が強く、焼酎も飲めばウオッカも飲む。

（他很會喝酒，不僅是燒酒連伏特加也喝。）

姉妹は美人揃いで、姉も美しければ、妹も美しい。

（她們姐妹倆都是美人，不僅姊姊漂亮，妹妹也漂亮。）

彼は楽器が好きで、ピアノも上手ならば、フルートも吹ける。

（他很喜歡樂器，不僅鋼琴很拿手，也會吹笛子。）

最近中国からの輸入が多くて、衣服も中国産で、パソコンも中国産
だ。（最近從中國進口很多東西，不僅衣服是中國製，連電視也是。）

★ 使用於在常識上的思考是為理所當然及理解的情況 ·······

句型5

名詞（普通体、名詞＋だ→名詞/名詞＋である）
い形容詞（普通体）＋の/こと
な形容詞（普通体、語幹＋だ→語幹＋な/語幹＋である）＋の/こと ＋ は言うまでもない
動詞（普通体）＋の/こと

彼は、英語は言うまでもなく、ロシア語もしゃべれる。

（他的英文就不用說了，連俄羅斯話也會講。）

花子が美しいのは言うまでもなく、彼女の妹も美しい。

（花子長得美麗是不用說的，連她的妹妹也很美。）

この町は夜は静かなことは言うまでもなく、昼も静かだ。

（這個城市晚上不僅很安靜，連白天也是。）

彼はロシア語で日常会話がしゃべれるのは言うまでもなく、ビジネ
ス会話もこなせる。

（他的俄羅斯話不僅日常生活會話說得好，商業用語也運用自如。）

日　語	中　文	品詞	日　語	中　文	品詞
夜明け	拂曉・黎明	名	三日間	三天	名
早朝	早晨	名	1週間	一個星期	名
朝	早上	名	1年間	一年	名
昼	白天（中午）	名	いつも	總是	副
夕	黃昏	名	たまに	偶然	副
日没	日落	名	3時頃	三點左右	名
黃昏	黃昏	名	今	現在	名
晩	晚上	名	先ほど	剛才	名
深夜	深夜	名	さっき	剛才	名
真夜中	半夜	名	後ほど	以後	名
午前	上午	名	後で	以後	句
午後	下午	名	最近	最近	名
正午	正午	名	そろそろ	就要	副
時差	時差	名	今のところ	現在	句
過去	過去	名	ちょうど	正好	副
現在	現在	名	遅い	慢的	形
将来	將來	名	早い	快的	形
過去	過去	名	遅刻する	遲到	動
1日中	整天	名	早く着く	早到	文

動筆寫一寫吧~

問題	翻譯成日語	必要的單字		使用表達
A	不只是早上，連晚上也會去散步。	散歩する	散步	だけでなく~も
B	他不只是白天工作，連半夜也在工作。	日中/深夜	白天/半夜	ばかりか
C	不只有一年的留學課程，也有一個月的課程。	コース	課程	ばかりでなく
D	昨天晚上不只下雨，也有打雷。	雷が鳴る	打雷	~も~ば~も~
E	當了駐派員後，可能一年或許兩年都不能回國也不一定。	駐在員	駐派員	は言うまでもない

A

B

C

D

E

你是屬於白天行動、還是夜晚行動？

例 私は朝型だ。

早く起きてコーヒーを沸かしチョコレートを食べ新聞を隅々まで読むのを日課にしている。

その代わり、夕食を食べるとすぐうたた寝をしてしまう。

Unit 70 単位 單位

180ミリリットル徳利（とっくり）

日本（にほん）では、1959年（ねん）からメートル単位系（たんいけい）の使用（しよう）が計量法（けいりょうほう）で義務付（ぎむづ）けられている。今（いま）までの尺貫法（しゃっかんほう）からメートル単位系（たんいけい）に変（か）わったのだ。

これによると、長（なが）さの計量単位（けいりょうたんい）はメートル、体積（たいせき）は立方（りっぽう）メートル、質量（しつりょう）はキログラム、時間（じかん）は秒（びょう）などとされている。

しかし、現状（げんじょう）は全（すべ）てそうなっているわけではない。

生活習慣（せいかつしゅうかん）はなかなか変（か）わらないものだ。

お酒（さけ）の大（おお）きな瓶（びん）は一升瓶（いっしょうびん）だし、誰（だれ）も1.8リットルのお酒（さけ）くださいと酒屋（さかや）で言（い）わない。

居酒屋（いざかや）では一合徳利（いちごうとっくり）、二合徳利（にごうとっくり）だ。

部屋（へや）の大（おお）きさは畳（たたみ）の枚数（まいすう）だし、家（いえ）の広（ひろ）さも坪（つぼ）の方（ほう）がピンと来（く）る。

テレビの大（おお）きさはインチだ。

ゴルフの飛距離（ひきょり）はヤード。

JIS規格（きかく）の紙（かみ）のサイズの呼称（こしょう）でさえA4とかB5だ。例（たと）えばA4はドイツ工業規格（こうぎょうきかく）からで、B5は江戸時代（えどじだい）の美濃紙（みのし）のサイズだそうだ。

メートル法（ほう）でA4を表現（ひょうげん）すれば297mm×210mm、B5は257mm×182mmだ。今度（こんど）メートル法（ほう）で紙（かみ）を買（か）いに行（い）こうか。

1.8公升酒壺

日本，從1959年開始就規定使用公尺為計量的單位。

也就是從原本日本固有的度量衡制更改成以公尺為計量的單位。

基於如此，長度的計量單位為公尺，體積方面為立方公尺，而質量方面為公斤，時間的話就以秒來表示。

只是，現實生活裡並非能全都如此。因為生活習慣是很難改變的。

大瓶的酒一般叫做一升瓶，沒有人會在賣酒的地方說：「給我1.8公升的酒。」

在居酒屋的話則是一合酒壺、二合酒壺。

房間的大小是用一個榻榻米、兩個榻榻米來數。房子方面想到的是有幾坪大小。

電視則是用英吋。

高爾夫球的距離，是用碼來表示。

只有JIS規格的紙的尺寸稱做A4或是B5。比如說A4是從德國工業規格而來、B5則是江戶時代時期美濃紙的尺寸。

在米（國際）公制裡，如要表示A4尺寸用297mm×210mm；B5則為257mm×182mm。下次就用米（國際）公制的說法買紙張吧。

 學習Point!

　　例文中「JIS規格の紙のサイズの呼称でさえA4とかB5だ」的「でさえ」是指示出「JIS規格」是一項重要的規格形式、「紙のサイズの呼称」在記載上是用來做強調，（並不是用公尺單位來做計算）由於是用「A4」、「B5」，所以表示出在其它的規格上當然就不會以公尺單位來表示。

句型1

★ 用在理所當然的事都不能了，其他的事就更不用說了

名詞（＋助詞）＋ さえ
　　　　　　　　　 でさえ

彼は日本語を勉強し始めたばかりで、50音さえ読めない。

（他才剛學日文，甚至於連五十音都還唸不出來。）

この問題はやさしくて、子供でさえわかる。

（這問題很簡單，連小孩子都會。）

★ 為了說明前項達到什麼程度，在後項舉出具體的事例來 ·········

名詞（普通体、名詞＋だ→名詞）

い形容詞（普通体）

な形容詞（普通体、語幹＋だ→語幹＋な） **＋** **ほど**
ほどだ

動詞（普通体）

彼の手帳は米粒ほどの小さい字で書かれている。

（他記事本上面的字寫的跟米粒一樣小。）

痛いほど彼女が好きだ。（喜歡她到心痛的地步。）

一人で食べるのが無理なほどマンゴをもらった。

（我收到了一個人也吃不完的那麼多的芒果。）

嫌になるほどマンゴが食べたい。（想吃芒果吃到我覺得膩了為止。）

背單字吧！

日 語	中 文	品詞	日 語	中 文	品詞
グラム	克	接尾	フィート	英尺	接尾
キログラム	千克・公斤	接尾	1ダース	1打	接尾
トン	噸	接尾	〜個	〜個	接尾
ミリ	毫米	接尾	〜枚	〜片，張，件	接尾
センチ	公分	接尾	〜本	〜條，支，棵	接尾
メートル	公尺	接尾	〜人	〜人	接尾
キロメートル	公里	接尾	〜匹	〜隻，頭，匹	接尾
リットル	公升	接尾	〜瓶	〜瓶	接尾
升	升	接尾	〜袋	〜袋	接尾
合	合	接尾	〜包み	〜包	接尾
インチ	英吋	接尾	〜皿	〜碟	接尾

動筆寫一寫吧~

問題	翻譯成日語	必要的單字		使用表達
A	他是語言天才，甚至於連俄羅斯話都會說。	天才（てんさい）	天才	さえ
B	甚至於像我這麼不會做菜的人，都會炒飯。	下手（へた）	不會	でさえ
C	當我彩券中到1億日圓時，驚嚇得快死掉了。	宝くじ（たから）	彩券	ほど
D	他很喜歡喝咖啡，一天大約喝十杯。	コーヒー	咖啡	ほどだ
E	她喜歡吃辣的，把辣椒加到整碗紅通通的樣子。	唐辛子（とうがらし）	辣椒	ほど

A ➔

B ➔

C ➔

D ➔

E ➔

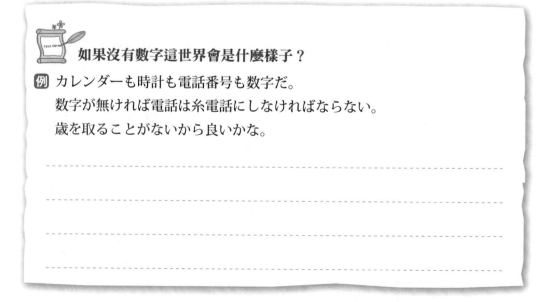

如果沒有數字這世界會是什麼樣子？

例 カレンダーも時計も電話番号も数字だ。
数字が無ければ電話は糸電話にしなければならない。
歳を取ることがないから良いかな。

Unit 71 方向 方向

右利き？左利き？
みぎ き ひだり き

サッカーをしていて転んだ。
ころ

転び方が良くなかったので右手の手首を
ころ かた よ みぎて て くび

捻挫してしまった。
ねんざ

時間が経つにつれてだんだんと痛くな
じ かん た いた

ってきた。病院で診断してもらうと骨
びょういん しんだん ほね

にひびが入ったそうだ。ギブスをし
はい

たので右手はもう使えない。
みぎて つか

海外出張もギブスをしたままだ。
かいがいしゅっちょう

出張のレポートを書くときは左手。
しゅっちょう か ひだりて

おかげで今では右の手でも左の手でもご飯が食べられるようになった。
いま みぎ て ひだり て はん た

それはパーティのとき非常に便利だ。
ひ じょう べん り

両方の手に箸を持っているので、右手にある料理も左手にある料理もすぐ
りょうほう て はし も みぎて りょう り ひだり て りょう り

取れる。両手が使えてもたくさんは食べられない。残念ながら胃は一つだ
と りょう て つか た ざんねん い ひと

けだ。

譯文
右撇子？左撇子

踢足球時摔了一跤。

由於摔得姿勢不好所以扭傷了右手手腕。

隨著時間一天天的過去，越來越疼痛。去醫院經過醫生的診斷後才知道原來是骨

頭中出現了裂縫。由於打上了石膏所以右手就暫且不能使用。

（所以）出國出差時也是手上打著石膏。寫出差報告時就用左手寫。

也因為這件事讓我現在變得不論是使用左手還是右手都能吃飯。

在宴會上也是非常方便。

由於兩隻手都拿著筷子，所以不論是在右手邊的料理，還是左手邊的料理都能馬上取用。但就算是兩手能拿很多也吃不完。可惜的是胃只有一個。

學習Point!

例文中「時間が経つにつれてだんだんと痛くなってきた」的「痛くなってきた」的「なる」是表示以前並不會痛但是現在會痛之間的變化。「につれて」是表示「時間が経つ」之變化結果而形成「痛い」這件事。

★ 表示隨著前項的變化，同時後項也隨之發生相應的變化 ‥‥‥‥‥

名詞（表示變化的名詞）

動詞（表示變化的名詞）（辞書形）**＋ につれて ＋** 節2（変化を表現する）

節1（表示變化的句子）

地球温暖化につれて、異常気象が増えた。

（隨著地球暖化現象，氣象異常也隨之增加。）

年をとるにつれて、物忘れが多くなった。

（隨著年紀變大，就常忘東忘西。）

★ 表示一起、共同、協力的努力下，同時或前後之關係 ‥‥‥‥‥‥

名詞

動詞（辞書形） **＋ と ＋ ともに**

家族とともに、沖縄に遊びに行った。（和家人一起去沖繩玩。）

健康のため、毎日散歩をするとともに、ヨガもしている。

（為了身體健康，每天除了散步也做瑜珈。）

号砲とともに、選手はスタートした。

（一聽到鳴槍聲響起，選手們就開始起跑了。）

★ 表示緊接著發生的事 ……………………………………

句型3

名詞

動詞（辞書形）（＋の） ＋ と ＋ 同時に

号砲と同時に、選手はスタートした。

（鳴槍的同時，選手們就起跑了。）

号砲が鳴るのと同時に、選手はスタートした。

（一聽到鳴槍聲響起的同時，選手們就起跑了。）

★ 表示狀態或樣子、性質同時存在 ……………………………

句型4

名詞 ＋である

い形容詞語幹 ＋い

な形容詞語幹 ＋である　　＋ と ＋ 同時に

動詞（辞書形）

原発は、電力安定供給の手段であると同時に、放射能汚染という
深刻な危険をはらんでいる。（核能發電，在為我們帶來穩定的電力供給

的同時，也帶來了核能放射污染的嚴重危險性。）

彼のアイデアは、いつも独創的であると同時に、実用的である。

（他的點子，總是很有創意，同時又很有實用性。）

この電子レンジは、もちろん電子レンジとして使えると同時に、オー
ブンとしても使える。

（這個電子微波爐，當然是可以微波食品，同時又可以當烤箱使用。）

★ 表示同時進行之動作行為 ……………………………………

句型5

動詞1（ます形刪去「ます」）＋ ながら ＋ 動詞2

テレビを見ながら食事をした。（邊看電視邊吃飯。）

背單字吧!

日　語	中　文	品詞	日　語	中　文	品詞
方向 ほうこう	方向	名	斜め下 なな　した	斜下方	名

方角 ほうがく	方向	名	東 ひがし	東	名
位置 いち	位置	名	西 にし	西	名
前 まえ	前	名	南 みなみ	南	名
横 よこ	横	名	北 きた	北	名
右 みぎ	右	名	東洋 とうよう	東洋	名
左 ひだり	左	名	西洋 せいよう	西洋	名
後ろ うし	後面	名	～の上 うえ	～上面	句
斜め なな	斜	名	～の下 した	～下	句
右横 みぎよこ	右横	名	～の周り まわ	～周圍	句
左横 ひだりよこ	左横	名	～の近くに ちか	～附近	句
右下 みぎした	右下	名	～の正面に しょうめん	～正面	句
左下 ひだりした	左下	名	～の隣に となり	～隔壁	句
斜め右 なな みぎ	斜右	名	入口 いりぐち	入口	名
斜め左 なな ひだり	斜左	名	出口 でぐち	出口	名
斜め上 なな うえ	斜上	名	進む すす	前進	動
引く ひ	拉	動	止まる と	停	動
回す まわ	把～轉	動	止める や	把～停	動
回る まわ	轉	動	押す お	推	動

動筆寫一寫吧~

問題	翻譯成日語	必要的單字		使用表達
A	隨著登上高山，視野也會變得寬廣。	視界（しかい）	視野	につれて
B	天一亮，小鳥們就發出叫聲。	夜明け（よあ）	天亮	とともに
C	打雷聲的同時，也開始下起雨了。	雷の音（かみなりおと）	雷聲	と同時に
D	出差時、洽談公事的同時，也有去觀光。	出張（しゅっちょう）	出差	と同時に
E	她看到我後，就邊哭邊說。	泣く（な）	哭	ながら

A ●

B ●

C ●

D ●

E ●

在日本想去看看的地方是哪裡？

例 美術学校時代の友達の故郷は森林と清流に恵まれた四万十川の近くだ。
彼に遊びにおいでと誘われたが、当時お金が無かったので行けなかった。
その友達とも連絡がなくなってしまって残念だ。

 # 今、何時？

アルバイト先の餃子屋で注文表にテーブルの番号を書いていた。

そのテーブルの番号は5番。

10枚くらい書こうと思って、頭の中で、「1枚目、2枚目、3枚目……」と数えながら書いていた。

あれ？ついうっかり、テーブルの番号の「5」ではなく、数えていた「3」を書いてしまった。

同じ日、声を出して玉ねぎの数を数えていたら、隣の従業員に「ちょっと、数を間違えたじゃあないの」って怒られた。

彼女は餃子の数を数えていたのに、いつの間にか玉ねぎの数を数えてしまっていたのだ。

時計の針は5時に近づきつつある。

今日は何かと疲れたのでもう早く帰ろう。

譯文　　現在，幾點？

我在打工的餃子店裡，將桌子號碼寫在點菜單上。

這張桌子號碼是5號。

想著就寫10張左右吧，腦袋裡邊數著「第1張、第2張、第3張……」邊寫著。

啊？一不小心，寫的數字不是桌號「5」，而是數到的號碼「3」。

同一天，我一邊算一邊數著洋蔥時，被旁邊的員工罵說：「等一下，是不是數錯了」

她正在數餃子，但不知何時卻數成跟我一樣的數字。

時鐘上時針正接近5點。

今天好像特別累，還是早一點回家吧。

 學習Point!

　　例文中「時計の針は5時に近づきつつある」的「つつある」是指示「時計の針」的位置是在「近づく」（變近）持續地接近「5時」當中。

> **句型1**
>
> ★ **表示某一動作或作用正向著某一方向持續發展**
> **動詞**（ます形刪去「ます」）＋ **つつある**
> ちきゅうおんだんか　ほっきょく　こおり　と
> 地球温暖化で、北極の氷が溶けつつある。
> （因地球的溫室效應，北極冰河一直持續在溶化。）

背單字吧！ 🦉

日　語	中　文	品詞	日　語	中　文	品詞
じゅんじょ 順序	順序	名	いちばんおく 一番奥	最裡面	名
じゅんばん 順番	順序	名	つぎ 次	下一個	名
はじ 初め	開始，第一次，最初	名	うし　　　ばん　め 後ろから2番目	從後面數來第2個	名
さいしょ 最初	最初	名	うえ　　　ばん　め 上から2番目	從上面算來第2個	名
さいご 最後	最後	名	した　　　ばん　め 下から4番目	從下面算來第4個	名

<ruby>一番前<rt>いちばん まえ</rt></ruby>	最前面	名	<ruby>右<rt>みぎ</rt></ruby>から3<ruby>番目<rt>ばん め</rt></ruby>	從右邊數來第3個	名
<ruby>一番後ろ<rt>いちばん うし</rt></ruby>	最後面	名	<ruby>左<rt>ひだり</rt></ruby>から5<ruby>番目<rt>ばん め</rt></ruby>	從左邊數來第5個	名
<ruby>真ん中<rt>ま なか</rt></ruby>	正中間	名	<ruby>前<rt>まえ</rt></ruby>から2<ruby>番目<rt>ばん め</rt></ruby>	從前面數來第2個	名
<ruby>一番上<rt>いちばん うえ</rt></ruby>	最上面	名	<ruby>後ろ<rt>うし</rt></ruby>から6<ruby>番目<rt>ばん め</rt></ruby>	從後面數來第6個	名
<ruby>一番下<rt>いちばんした</rt></ruby>	最下面	名	<ruby>最高<rt>さいこう</rt></ruby>	最高	名
<ruby>一番右<rt>いちばんみぎ</rt></ruby>	最右邊	名	<ruby>最低<rt>さいてい</rt></ruby>	最低	名
<ruby>一番左<rt>いちばんひだり</rt></ruby>	最左邊	名	まっ<ruby>先<rt>さき</rt></ruby>に	最先	形

動筆寫一寫吧~

問題	翻譯成日語	必要的單字		使用表達
A	天氣變得暖和後，櫻花也正要開。	<ruby>咲<rt>さ</rt></ruby>く	開	つつある
B	接近出發的日子。	<ruby>出発<rt>しゅっぱつ</rt></ruby>	出發	つつある
C	關懷體諒別人的心，正在消失中。	<ruby>思<rt>おも</rt></ruby>いやりの<ruby>心<rt>こころ</rt></ruby>	關懷體諒別人的心	つつある
D	風力發電正被看好。	<ruby>見直<rt>み なお</rt></ruby>す	重新認識	つつある
E	城市的樣子一直在變。	<ruby>様子<rt>よう す</rt></ruby>	樣子	つつある

你最拿手的和最不擅長的是什麼？

例 私の一番得意なのは動物の真似をすることだ。

小鳥の鳴き声もできるし、芋虫の真似もできる。

苦手なのはお金儲けだ。

Unit 73　色　顔色

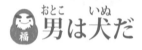

男は犬だ

テレビ番組の「所さんの目が点」が興味

深い実験をしていた。

色の識別能力に男女間に性差があると

いうのだ。

4つの色それぞれを淡い色から濃い色

まで順に21枚、合計84枚。これを正

しい順に並べる実験だ。

男性5人の被験者の平均値は84分の

44.4

女性5人の被験者の平均値は84分の71.8

女性の方が圧倒的に点数が良い。

男性は赤、緑、青3種の識別細胞をもっている。一方女性は濃い赤、薄い

赤、緑、青の4種類で識別しているそうだ。

男性に色盲が多いというのも関係があるのだろうか。

そう言えば、女性は微妙に色の違う口紅を真剣に選んでいるが、男性には

理解できない。

今まで聞いた限りでは、犬は無彩色の白、灰色、黒しか見えていないそう

だが、つまり男性は犬に近いと言うことなのだろうか。

譯文　男人是狗

有個電視節目「所さんの目が点」裡，做了一個很有趣的實驗。

是一個在男性與女性之間對於色彩辨別能力差異的實驗。

在實驗中用四種顏色，由淺色到深色合計共84張。再將它們按照順序排列。

實驗結果，5名男性的平均值為84分之44.4

而5名女性的平均值為84分之71.8

女性方面得到了壓倒性的好成績。

在男性方面對於紅色、綠色、藍色這3種顏色的辨識度較強。另一方面，女性則是對深紅色、淡紅色、綠色、藍色這4種顏色分辨度較高。

或許這和所謂男性方面色盲者較多也有關係吧。

如此說來，女性大都能辨別出差異甚小顏色不同的口紅，對於這點男性實在無法理解。

目前根據我所知，狗是屬於無色彩，只能辨別出白色、灰色和黑色。也就是說男性是較接近狗的意思吧。

 學習Point!

　　例文中「今まで聞いた限りでは、犬は無彩色の白、灰色、黒しか見えていないそうだ」的「限りでは」是表示在「今まで聞いた」之情報範圍限定下做思考。

> ★ 表示只要某狀態不發生變化，結果就不會有變化
>
> 句型1
>
> 名詞 （普通体、名詞＋だ→名詞＋である）
>
> い形容詞 （普通体）
>
> な形容詞 （普通体、語幹＋だ→語幹＋な / 語幹＋である）
>
> ＋ かぎり（は）
>
> 動詞 （普通体 - る形）
>
> スポーツ選手であるかぎり、毎日練習しなければならない。
>
> （只要當一天的運動選手，就必須每天練習。）

<ruby>道<rt>みち</rt></ruby>がまだ<ruby>明<rt>あか</rt></ruby>るい<ruby>限<rt>かぎ</rt></ruby>り、<ruby>女性<rt>じょせい</rt></ruby>の<ruby>一人<rt>ひとり</rt></ruby><ruby>歩<rt>ある</rt></ruby>きができる。

（只要天未暗，女性可一人單獨步行。）

<ruby>足<rt>あし</rt></ruby>がまだ<ruby>丈夫<rt>じょうぶ</rt></ruby>であるかぎり、<ruby>旅行<rt>りょこう</rt></ruby>したい。

（只要雙腳還能走，就想去旅行。）

この<ruby>薬<rt>くすり</rt></ruby>を<ruby>飲<rt>の</rt></ruby>んでいるかぎりは、<ruby>病気<rt>びょうき</rt></ruby>はひどくならない。

（只要有吃這個藥，病情就不會惡化。）

★ 表示憑著自己的知識、經驗等有限的範圍做出判斷或提出看法

名詞 ＋の

動詞（普通体-る形） ＋ かぎりでは

<ruby>今回<rt>こんかい</rt></ruby>の<ruby>診断<rt>しんだん</rt></ruby>のかぎりでは、<ruby>脳<rt>のう</rt></ruby>に<ruby>異常<rt>いじょう</rt></ruby>はなかった。

（根據這次的診斷，腦部沒有發現異常現象。）

<ruby>私<rt>わたし</rt></ruby>が<ruby>食<rt>た</rt></ruby>べたかぎりでは、この<ruby>店<rt>みせ</rt></ruby>のラーメンが<ruby>一番<rt>いちばん</rt></ruby>おいしい。

（在我所吃過的拉麵店裡，這家最好吃。）

★ 表示限度

名詞（時間、数量）＋ かぎり

このチケットが<ruby>使<rt>つか</rt></ruby>えるのは<ruby>本日<rt>ほんじつ</rt></ruby>かぎりだ。（這張票只限今天使用。）

このコンタクトレンズは1<ruby>回<rt>かいかぎ</rt></ruby>限りの<ruby>使<rt>つか</rt></ruby>い<ruby>捨<rt>す</rt></ruby>てだ。

（這個隱形眼鏡只能戴一次就要拋棄。）

★ 表示「到那限度為止」「那全部」的意思

名詞 ＋の

動詞（辞書形/可能形） ＋ かぎり

<ruby>力<rt>ちから</rt></ruby>のかぎり、<ruby>泳<rt>およ</rt></ruby>いだ。（用全力，游完了。）

<ruby>知<rt>し</rt></ruby>っている<ruby>限<rt>かぎ</rt></ruby>りのことを<ruby>彼<rt>かれ</rt></ruby>に<ruby>教<rt>おし</rt></ruby>えた。（將我所知道的都告訴了他。）

<ruby>歩<rt>ある</rt></ruby>けるかぎり、<ruby>歩<rt>ある</rt></ruby>き<ruby>続<rt>つづ</rt></ruby>けた。（只要還能走，就繼續走。）

日　語	中　文	品詞	日　語	中　文	品詞
<ruby>色<rt>いろ</rt></ruby>	顏色	名	ブルー	藍色	名
<ruby>色彩<rt>しきさい</rt></ruby>	色彩	名	パープル	紫色	名
<ruby>白<rt>しろ</rt></ruby>	白	名	パール	珍珠色	名
<ruby>黒<rt>くろ</rt></ruby>	黑	名	ワイン	葡萄酒色	名
<ruby>赤<rt>あか</rt></ruby>	紅	名	ブロンド	金髮（女郎）	名
<ruby>青<rt>あお</rt></ruby>	青	名	カラフル	富有色彩的	名
<ruby>黄<rt>き</rt></ruby>	黃	名	モノトーン	單調	名
<ruby>緑<rt>みどり</rt></ruby>	綠	名	ゴールデン	金色	名
<ruby>水色<rt>みずいろ</rt></ruby>	水色	名	<ruby>金<rt>きん</rt></ruby>	金色	名
<ruby>紫<rt>むらさき</rt></ruby>	紫色	名	<ruby>銀<rt>ぎん</rt></ruby>	銀色	名
<ruby>茶色<rt>ちゃいろ</rt></ruby>	棕色	名	<ruby>透明<rt>とうめい</rt></ruby>	透明	名
<ruby>はだ色<rt>いろ</rt></ruby>	皮膚色	名	<ruby>淡い<rt>あわ</rt></ruby>	淡的	形
ピンク	粉紅色	名	<ruby>濃い<rt>こ</rt></ruby>	深的	形
オレンジ	橘子色	名	<ruby>明るい<rt>あか</rt></ruby>	明亮的	形
グレー	灰色	名	<ruby>暗い<rt>くら</rt></ruby>	暗的	形

問題	翻譯成日語	必要的單字		使用表達
A	只要活著，每天都要過得快樂。	楽しむ	快樂	かぎり
B	只要是他還是社長，公司不會有問題。	安全だ	安全的	かぎりは
C	就我的經驗，英國菜不好吃。	経験	經驗	かぎりでは
D	盡可能地，我想要幫助他。	助ける	幫助	かぎり
E	發出最大的聲音，持續大聲地叫。	叫ぶ	叫	かぎり

A ⊶

B ⊶

C ⊶

D ⊶

E ⊶

你喜歡什麼顏色。現在穿的就是你喜歡的顏色嗎？

例 好きな色は紺色だ。

賢そうに見えるからだ。

ジーンズもバッグもブルー、二日酔いで顔の色までブルー。

Unit 74 形・大きさ・質 形狀・大小・質量

形の悪い餃子もおいしい

アルバイト先で餃子を包むこともある。
そう簡単には包めない。
餃子の皮を作っている業者の方でも、
品質コントロールが難しいのか、大き
さも厚さもばらばらだ。
また、夏場、冬場で冷蔵庫から出し
たときの皮自体の温度、皮を包む部
屋の温度、湿度によって柔らかさが
異なる。

保管してある冷蔵庫から出してみると、形がいびつに変形してしまってい
る。
皮の柔らかさ、形が異なれば当然均一な形の餃子を作るのがむつかしい。
さらに、中に入れる餡も、充分混ぜ合わせているが、細かく切った豚肉も
キャベツも、大きかったり、小さかったりする。
包んでいるうちに、餡の水分率も変化してきて、水分率が高すぎると非常
に包みにくい。
もちろん包むテクニックが大きな要因だ。熟練者は、こう言った条件の変
化を克服しながら、私よりはるかに早く、しかも美しく包んでいく。
私が包みやすいように、先輩は形の良い皮を私の方に回してくれるのであ
りがたい。

気<ruby>き</ruby>まぐれな私<ruby>わたし</ruby>は、その日<ruby>ひ</ruby>の気分<ruby>きぶん</ruby>によっても均一<ruby>きんいつ</ruby>な出来上<ruby>できあ</ruby>がりにならないことがわかった。

譯文 形狀不好看但也很好吃

在打工的地方我也有在包餃子。要包好餃子實在不是簡單的事。

就連做餃子皮的工廠都說，要控制好餃子皮的大小和厚度是很難的。

餃子皮的軟硬度會因為夏天或冬天從冰箱裡拿出時的溫度，包餃子時的室內溫度、溼度的不同也會有所差異。

放在冷藏庫再取出時餃子皮的形狀也會有所變形。

如果皮的軟硬度，還有形狀不同，那要做出一樣大小的餃子當然就會很難。

還有，裡面的餡料也是，就算有充分攪拌均勻，但剁碎的豬肉和切細的高麗菜也會有大有小。

在包的同時，餡料裡的水分也會隨著時間越久水分就會增多，當水分多時就會變得很難拿捏。

當然，包的技巧也是很重要。以上的情況對熟練者而言都能一一克服。而且包得都比我要還快、還要漂亮。

感謝前輩為了讓我比較好包，都會拿形狀較好的餃子皮給我用。

沒耐性的我，就算當天的心情很好也都不一定會包出形狀一樣的餃子。

學習Point!

例文中「私が包みやすいように、先輩は形の良い皮を私の方に回してくれる」的「ように」是以「私が包みやすい」做為實現的目的，而做出「先輩は形の良い皮を私の方に回す」的行為動作。

★ 表示為了實現前項，而做後項

句型1

動詞（普通体-る形）
節1 ＋ **ように** ＋ 節2

先生の話がよく聞こえるように、前の方に座った。

（為了要更清楚聽到老師說的話，我就坐在前面的位置。）

★ 表示為了實現某事而做出命令或懇求

名詞1為動詞2的主語

名詞1 ＋ が/は ＋ 名詞2 ＋ に ＋ 動詞1（普通体-る形）＋
よう（に）＋ 動詞2（言う、頼む）

社長が社員に売上を倍増するよう命じた。

（社長命令了社員們業績要倍增成長。）

私は彼に窓を開けるよう頼んだ。（我麻煩他打開窗戶。）

背單字吧！ 🦉

日　語	中　文	品詞	日　語	中　文	品詞
形	形，形狀，樣子	名	重さ	重量	名
形状	形狀	名	重量	重量	名
丸	圓形	名	重い	重的	形
だ円	橢圓形	名	ずっしりしている	沉甸甸的	動
三角	三角形	名	軽い	輕的	形
四角	四角形	名	厚い	厚的	形
球	球形	名	薄い	薄的	形
直線	直線	名	丈夫な	結實的	形
曲線	曲線	名	長い	長的	形
大きさ	大小	名	短い	短的	形

サイズ	尺寸	名	開いた	打開的	動
大きい	大的	形	閉じた	閉上的	動
小さい	小的	形	丸みがある	有處於圓〜的感覺	文
高い	高的	形	しなやかな	柔軟	形
低い	低的	形	ザラザラした	粗糙的	動
太い	粗的	形	しわのある	有皺紋的	文
細い	細的	形	ボリュームのある	有份量的	文
軟らかい	柔軟的	形	温かい	暖的	形
硬い	硬的	形	冷たい	冷的	形

動筆寫一寫吧~

問題	翻譯成日語	必要的單字	使用表達
A	為了不要感冒，穿暖和一點。	風邪をひく　感冒	よう（に）
B	希望可以早起，設定了鬧鐘。	セットする　設定	よう（に）
C	希望鋼琴可以彈得好，每天練習鋼琴。	ピアノ　　鋼琴	よう（に）
D	對小孩子說請安靜。	静かにする　安靜	よう（に）
E	在牌子上有寫著不要餵食鴿子。	えさをやる　餵食	よう（に）

請寫出有關於你現有最在意的物品。

例 髭剃りは回転式の電動シェーバーにしている。

カミソリは怪我をするし、往復式の電動シェーバーは痛いからだ。

娘が私の誕生日にくれたシェーバーを大事に使っている。

Unit 75 お金 錢

甘いコイン

ヨーロッパの通貨がユーロに統一され
て、旅行者には非常に便利になった。
以前、ヨーロッパに出張するときは、
ドイツマルク、USドル、それに日本円
を持って行った。
空港でいちいち両替するのが面倒だ
し、コインが溜まっていく。
ドイツから例えばフランスに行くと
きはドイツの空港でコインを含めてフランに両替し
てもらっていた。
そうすれば、コインはあまり溜まらないし、フランスに着いてからの行動
が早くできる。
ロシアから出国するとき、出国管理員が、あまったお金があるなら、あそ
この店で何かみやげ物でも買ってきなさいと親切に教えてくれたことがあ
る。
みやげ物屋で、おつりを金色のコインの形をしたチョコレートでくれたの
には、笑ってしまった。外国人向けにちゃんと用意しているのだ。

甜的硬幣

歐洲的貨幣統一為歐元之後，對於旅行者來說真的變得非常方便。

以前，去歐洲出差時，總要帶德國馬克、美金，還有日幣。

到機場後要還要一一兌換，實在很不方便，而且硬幣又會一直越來越多。

從德國假設要去法國時，在德國的機場就會連硬幣一起兌換成法郎。

這樣的話，硬幣也不會越積越多，到了法國之後也能夠加快行動。

要從俄羅斯出發時，出國管理員告訴我說，如果錢有多餘剩下的話可以在那邊的商店買土產回國送人。

在土產店裡，我看到了外型做成金色零錢狀的巧克力，（不由得）笑了出來。真的是專門為外國人所準備的啊。

學習Point!

例文中「外国人向けにちゃんと用意しているのだ」的「向けに」是指示「用意している」這個行為動作、目的是為「外国人」而做。

句型1

★ 表示以前項為對象，而做後項的事物

名詞 + **向けだ**

このカメラは専門家用（せんもんかよう）ではなく一般消費者（いっぱんしょうひしゃ）向けだ。

（這台相機不是給專家使用，而是給一般人使用。）

この車（くるま）はアメリカ向けに輸出（ゆしゅつ）される。（這台車是專門外銷美國。）

句型2

★ 表示適合、相稱之對象

名詞 + **向きだ**

ウエブデザイナーは若（わか）い人（ひと）向（む）きの仕事（しごと）だ。

（網頁設計是適合年輕人的工作。）

やさしく書（か）いてあるので、この本（ほん）は初心者（しょしんしゃ）向きだ。

（由於內容寫得很簡單，所以很適合初學者看。）

背單字吧！

日 語	中 文	品詞	日 語	中 文	品詞
通貨 （つうか）	通貨	名	元 （げん）	元	名
お金 （かね）	錢	名	ユーロ	歐元	名
貨幣 （かへい）	貨幣	名	価格 （かかく）	價格	名
紙幣 （しへい）	紙幣	名	支払い （しはら）	支付	名
硬貨 （こうか）	硬幣	名	前払い （まえばら）	預付款	名
現金 （げんきん）	現金	名	後払い （あとばら）	後付款	名
小銭 （こぜに）	零錢	名	(お)金持ち （かねも）	有錢人	名
おつり	找的零錢	名	貧乏 （びんぼう）	貧困	名
ドル	美元	名	けちな	吝嗇的	形
円 （えん）	日圓	名	気前がいい （きまえ）	慷慨・大方	文

動筆寫一寫吧～

問題	翻譯成日語	必要的單字		使用表達
A	開了一家年輕女性的商店。	ショップ	商店	向けだ
B	買了一本小孩子看的童話書。	童話 （どうわ）	童話	向けだ
C	這把紅色的傘是女性用的。	傘 （かさ）	傘	向きだ
D	找到了適合的書。	おあつらえ向きの （む）	適合的	向きだ
E	這件衣服不適合你。	不向き （ふむ）	不適合	向きだ

A
B
C
D
E

如果中了彩券你想要買什麼？

例 宝くじが当たれば小さな庭がある家を買いたい。

ハーブとか植えて家庭菜園をしたい。

そのとき、バーベキューセットも買っておかなければ。

Unit 76 公共機関 公家機關

コスプレ

　「制服」は一定の集団や団体に属する人が着るように定められている服装だが、それを悪用した犯罪も多い。

　あたかもそれなりの服装をして「ガス点検に来ました」とか「水道局からきました」とか言って、家を訪問し騙す手口だ。

　ガスコンロとか水道管の点検のふりをし、不当な請求をしたり、ひどいときは現金を盗んだり、危害を加えたりする。

　そう言った怖い話があるものの、制服には何か魅力を感じる。

　一時代前、キャビンアテンダント（当時はスチュワーデスと言っていた）の制服に憧れていた女性が多かった。

　カッコ良い制服に憧れて警官や自衛隊員になる人も多いだろう。

　私自身、高校生のとき虫垂炎で入院して意気消沈していたとき、優しくしてくれた看護師（当時は看護婦と言っていた）の白衣が今でも思い出される。

角色扮演

「制服」雖然原本是為了同一集團或團體的人所制定的衣服，但是也有人濫用拿來做壞事。

穿著其公司的制服到家裡拜訪說「是來安檢瓦斯的」、「我是自來水公司的」之類等等的，來進行詐騙。

在假裝做了瓦斯安檢或水管的檢查之後，就索取不當的金額，更恐怖的還聽說有搶奪現金，加害於人的事。

雖然有如此恐怖的傳聞，但是對於制服，總還是感覺有某種魅力的存在。

以前，很多女性嚮往能穿上空姐的制服。

還有人為了要穿上帥氣警察制服而想當警察或自衛隊員的人也很多。

我個人，在高中時因盲腸炎住院時，意志消沉的時候，有一位護士對我很親切，至今我都還會想起她所穿的白色制服。

 學習Point!

　　例文中「そう言った怖い話があるものの、制服には何か魅力を感じる」的「ものの」是因為有「怖い話がある」的狀況，而這狀況通常都不會是好的，而後項說出「魅力を感じる」則是用於為了要敘述做出與預想相反的事物。

句型1

★ 表示姑且承認前項，但後項不能順著前項發展下去

名詞（普通体、名詞＋だ→名詞＋である）
い形容詞（普通体）
な形容詞動詞（普通体、語幹＋だ→語幹＋な/語幹＋である）＋ ものの ＋ 節2
動詞（普通体）
節1

彼はまだ小学生であるものの、海洋生物の研究をしている。

（他也還是個小學生，卻在做海洋生物的研究。）

あのレストランの料理はおいしいものの、値段が高すぎる。

（那間餐廳好吃是好吃，但價錢太貴。）

> 車は高級なものの、彼は運転が下手だ。
>
> （他的車子是很高級，但開車技術不好。）
>
> 約束の時間に行ったものの、彼女に会えなかった。
>
> （他雖然照著約定的時間去，但還是沒能見到她。）

背單字吧！

日 語	中 文	品詞	日 語	中 文	品詞
けいさつしょ 警察署	警察署	名	たいしかん 大使館	大使館	名
はしゅっしょ 派出所	派出所	名	りょうじ 領事	領事	名
こうばん 交番	派出所	名	りょうじかん 領事館	領事館	名
しょうぼうしょ 消防署	消防局	名	ぜいむしょ 税務署	税務局	名
けんちょう 県庁	縣政府	名	でんりょくがいしゃ 電力会社	電力公司	名
ちじ 知事	知事	名	がいしゃ ガス会社	煤氣公司	名
しちょう 市長	市長	名	しりつびょういん 市立病院	市立病院	名
しやくしょ 市役所	市公所	名	しえいたいいくかん 市営体育館	市營體育館	名
くやくしょ 区役所	區公所	名	しえい 市営プール	市營游泳池	名
こうみんかん 公民館	公民館	名	しえい 市営グランド	市營運動場	名
すいどうきょく 水道局	自來水局	名	きょうぎじょう 競技場	比賽場	名
せいそうきょく 清掃局	清掃局	名	スタジアム	運動場	名
えいせいきょく 衛生局	衛生局	名	りょうようじょ 療養所	療養所	名
ほけんじょ 保険所	保險所	名	ろうごしせつ 老後施設	養老設施	名
たいし 大使	大使	名	けいびいん 警備員	警衛人員	名

動筆寫一寫吧~

問題	翻譯成日語	必要的單字		使用表達
A	買了葡萄酒回來，但卻沒有開瓶器。	せんぬき	開瓶器	ものの
B	雖然已經畢業了，但還沒有找到工作。	卒業 (そつぎょう)	畢業	ものの
C	約了女朋友，卻忘了帶皮包。	財布 (さいふ)	錢包	ものの
D	雖然小鳥小小一隻，叫聲卻是很響亮。	響く (ひび)	響亮	ものの
E	買了電腦，但是不會用。	パソコン	電腦	ものの

A

B

C

D

E

請寫下有關於平常你會去的公家機關。

例 区役所には比較的良く行く。

住民票、戸籍謄本などの書類をもらうためだ。

またイタリア語の会話教室も開かれていたので参加したことがある。

Unit 77 からだ 身體

福 目は口ほどに物を言う

日本語で「手取り足取り」（何から何まで丁寧に教えるさま）とか、「手も足も出ない」（力が及ばずどうしようもない）とか言うように、

「手」も「足」も本来の体の部分を指すだけでなく、色々な抽象的な意味も持っている。

「運転手」、「話し手」などの「手」は人の意味。

「右手」、「左手」などは方向。

「手間」、「手数」などは人の行為。

「打つ手」、「きたない手を使う」などは手段・方法。

「足の便がいい」、「足代」は交通手段。

「足が出る」は、予算より出費が多くなる意味。

「足を引っ張る」は、人の成功や前進をじゃまする意味。

「足を棒にする」は、あることのために奔走するたとえ。

「目」、「口」、「耳」も同様に様々な意味があるので辞書で調べてみるとおもしろい。

「あなたは口が悪いせいで損をしている」なんて言われて美容整形に行っても直らない。

譯文　眼睛會說話

在日語裡，像「拿手拿腳」（日語是指～親切地指導別人的人）或、「手和腳都出不來」（日語是指～能力不及、做不到）等等之類的說法，不論是「手」還是「腳」都不是指身體部位，而是代表各種抽象的意思。

「司機」、「說話的人」單字中的「手」是指人的意思。

「右手」、「左手」是指方向。

「手間」、「手數」指的是人的行為動作。

「採取的手段」、「施展卑鄙手段」是指手段、方法。

「交通方便」、「交通費」是指交通手段。

「出現赤字」是說，支出比予算還要來的多的意思。

「扯後腿」，則是妨礙別人成功向前的意思。

「累的兩腿發直」則是比喻說為了某件事極力奔走。

而像「眼睛」、「嘴巴」、「耳朵」也是一樣具有很多各式各樣不同的意思，查字典之後會發現很多有趣的表達方式。

要是有人說「就是因為你的嘴巴壞才會造成了損失」這時就算去做美容整形也好不了吧。

學習Point!

　　例文中「あなたは口が悪いせいで損をしている」的「せいで」是表示因為「口が悪い」這件事而導致「損をしている」這結果。

> **句型1**
> ★ 表示原因。由於受到某種恩惠，導致後面好的結果。後項如果表示的是消極的結果，一般是帶有諷刺、抱怨的意思 ⋯⋯⋯⋯⋯
>
> | 名詞 ＋の | |
> |---|---|
> | い形容詞（普通体） | おかげで |
> | な形容詞語幹＋な ＋ | おかげだ |
> | 動詞（普通体） | |
>
> 彼のおかげで命拾いした。（幸好有他，才撿回一條命。）

彼が助けてくれたおかげで、仕事が早く終わった。

（全因為他的幫忙，工作才可以早些結束。）

彼が操作したおかげで、機械が壊れてしまった。（皮肉）

（全都是他的幫忙，機器才會壞掉。）（挖苦的語感）

★ 表示原因。表示發生壞事或會導致某種不利情況的原因，及責任
所在 ⋯⋯⋯⋯⋯⋯⋯⋯⋯⋯⋯⋯⋯⋯⋯⋯⋯⋯⋯⋯⋯⋯⋯⋯⋯⋯⋯⋯⋯

名詞 ＋の

い形容詞 （普通体）   せいで
な形容詞語幹 ＋な   ＋   せいだ
動詞 （普通体）

渋滞のせいで遅刻した。（全因為塞車，所以才會遲到。）

この服が売れないのはデザインが悪いせいだ。

（這件衣服全都因設計不好，所以才會賣不好。）

生の牡蠣を食べたせいで下痢をした。

（會拉肚子，都是因為吃了生的牡蠣。）

★ 表示原因。表示發生壞事或不利的原因，但是這一原因也說不清，
不很明確 ⋯⋯⋯⋯⋯⋯⋯⋯⋯⋯⋯⋯⋯⋯⋯⋯⋯⋯⋯⋯⋯⋯⋯⋯⋯⋯⋯⋯

名詞 ＋の

い形容詞 （普通体）
な形容詞語幹 ＋な   ＋ せいか
動詞 （普通体）

風邪のせいか、喉が痛い。（會不會是因為感冒，所以才會喉嚨痛。）

デザインが悪いせいか、この服は売れない。

（會不會是因為設計不好，所以才賣不好。）

コーヒーを飲んだせいか、眠れない。

（會不會是因為喝了咖啡，所以才睡不著。）

日　語	中　文	品詞	日　語	中　文	品詞
頭 あたま	頭	名	額 ひたい	額頭	名
顔 かお	臉	名	頬 ほお	臉頰	名
目 め	眼	名	舌 した	舌頭	名
鼻 はな	鼻子	名	あご	下巴	名
口 くち	口・嘴巴	名	歯 は	牙齒	名
耳 みみ	耳朵	名	のど	喉嚨	名
首 くび	脖子	名	関節 かんせつ	關節	名
肩 かた	肩膀	名	指 ゆび	手指	名
胸 むね	胸・胸膛	名	親指 おやゆび	大拇指	名
腹 はら	腹部・肚子	名	人差し指 ひと さ ゆび	食指	名
腰 こし	腰	名	中指 なかゆび	中指	名
尻 しり	屁股	名	薬指 くすりゆび	無名指	名
脚 あし	腿	名	小指 こゆび	小指	名
足 あし	腳	名	肘 ひじ	臂肘	名
手 て	手	名	膝 ひざ	膝蓋	名
胃 い	胃	名	手首 てくび	手腕	名
心臓 しんぞう	心臟	名	足首 あしくび	腳踝	名
腸 ちょう	腸	名	かかと	腳後跟	名
骨 ほね	骨	名	土踏まず つちふ	腳掌心	名
皮膚 ひ ふ	皮膚	名	ふくらはぎ	小腿肚	名

動筆寫一寫吧~

問題	翻譯成日語	必要的單字		使用表達
A	因為下雨的關係，花草都很有生氣。	生き生きする	有生氣	おかげで
B	託網路的福，世界變得更近了。	インターネット	網路	おかげで
C	因為地震，房子傾斜了。	地震（じしん）	地震	せいで
D	都是因為一直看電視的原因，眼睛好累。	疲れる（つか）	累	せいで
E	是年紀大的關係嗎？最近常忘東忘西。	物忘れ（ものわす）	忘東忘西	せいか

A
B
C
D
E

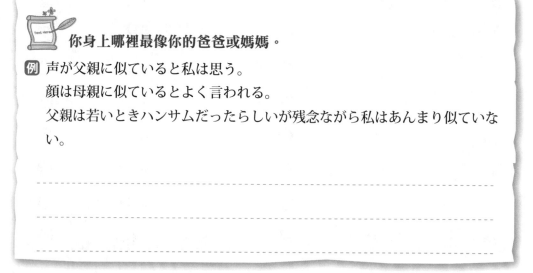

你身上哪裡最像你的爸爸或媽媽。

例 声が父親に似ていると私は思う。

顔は母親に似ているとよく言われる。

父親は若いときハンサムだったらしいが残念ながら私はあんまり似ていない。

Unit 78 からだの機能 身體的功能

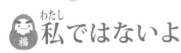

私ではないよ

下ネタで恐縮だが、いつ思い出してもおかしい笑い話がある。

満員電車で……

どこからか「プ～！」

明らかにうら若い女性がやってしまったのだ。

彼女は、人の良さそうなおじいさんに、

「嫌だわ。おじいさん、何か変な物食べたの？」

おじいさん「じゃあ、何かえ、わしが変な物食べたら、あんたが、屁をこくんか！」

話は変わるけど、あることがきっかけで最近私はビフィズス菌のサプリを飲んでいる。

これはすごく良い。

ビフィズス菌は大腸内の大腸菌などの悪い細菌を抑え、腸内環境を整える善玉菌だ。乳幼児の腸には多いが、大人になるにつれ減少していくそうだ。

毎日のお通じは快適そのもの。悪玉菌がいないのでガスも匂わないわけだ。

これで満員電車に乗っても平気だ。

不是我喔

雖然是有些尷尬，有一件事無論何時只要一想起就覺得好笑。

在坐滿人的電車裡……

不知從哪裡傳來「噗～！」

很明顯是從一位年輕的女性那兒來的。

她對著一位人看起來很和善的老爺爺說。

「很討厭ㄋㄟ。老爺爺，你是不是吃了什麼怪東西啊？」

老爺爺「那…為什麼…是我吃了怪東西。而是你，放的屁有怪味道呢！」

轉個話題，因為那件事的關係，我最近都有在喝含龍根菌的保健食品。

這東西還真不錯。

龍根菌是可抑制大腸內的大腸菌等壞菌，改善腸內環境的好菌。雖然在嬰幼兒的腸道中有很多的龍根菌，但據說隨著年齡長大之後會逐漸減少。

每天通便是很舒暢的事。沒有壞菌的孳生，放出的屁也不會有臭味才對。

這樣的話就算搭乘坐滿人的電車也不會有問題的。

學習Point!

例文中「悪玉菌がいないのでガスも匂わないわけだ」的「わけだ」是指示出「ガスも匂わない」這情形是理所當然的結果。

句型1

★ 表示按事物的發展，事實、狀況合乎邏輯的而必然導致這樣的結果

節 ＋ **わけだ**

彼は米国生まれなので、英語がうまいわけだ。

（他是在美國出生的，難怪英文才會那麼好。）

句型2

★ 使用於部分否定的表達

節 ＋ **わけではない**

梅雨だからといって、毎日雨が降るわけではない。

（說是梅雨季節，但也不會每天下雨。）

★ 表示從道理上而言，強烈地主張不可能或沒有理由成立 ………

節 ＋ わけはない
　　　わけがない

彼は毎日遊んでばかりいるので、試験に受かるわけがない。

（他每天都在玩樂，怎麼可能通過考試。）

★ 表示由於一般常識，社會道德或過去經驗等約束，那樣做是不可能的，不能做的，不單純的 ………

節 ＋ わけにはいかない

女性におごってもらうわけにはいかない。（不可能讓女生請客。）

背單字吧！ 🦉

日　語	中　文	品詞	日　語	中　文	品詞
呼吸	呼吸	名	えくぼ	酒窩	名
あくび	呵欠	名	麻痺	麻痺	名
涙	眼淚	名	血行	血液循環	名
嘔吐	嘔吐	名	脈拍	脈搏	名
くしゃみ	噴嚏	名	鼓動	跳動	名
せき	咳嗽	名	血圧	血壓	名
たん	痰	名	呼吸をする	呼吸	動
つば	唾沫・唾液	名	せきをする	咳嗽	動
気絶	昏厥	名	汗をかく	流汗	文
しゃっくり	打嗝	名	鼻をかむ	擤鼻涕	文
けいれん	痙攣	名	飲み込む	吞下・嚥下	動

排尿 はいにょう	排尿	名	消化する しょうか	消化	動
排便 はいべん	排便	名	吐く は	吐出	動
おなら	屁	名	吐き出す は だ	吐出	動
汗 あせ	汗	名	吸う す	吸	動
生理 せい り	生理	名	なめる	舐	動
げっぷ	打飽嗝	名	さわる	有壞影響・妨礙	動
胃のもたれ い	胃脹氣	名	触れる ふ	接觸	動
胸焼け むね や	胃難受・燒心・ 吐胃酸	名	なでる	撫摩	動

動筆寫一寫吧~

問題	翻譯成日語	必要的單字		使用表達
A	這一間餃子店好吃，所以才會大排長龍。	行列 ぎょうれつ	大排長龍	わけだ
B	這間店、好吃，但不貴。	高い たか	貴	わけではない
C	牛肉麵好吃，不可能沒有客人。	客 きゃく	客人	わけはない
D	就算是排得很長，我也不會不去吃。	長い なが	長	
E	由於這家店的服務好，評價應該也會很好的。	サービス	服務	わけだ

A⊸
B⊸
C⊸
D⊸
E⊸

要是打嗝了你會用什麼方法制止住？

例 しゃっくりが出たときは、後ろから驚かしてもらったらよいと言う説がある。

コップの水をコップの向こう側から飲めばよいと言う説もある。

色々やってみたがうまく行かず、いつも自然に治るまで待っている。

Unit 79 自然 自然

🎎バラのトゲ

自然は美しい。

雪山も、湖も、青い珊瑚礁のある海も、桜も、紅葉も、様々に意匠を凝らした鳥達、魚、虫……みんな美しい。

どうしてこんなに美しくできているのか不思議だ。

とはいえ、自然は怖い。

1995年6,000人以上もの人が亡くなった阪神・淡路大震災の時、大阪に単身赴任中の私はたまたま香港から帰る日で、家族は横浜にいて無事だった。

翌々日、神戸にいるロシア人のお婆さんを見舞いに行った。電車は途中までしか動かず、バスに乗り換えて行かなければならなかった。学生時代によく来た神戸の街は瓦礫の山となっていた。

懐かしい街はもうない。涙があふれてきた。幸い、お婆さんの家は山の方にあったので無事だった。ただ、断水になってしまっていたので、ポリタンクを持って近くの学校に水を入れに行った。

2011年16,000人の人が亡くなった東日本大震災は未曾有の大惨事だった。其の時も私はたまたま台湾にいた。横浜の我が家も、福島の親戚の家も電話が通じなくなり、時間が経つにつれ心配が募るばかりだった。

幸い両方とも無事で安堵したものの、テレビの映像を見て震撼とした。津

波は何と言う強大な力なのだろう。
数十メートルといわれる津波の前では、建物や田畑、車も人もまるで箱庭のように小さく脆い存在に映しだされていた。自慢の原発が破壊され、驕る人知が如何に愚かなものか思い知らされた。

譯文　玫瑰的刺

大自然是美麗的。

不論是雪山、湖水、還是擁有藍色珊瑚礁的海、櫻花、紅葉，和各式各樣唯美的鳥群、魚兒、昆蟲類等等⋯⋯全都是如此的美好。

怎麼會如此的美呢？真是不可思議。

但是，大自然又是這麼的可怕。

1995年發生的阪神・淡路大地震，在當時傷亡人數超過6,000人以上，在大阪單身赴任的我那天恰巧正從香港回到日本，家人都在橫濱平安無事。第三天，我去探訪住在神戶的俄羅斯老奶奶。電車在中途開不動了，只好轉搭公車。當我看到了我學生時期常來的神戶變成了瓦礫山。懷念的街道沒了。淚水就湧現出來。慶幸的是，老奶奶的家是在山邊所以平安無事。只是，因為停水所以要拿塑膠水桶到學校附近去裝水。

2011年發生了前所未有的東日本大地震，當時死亡人數為16,000人。我正巧在台灣。我橫濱的家、福島親戚的家裡電話都打不通，隨著時間一點點的過去，我就越來越擔心。幸好兩邊都沒事我就安心了許多。從電視上看到的畫面真是為之震驚。海嘯為何會有如此強大的力量。在數十公尺高的海嘯前，顯示出不論是建築物還是稻田、不論是車子是人，全都像是庭園式的盆景那樣的微小脆弱。遭受被人類引以為傲的核能破壞，迫使人類體會到自認為聰明的人原來是如此的愚蠢。

學習Point!

例文中「とはいえ、自然は恐い」的「とはいえ」是先說出前句「自然は美しい」，目的是為了要反對後句預想・期待之「自然は怖い」的現象。

★ 用於所預想期待的事情及結果是不相同時

名詞（普通体、名詞＋だ→只有名詞也可）
い形容詞（普通体）
な形容詞（普通体、語幹＋だ→只語幹也可）　＋　とはいえ
動詞（普通体）

冬とはいえ、今日は汗ばむ。（雖然說是冬天，今天卻流汗。）
我が家は狭いとはいえ、みんな楽しく暮らしている。

（雖然說我家很小，但大家生活得很快樂。）

試合に負けたとはいえ、思う存分戦った満足感はある。

（雖然說比賽是輸了，但能參加比賽已經感到很滿足。）

背單字吧！

日　語	中　文	品詞	日　語	中　文	品詞
自然 しぜん	自然	名	沼 ぬま	沼澤	名
風景 ふうけい	風景	名	滝 たき	瀑布	名
山 やま	山	名	岩 いわ	岩石	名
川 かわ	河川	名	温泉 おんせん	溫泉	名
海 うみ	海	名	標高 ひょうこう	標高	名
空 そら	天空	名	小川 おがわ	小河	名
大地 だいち	大地	名	小道 こみち	小徑	名
森林 しんりん	森林	名	崖 がけ	懸崖	名
森 もり	森林	名	湾 わん	灣	名
林 はやし	森林	名	岬 みさき	岬・海角	名

<ruby>谷<rt>たに</rt></ruby>	谷・溪谷	名	<ruby>砂丘<rt>さきゅう</rt></ruby>	砂丘・砂崗	名
<ruby>丘<rt>おか</rt></ruby>	山岡	名	<ruby>頂上<rt>ちょうじょう</rt></ruby>	頂峰	名
<ruby>平野<rt>へいや</rt></ruby>	平原	名	<ruby>峠<rt>とうげ</rt></ruby>	山巔	名
<ruby>盆地<rt>ぼんち</rt></ruby>	盆地	名	<ruby>火山<rt>かざん</rt></ruby>	火山	名
<ruby>草原<rt>そうげん</rt></ruby>	草地	名	<ruby>砂<rt>すな</rt></ruby>	沙	名
<ruby>砂漠<rt>さばく</rt></ruby>	沙漠	名	<ruby>島<rt>しま</rt></ruby>	島	名
<ruby>海岸<rt>かいがん</rt></ruby>	海岸	名	<ruby>岸<rt>きし</rt></ruby>	岸	名
<ruby>湖<rt>みずうみ</rt></ruby>	湖	名	<ruby>氷河<rt>ひょうが</rt></ruby>	冰河	名
<ruby>泉<rt>いずみ</rt></ruby>	泉水	名	<ruby>池<rt>いけ</rt></ruby>	池子	名

 **動筆寫一寫吧~**

問題	翻譯成日語	必要的單字		使用表達
A	在冬天裡，就算是早上，天還是黑的。	<ruby>暗<rt>くら</rt></ruby>い	天黑	とはいえ
B	他雖說是年紀大了，還是很有精神。	<ruby>元気<rt>げんき</rt></ruby>だ	有精神	とはいえ
C	就算是大學畢業，找工作也不是這麼簡單的事。	<ruby>就職<rt>しゅうしょく</rt></ruby>	找工作	とはいえ
D	就算天氣不好，還是一定得洗衣服。	<ruby>洗濯<rt>せんたく</rt></ruby>	洗衣服	とはいえ
E	雖然她是女朋友，但不是結婚的對象。	<ruby>恋人<rt>こいびと</rt></ruby>	情人	とはいえ

A⊶
B⊶
C⊶
D⊶
E⊶

山上和海邊你喜歡哪一個？

例 若いときは海が好きだった。

家内は日焼けが嫌なのでいつも山に遊びに行っている。

歳を取るとやはり高原でのんびりする方が良いようだ。

Unit 80 気象 氣象

インドの焼きソバ

パキスタンのシアルコット（Sialkot）で
の仕事を終え、インドへ行った。

ラホールの近くのワガ（Waga）からイ
ンド側のアタリ（Atari）まで徒歩で国
境を渡った。アタリからアムリツァー
ル（Amritsar）の駅まではタクシー。

それから宿泊するジャランダール
（Jalandhar）までは列車だ。

国境は難なく通過。

暑い！

後から分かったが42度あったらしい。

タクシーはオンボロ。

もちろん、クーラーなどはない。普通、暑ければ窓を開けるが、開ければ
熱風が入ってくるので閉め切っておく。銀縁の眼鏡は火傷しそうなので外
しておかねばならない。

途中で車がエンコしてしまった。

運ちゃんは慣れたもので、ボンネットを開け何やら丸い部品を取り出し、
それをこともあろうにハンマーで叩いた。それから近くの汚れた川の水を
汲んできた。エンジンは水冷式なのだ。

修理を待っていると、木の影から何やら怪しげな4、5人の黒い肌の男達が

こちらにやってきてじっと見ている。

怖いやら暑いやらで、朝着かえたばかりのシャツは汗でグッショリ。

列車に乗り継いでやっとジャランダールの駅に着いた。

血走った眼をギラギラとさせた男の人力車でホテルへ。

ホテルに着いたら、やっとクーラーの利いた部屋でゆっくりと休める。

とは行かなかった。部屋は暑い！クーラーなんてなかったのだ。

唯一の救いはホテルで食べた焼きそばがとてもおいしかったことだ。

この味は以前コックをしていた中国人に教えてもらったそうだ。

明日はまた列車でデルヒ（Delhi）に向かう。

譯文　印度的炒麵

在巴基斯坦的錫亞爾克特（Sialkot）的工作結束後，去了印度。

我用走路的從拉合爾附近的哇嘎（Waga）到印度旁的亞泰利（Atari）通過了兩國國界。再坐計程車到亞泰利到阿穆瑞沙（Amritsar）的車站。然後到達住宿的賈朗達爾（Jalandhar）則是搭火車。

通過國界時並沒有被刁難。

好熱！

之後我才知道那天好像有42度。

計程車很破舊。

當然，是沒有冷氣的。一般，要是熱的話開窗戶就好，但由於一開窗戶熱風就會吹進車內所以都是關閉著。我的銀框眼鏡燙得幾乎要把我燙傷似的，所以不得不拿下來。

在途中車子拋錨了。

由於司機已經習慣了，他打開引擎蓋從裡面拿出一個圓型的零件，用鐵鎚敲。然後又去附近的河川提水。原來引擎是水冷式引擎。在等待修理的同時，從樹影中走來了四、五個看起來怪怪的黑色肌膚的男人，他們一直看著這邊。

也不知是因為太害怕，還是太熱，早上才換上的襯衫已經因為汗水而濕漉漉了。

接著再轉搭火車，終於到達了買朗達爾的車站。

出了車站，坐上一個眼睛充滿血絲，紅色的眼睛好像要刺殺我的男人的人力車前往飯店。

到達飯店後，終於可以在有冷氣的房間休息。

但還是失望了。房間內實在太熱了！冷氣有跟沒有是一樣的。

唯一有解救到我的是在飯店裡吃到了好吃的炒麵。

這道料理，聽說是中國廚師教的。

我的行程是明天也要坐火車出發到德里（Delhi）。

 學習Point!

　　例文中「朝着かえたばかりのシャツは汗でグッショリ」的「ばかり」是表示「朝着かえた」的動作才剛結束就發生「汗でグッショリ」的情況。

句型1

★ 表示動作或變化結束完了之後，時間沒有經過太久

動詞（た形） ＋ ばかり ＋ です

さっき起きたばかりで、頭がさえない。

（我剛剛才起床，所以頭腦不清晰。）

背單字吧！

日　語	中　文	品詞	日　語	中　文	品詞
天候（てんこう）	天氣	名	地震（じしん）	地震	名
気象（きしょう）	氣象	名	津波（つなみ）	海嘯	名
晴れ（は）	晴天	名	洪水（こうずい）	洪水	名
曇り（くも）	陰天	名	オーロラ	極光・（神）黎明女神	名
雨（あめ）	雨	名	気温（きおん）	氣溫	名

大雨 (おおあめ)	大雨	名	温度 (おんど)	溫度	名	
あられ	電子	名	湿度 (しつど)	濕度	名	
みぞれ	夾著雨的雪・雨雪紛飛	名	天気予報 (てんきよほう)	天氣預報	名	
雪 (ゆき)	雪	名	気圧計 (きあつけい)	氣壓計	名	
風 (かぜ)	風	名	晴れる (は)	放晴	動	
台風 (たいふう)	颱風	名	日が照る (ひ・て)	日照射	文	
嵐 (あらし)	暴風雨	名	曇る (くも)	陰	動	
霜 (しも)	霜	名	霧がかかっている (きり)	起霧	文	
露 (つゆ)	露水	名	暑い (あつ)	熱的	形	
熱風 (ねっぷう)	熱風	名	寒い (さむ)	冷的	形	
竜巻 (たつまき)	龍捲風	名	下がる (さ)	下降	動	
雷 (かみなり)	雷	名	上がる (あ)	上升	動	

動筆寫一寫吧~

問題	翻譯成日語	必要的單字		使用表達
A	雨剛停。路上還是濕的。	濡れる (ぬ)	濕	ばかり
B	剛烤好的麵包是最好吃的。	焼く (や)	烤	ばかり
C	因為這電腦才剛買，所以還不會用。	パソコン	電腦	ばかり
D	因為才剛出院，所以還需要做復健。	リハビリ	復健	ばかり
E	我把才剛買來的衣服弄髒了。	汚す (よご)	弄髒	ばかり

什麼事是你在晴天時所不喜歡做的，在下雨天時所感覺到好的事？

例 晴天なのに休みの日に出勤しなければならないのは嫌だ。

雨天のとき木々が生き生きしてくるし、道路もきれいになる。

やはりうっとうしい雨より晴れている方が良い。

Unit 81 病院 醫院

至福（しふく）のとき

鼻（はな）が詰（つ）まってしかたなかった。

朝方（あさがた）いつも息（いき）が出来（でき）なくて苦（くる）しくなり、

目（め）が覚（さ）めてしまう。

病院（びょういん）で診（み）てもらったら、鼻中隔湾曲症（びちゅうかくわんきょくしょう）

で粘膜（ねんまく）が腫（は）れており、根本的（こんぽんてき）に治（なお）すに

は手術（しゅじゅつ）が必要（ひつよう）だとのこと。

入院（にゅういん）して手術（しゅじゅつ）をすることにした。

手術担当（しゅじゅつたんとう）の医者（いしゃ）は、女医（じょい）でしかも美（び）

人（じん）だ。

悪（わる）くはない。

ノミでコンコンと骨（ほね）を削（けず）る音（おと）がする。

局所麻酔（きょくしょますい）なので、一部始終（いちぶしじゅう）が見（み）えるし、頭蓋骨（ずがいこつ）にズンズンと響（ひび）いてくる。

美人（びじん）だとて容赦（ようしゃ）してくれるわけではない。

病室（びょうしつ）で1週間横（しゅうかんよこ）になっていた。

両方（りょうほう）の鼻（はな）には綿（わた）が詰（つ）めてあって、息（いき）は口（くち）でしなければならないから、喉（のど）が

渇（かわ）いてしかたがなかった。

舌（した）は乾燥（かんそう）してしまって、干（ほ）し柿（がき）のようにカサカサになっている。

いよいよ退院（たいいん）の日（ひ）、美人女医（びじんじょい）がペンチのようなもので、鼻（はな）の中（なか）の詰（つ）めもの

をグリッと捻（ひね）って取（と）り出（だ）した。

その時（とき）の痛（いた）いこと、痛（いた）いこと。ノミでコンコンやられたときより痛（いた）かっ

た。

詰めものが鼻の粘膜に癒着していたからだ。

詰めものが取れて、鼻から息をすると、ひんやりした空気が入ってくる。

何と快適なことか。

もう世界が変わってしまったようだ。

治療の痛さは別として、美人のお医者さんに手術をしてもらうのも良いものだ。

最大的幸福時刻

鼻子塞住真是無可奈何。

每天清晨總是塞到無法呼吸，很痛苦地醒來。

看了醫生之後，醫生說是因為鼻中隔彎曲，產生黏膜腫脹而導致的疼痛，要根治的話就必須開刀。

（所以）決定住院開刀。

主刀的醫生是一位女醫師，還是一位美女醫師。

真是不錯。

手術中一直聽到用鑿子鏘鏘的聲響。

由於是局部麻醉，所以在手術過程中我一直是清醒地看著，頭蓋骨裡響起了陣陣的聲音。

但就算是美女醫生也不可能放過我吧。

在醫院裡躺了一個星期。

因為鼻子兩邊都塞有棉花，只能用嘴巴呼吸，所以喉嚨一直都很乾渴。

舌頭也是乾到像曬乾的柿子一樣，乾巴巴的。

終於到了出院的日子，美女醫生拿著像鉗子的東西，把塞在鼻子裡的棉花拿了出來。

當時就是痛、痛。比用鑿子鏘鏘作響時還要痛。

因為塞著的東西黏著在鼻子的黏膜上。

拿下了塞著的東西，從鼻子呼吸、就可呼吸到清爽的空氣。

真是無比的舒暢了。

整個世界也變得不一樣了。

暫且不說治療的痛苦，讓美女醫生動手術也是不錯的。

 學習Point!

例文中「治療の痛さは別として、美人のお医者さんに手術をしてもらうのも良いものだ」的「は別として」的意思是表示「治療の痛さ」這件事是不包含在內。

★ 表示例外

句型1

名詞 ＋ は別として

花粉症は別として、私はいたって健康だ。

（除了對花粉症過敏之外，我其實很健康。）

背單字吧！

日 語	中 文	品詞	日 語	中 文	品詞
びょういん 病院	醫院	名	てんてき 点滴	點滴	名
しんりょうじょ 診療所	診療所	名	うけつけ 受付	接待・櫃檯	名
きゅうきゅうびょういん 救急病院	急救醫院	名	まちあいしつ 待合室	等候室	名
ないか 内科	內科	名	しんだん 診断	診斷	名
げか 外科	外科	名	けんこうしんだん 健康診断	健康檢查	名
しょうにか 小児科	小兒科	名	しんさつしつ 診察室	診察室	名
さんふじんか 産婦人科	婦產科	名	レントゲン	X光線	名

<ruby>眼科<rt>がんか</rt></ruby>	眼科	**名**	<ruby>治療<rt>ちりょう</rt></ruby>	治療	**名**
<ruby>耳鼻科<rt>じびか</rt></ruby>	耳鼻科	**名**	<ruby>手術<rt>しゅじゅつ</rt></ruby>	手術	**名**
<ruby>歯科<rt>しか</rt></ruby>	牙科	**名**	<ruby>麻酔<rt>ますい</rt></ruby>	麻醉	**名**
<ruby>医師<rt>いし</rt></ruby>	醫生	**名**	<ruby>救急車<rt>きゅうきゅうしゃ</rt></ruby>	救護車	**名**
<ruby>看護士<rt>かんごし</rt></ruby>	護士	**名**	<ruby>患者<rt>かんじゃ</rt></ruby>	患者	**名**
<ruby>症状<rt>しょうじょう</rt></ruby>	症狀	**名**	<ruby>病人<rt>びょうにん</rt></ruby>	病人	**名**
カルテ	病歷	**名**	<ruby>診察<rt>しんさつ</rt></ruby>	診察	**名**
<ruby>消毒<rt>しょうどく</rt></ruby>	消毒	**名**	<ruby>痛み<rt>いた</rt></ruby>	疼・痛	**名**
<ruby>注射<rt>ちゅうしゃ</rt></ruby>	注射	**名**	<ruby>入院する<rt>にゅういん</rt></ruby>	住院	**動**

✏️ 動筆寫一寫吧~

問題	翻譯成日語	必要的單字	使用表達
A	先不談那個醫生的醫術好不好，人品是不好的。	<ruby>人柄<rt>ひとがら</rt></ruby> 人品	は別として
B	先不談那間餐廳的價格如何，氣氛是不錯的。	<ruby>雰囲気<rt>ふんいき</rt></ruby> 氣氛	は別として
C	量販店的商品，品質先不說，都非常的便宜。	やすい 便宜	は別として
D	先不談爬山的辛苦，從山頂眺望而下是令人感動的。	<ruby>眺め<rt>なが</rt></ruby> 眺望	は別として
E	不管味道如何，爸爸經常做飯給我吃。	<ruby>味<rt>あじ</rt></ruby> 味道	は別として

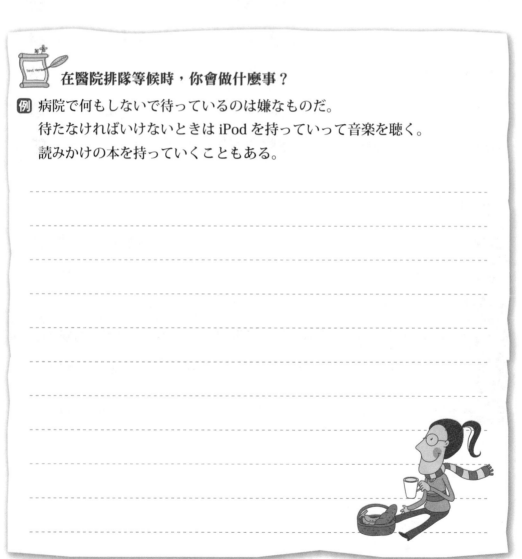

A

B

C

D

E

在醫院排隊等候時，你會做什麼事？

例 病院で何もしないで待っているのは嫌なものだ。

待たなければいけないときは iPod を持っていって音楽を聴く。

読みかけの本を持っていくこともある。

Unit 82 病気と怪我 病和傷

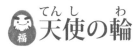
天使の輪

北アルプスに標高2,999メートルの頂上
が尖った剣岳と言う山がある。

会社のワンゲル（ワンダーフォーゲ
ル）部から行くことになった。

天気は晴。

青空が見える。

空気が薄く、険しい登りなので、喘
ぎながら登っていった。

突然、上の方でカラカラと音がする。

「落石だ！」との声があり、私は大きな岩の影に隠れた。

頭にズシンと来た。

青い光の輪、いくつかの星の輪が頭の中に見えた。

恐る恐る手を頭にやってみると、へこんでいるではないか！

手には血がついている。

ああ、頭蓋骨陥没になってしまったのか。

「頭隠して尻隠さず」という諺があるが「尻隠して頭隠さず」だったの
だ。

一行はそのまま登山を続行。

私はリーダーに付き添われ麓の病院で3針縫ってもらい家に帰った。

後日病院に行ってＸ線で検査してもらったが、異常はなかった。

389

<ruby>私<rt>わたし</rt></ruby>のことを<ruby>変人<rt>へんじん</rt></ruby><ruby>奇人<rt>きじん</rt></ruby>だと<ruby>言<rt>い</rt></ruby>う<ruby>人<rt>ひと</rt></ruby>がいるが、<ruby>落石<rt>らくせき</rt></ruby>の<ruby>影響<rt>えいきょう</rt></ruby>を<ruby>受<rt>う</rt></ruby>けてそうなった

のだと、それ<ruby>以来<rt>いらいい</rt></ruby><ruby>言<rt>い</rt></ruby>うことにしている。

譯文　天使之輪

據說在海拔2,999公尺的北阿爾卑斯山上有個尖山叫做劍岳的山。

公司旅行運動社團的夥伴們決定要去。

天氣是晴天。

看得到藍天白雲。

由於空氣稀薄，登山道路險峻，所以都邊喘氣邊走。

突然，從上邊傳來嘎啦嘎啦的聲響。

有人叫著「有落石！」，我躲在大岩石的陰影下。

打到我的頭了。

藍色的光環，好多的星星出現在我的腦海中。

我害怕得提心吊膽地用手摸了頭，該不會被打到了吧！

手上沾有血跡。

啊～，頭蓋骨會不會凹陷下去。

有一句成語說「顧前不顧後」應該是「顧後不顧前」吧。

同行的人繼續爬山。

我由領隊陪我去山腳下的醫院，在醫院裡我被縫了三針，之後就回家了。

這件事之後，我又去了醫院做檢查，還好沒什麼異常。

有人說我是怪人有怪事，我就說被掉落的石頭打到之後我變成怪人有怪事。

學習Point!

　　例文中「落石の影響を受けてそうなったのだ」的「そう」是指那個變成「変人奇人」的人是我。而「を受けて」是為「によって」的意思，根據「落石の影響」這件事，而我成了「変人奇人」。

★ 表示「對應」、「受影響」的意思 …………………………………

名詞 ＋ を受けて

来月からタバコが値上がりすることを受けて、多くの愛煙家が買いだめに走った。

（從下個月開始受香菸價格調漲，很多好吸菸的人都先買下來儲存了。）

背單字吧！

日 語	中 文	品詞	日 語	中 文	品詞
健康 けんこう	健康	名	打撲 だぼく	打・毆打	名
病気 びょうき	病	名	すり傷 きず	擦傷	名
病 やまい	病	名	切り傷 き きず	刀傷	名
危篤 き とく	病危	名	アレルギー	過敏	名
風邪 か ぜ	感冒	名	熱 ねつ	發燒	名
肺炎 はいえん	肺炎	名	炎症 えんしょう	炎症	名
胃潰瘍 い かいよう	胃潰瘍	名	インフルエンザ	流行性感冒	名
心臓病 しんぞうびょう	心臟病	名	白血病 はっけつびょう	白血病	名
糖尿病 とうにょうびょう	糖尿病	名	高血圧 こうけつあつ	高血壓	名
盲腸 もうちょう	盲腸	名	ぜんそく	哮喘・氣喘	名
脳しんとう のう	腦震盪	名	気管支炎 き かん し えん	支氣管炎	名
がん	癌	名	肋膜炎 ろくまくえん	肋膜炎	名
エイズ	愛滋病	名	脱臼 だっきゅう	脫臼	名

しょくちゅうどく 食中毒	食物中毒	名	にっしゃびょう 日射病	中暑	名
ひんけつ 貧血	貧血	名	ねっちゅうしょう 熱中症	中暑	名
げり 下痢	腹瀉	名	むね 胸やけ	胃難受・燒心・ 吐胃酸	名
べんぴ 便秘	便秘	名	じ 痔	痔	名
やけど	燒傷	名	かいよう 潰瘍	潰瘍	名
こっせつ 骨折	骨折	名	しゅよう 腫瘍	腫瘤	名
ねんざ	扭傷	名	おでき	腫瘡・疙瘩	名

動筆寫一寫吧~

問題	翻譯成日語	必要的單字		使用表達
A	政府為回應市民反核電的行動，重新討論了有關於發動原子發電問題。	げんぱつ 原発	核電	を受けて
B	因為消費稅要調高，市民團體發動了連署活動。	しょめいかつどう 署名活動	連署活動	を受けて
C	因為出道作品大受好評，所以連續不斷地出了新作。	デビュー	出道	を受けて
D	因安全帶條制規定，所以車內貼了一張要綁安全帶的警告標語。	シートベルト	安全帶	を受けて
E	因電視數位化，家電製造商發表了新機種。	デジタル	數位	を受けて

A 〜
B 〜
C 〜
D 〜
E 〜

在什麼狀況下，受過什麼傷？而當時你是如何處理的？

例 最近の怪我は、ハバロフスクに住んでいたとき浴室で脚を切ったことだ。
水はけが悪く、床が濡れていて滑って転んだのだ。
頭を打たなかったのが幸いだ。

Unit 83 病気の症状 疾病的症狀

何とかならぬか

毎年2月から3月になると花粉症で悩む。

くしゃみ、鼻水が出て、目も痒い。

花粉症は様々な花の花粉によるアレルギーが原因だが、春先は杉花粉の飛来が主な原因だ。

この時期、通勤電車では殆どの人がマスクをしている。日本のマスクはほとんどが白の不織布で使い捨てだ。

病院で使う物と似ており、初めて日本に来た人には気味悪いそうだ。

しかし決して悪い病気に罹っているわけではない。が、国民病であることには違いない。

日本人がしているマスクと違って、台湾人がしているマスクは色とりどりなので、友人の土産にしたら珍しがって喜んでくれた。

譯文

總有辦法吧

每年一到2月、3月就會因花粉症而痛苦。

會打噴嚏、流鼻水，眼睛也會發癢。

花粉症是因各種不同的花種而引起的過敏症，而以春天來說，最主要的來源是杉花粉。

在這期間，搭電車上班的人大多會戴著口罩。日本的口罩大多是以白色不織布製作的，用了之後就會丟棄。

和醫院所使用的很像，剛來日本的人看到這情景可能會覺得不舒服吧。

但是這並不是因為得到了什麼不好的疾病，應該是一種國民病。

和日本人所戴的不同，由於台灣人所戴的是五顏六色的口罩，我都會買來當成禮物送給朋友，因為很少見，所以他們都很開心。

 學習Point!

　　例文中「日本人がしているマスクと違って、台湾人がしているマスクは色とりどりなので」的「と違って」是就「マスク」這件事，目的是要表達出「台湾人がしているマスク」和「日本人がしているマスク」之間有什麼不同的地方。

★ 有關於話題人物或事情，做出類似或有相關連的比較後指示出不同點，當要表達出評價或判斷時會使用此一句型

名詞

節（普通体、名詞+だ→名詞+な、な形容詞語幹+だ→語幹+な）+の ＋ と（は）違って

プラスティックは紙と違って水に強い。

（塑膠和紙的不同點是防水性強。）

あの映画は、ストーリーがおもしろいのと違って、イケメンが出るから人気があるのだ。

（那電影會那麼受歡迎，並不是故事有趣而是有帥哥演出。）

臭豆腐は、思っていたのと違って、意外とおいしい。

（臭豆腐和想像中不一樣，竟然是這麼好吃。）

日　語	中　文	品詞	日　語	中　文	品詞
花粉症（かふんしょう）	過敏性花粉症	名	寒（さむ）けがする	覺得發冷	文
腹痛（ふくつう）	腹痛	名	気（き）を失（うしな）う	沒精神	文
頭痛（ずつう）	頭痛	名	せきが出（で）る	咳嗽出來	文
歯痛（しつう）	牙疼	名	目（め）まいがする	感到頭暈	文
腰痛（ようつう）	腰痛	名	鼻水（はなみず）が出（で）る	流鼻涕	文
生理痛（せいりつう）	經痛	名	血（ち）が止（と）まらない	血流不停	文
筋肉痛（きんにくつう）	肌肉痛	名	痛（いた）い	痛	形
肩凝（かたこ）り	（由於疲勞等）肩膀酸痛	名	苦（くる）しい	痛苦	形
耳鳴（みみな）り	耳鳴	名	だるい	懶倦・發痠	形
立（た）ちくらみ	站起時眩暈	名	気分（きぶん）が悪（わる）い	心情不好	文
出血（しゅっけつ）	出血	名	吐（は）き気（け）がする	想吐	文
のどの痛（いた）み	喉嚨的疼痛	名	熱（ねつ）が高（たか）い	體溫高	文
胃（い）の痛（いた）み	胃的疼痛	名	熱（ねつ）が低（ひく）い	體溫低	文
鋭（するど）い痛（いた）み	急劇性的疼痛	名	食（た）べられない	吃不下	文
鈍（にぶ）い痛（いた）み	悶痛、隱隱作痛	名	眠（ねむ）れない	睡不著	文
熱（ねつ）がある	發燒	文	足（あし）をねんざする	扭傷腳	文

動筆寫一寫吧~

問題	翻譯成日語	必要的單字		使用表達
A	行星和恆星不同是，它是經反射而發光。	惑星/恒星（わくせい/こうせい）	行星/恆星	と（は）違って
B	石英錶和機械式不同的是，它準確度較高但給人冰冷的感覺。	クオーツ時計（どけい）	石英錶	と（は）違って
C	狗和貓不同的點是狗比較依賴人，貓是屬於戀家型。	馴染む（なじ）	親密	と（は）違って
D	豬肉和牛肉不同點在於，豬肉一定要烤過才可以吃。	焼く（や）	烤	と（は）違って
E	瓦斯爐和電磁爐不一樣的是瓦斯爐火力比較強。	ガスコンロ	瓦斯爐	と（は）違って

A

B

C

D

E

感冒時會接受什麼樣的治療？

例 故郷の家の近くに「うどんや風一夜薬本舗薬局」がある。

あつあつのうどんを食べてこの薬を飲んで風邪を治すのだ。

私は玉子酒を飲んで治すのが好きだ。

Unit 84　薬　薬物

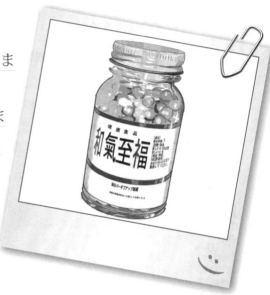

（福）笑(わら)う門(かど)には福来(ふくきた)る

私(わたし)は高血圧気味(こうけつあつぎみ)だが薬(くすり)は出来(でき)るだけ飲(の)まないようにしている。

血圧降下剤(けつあつこうかざい)を一旦(いったん)飲(の)めば継続(けいぞく)して飲(の)まなければならないし、肝障害(かんしょうがい)などの副作用(ふくさよう)があると聞(き)く。

抗生物質(こうせいぶっしつ)も悪玉菌(あくだまきん)だけでなく、体(からだ)に必要(ひつよう)な善玉菌(ぜんだまきん)を殺(ころ)してしまったり、服用(ふくよう)を誤(あやま)ると耐性菌(たいせいきん)が発生(はっせい)してしまうらしい。

風邪薬(かぜぐすり)は決(けっ)して風邪(かぜ)を根本的(こんぽんてき)に治(なお)すものではなく、風邪(かぜ)の症状(しょうじょう)を抑(おさ)えるだけのものなのだ。

であれば、日本古来(にほんこらい)の卵酒(たまござけ)の方(ほう)が私(わたし)にはいい。

無闇(むやみ)やたらに薬(くすり)を飲(の)むのではなく、それ以前(いぜん)に病気(びょうき)にならないように努(つと)めたい。

会社(かいしゃ)の同僚(どうりょう)で、お酒(さけ)を連日(れんじつ)飲(の)んでいたり、肥満体型(ひまんたいけい)であったりする人(ひと)が何人(なんにん)か早死(はやじ)にしている。彼(かれ)らは仕事(しごと)が良(よ)くできたが、ストレスが溜(た)まったり、人(ひと)づきあいが良(よ)すぎてお酒(さけ)ばかり飲(の)んでいたせいかも知(し)れない。

健康(けんこう)には快食(かいしょく)、快眠(かいみん)、快便(かいべん)、そして運動(うんどう)が必要(ひつよう)だ。

また怒(おこ)ると体(からだ)に毒(どく)が溜(た)まり、笑(わら)うと体(からだ)がきれいになると言(い)う。

やはり何(なん)と言(い)っても「笑(わら)う門(かど)には福来(ふくきた)る」だ。

和氣至福

我雖然有高血壓，但是盡可能的我不吃藥。

降血壓的藥，只要一開始吃就得持續不中斷地服用，聽說對肝臟也會產生副作用。

抗生素並不只是將壞菌消滅，連身體所需的益菌，也會一併消除，若不小心謹慎地服用，據說會產生對抗抗生素的抗體。

感冒藥也絕對不是治療感冒根本的藥，只是能抑制住感冒初期的症狀。

有一種日本傳統的鵝蛋酒，我喝起來還不錯。

我並不是亂吃藥，而是為了不要生病而做努力。

在公司的同事裡面，有人因連日喝酒，還有身體肥胖而很早就逝世了。雖然他們在工作上的表現都很不錯，但或許是因為累積的壓力，還有要與人交際而喝了過多的酒吧。

對於健康來說，早一點吃飯，睡得早一點，通便順暢，還有運動這些都是很重要的。

還有生氣也會在身體上堆積毒素，多些笑容據說也會變得更漂亮。

無論如何，畢竟「和氣至祥」。

 學習Point!

　　例文中「風邪薬は決して風邪を根本的に治すものではなく、風邪の症状を抑えるだけのものなのだ」的「決して～ない」是用於為了要強調出「風邪薬は風邪を根本的に治すものだ」這件事的否定型態。

句型1

★ 表示強烈的禁止或強烈的否定可能性表達

決して ＋ ～否定

人の恩は、決して忘れてはいけない。

（絕對不可以忘記別人對你的恩惠。）

明日は台風が来るので、決して山に行ってはいけない。

（明天颱風要來，絕對不可以爬山。）

★ 部分否定

必ずしも ＋ ～否定

常識は必ずしも当てはまらない。（是常識也並不一定合乎規定。）

梅雨の季節は、必ずしも毎日雨が降るとは言えない。

（雖說是梅雨季節，也不一定會每天會下雨。）

★ 指示程度或頻率非常得低

ほとんど ＋ ～否定/否定の言葉

20年前に習ったスペイン語は、ほとんど覚えていない。

（我在20年前學的西班牙語，差不多都不記得了。）

20年前に習ったスペイン語は、ほとんど忘れた。

（我在20年前學的西班牙語，差不多都忘了。）

背單字吧！

日　語	中　文	品詞	日　語	中　文	品詞
外用（薬）	外用（藥）	名	包帯	繃帶	名
内服（薬）	內服（藥）	名	ピル	藥丸	名
飲み薬	內服藥	名	コンドーム	保險套	名
塗り薬	塗劑	名	1日3回	1日3次	名
錠剤	藥丸	名	アスピリン	阿斯匹林	名
粉薬	藥粉	名	痛み止め	止痛	名
解熱剤	退燒藥	名	かぜ薬	感冒藥	名
睡眠薬	安眠藥	名	消毒薬	消毒藥	名
ビタミン剤	維生素	名	うがい薬	漱口藥	名

目薬 （めぐすり）	眼藥水	名	軟膏 （なんこう）	軟膏	名
薬局 （やっきょく）	藥局	名	座薬 （ざやく）	栓劑（由尿道、肛 門塞入的藥劑）	名
食前 （しょくぜん）	飯前	名	生理用ナプキン （せいりよう）	衛生棉	名
食間 （しょっかん）	兩餐之間	名	精神安定剤 （せいしんあんていざい）	精神安定劑	名
食後 （しょくご）	飯後	名	健康食品 （けんこうしょくひん）	保健食品	名
処方箋 （しょほうせん）	藥方	名	飲む （のむ）	喝	動
体温計 （たいおんけい）	溫度計	名	塗る （ぬる）	塗・擦	動
ばんそうこう	藥用貼布	名	貼る （はる）	貼	動

動筆寫一寫吧~

問題	翻譯成日語	必要的單字		使用表達
A	他有很大的潛能，絕不可輕視他。	隠れた才能 （かくれたさいのう）	隱藏的才能	けっして~ （否定）
B	不銹鋼的絕對不會生鏽。	ステンレス	不銹鋼	けっして~ （否定）
C	天氣預報也未必會很準確。	天気予報 （てんきよほう）	天氣預報	必ずしも~ （否定）
D	難醫治的病，也不是一定醫治不好。	難病 （なんびょう）	難醫治的病	必ずしも~ （否定）
E	洗衣板，現在大多沒有人在使用。	洗濯板 （せんたくいた）	洗衣板	ほとんど~ （否定）

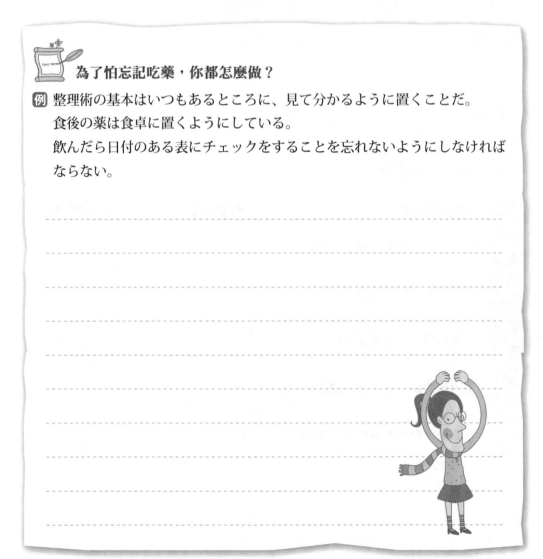

A

B

C

D

E

為了怕忘記吃藥，你都怎麼做？

例 整理術の基本はいつもあるところに、見て分かるように置くことだ。
食後の薬は食卓に置くようにしている。
飲んだら日付のある表にチェックをすることを忘れないようにしなければ
ならない。

附 錄

單元	題號	解答
01	A	教室^{きょうしつ}で自己紹介^{じこしょうかい}をした。
	B	電話^{でんわ}であいさつをした。
	C	自己紹介^{じこしょうかい}で、名前^{なまえ}と趣味^{しゅみ}を言^いった。
	D	おはようございます。オレンジでジュースを作^{つく}りました。
	E	風邪^{かぜ}で休^{やす}みます。すみません。
	P.023 中譯	●我是黃明月，請多多指教。●我是台灣大學的學生。●我的愛好是音樂。
02	A	毎日^{まいにち}彼^{かれ}と散歩^{さんぽ}している。
	B	山本^{やまもと}さん（男性^{だんせい}）は東京^{とうきょう}に住^すんでいます。
	C	私^{わたし}は鈴木^{すずき}さん（女性^{じょせい}）を知^しっています。
	D	レストランの予約^{よやく}をしておいた。
	E	彼女^{かのじょ}の電話番号^{でんわばんごう}を忘^{わす}れてしまった。
	P.027 中譯	●他是我最好的朋友。●我和他以前是同一所中學。●他也喜歡音樂。
03	A	両親^{りょうしん}と相談^{そうだん}してみます。
	B	兄^{あに}が走^{はし}ってきた。
	C	妹^{いもうと}は美^{うつく}しくなってきた。
	D	母^{はは}は太^{ふと}ってきた。
	E	日本語^{にほんご}の勉強^{べんきょう}を続^{つづ}けていく。
	P.031 中譯	●家庭有4個人，父親、母親、妹妹和我。●我的父親是一個上班族。●我的母親是一個非常開朗的人。
04	A	大人^{おとな}になってからお酒^{さけ}を飲^のむ。
	B	友達^{ともだち}に電話^{でんわ}をしてから会^あった。
	C	1時間^{じかんある}歩いてから休^{やす}んだ。
	D	勉強^{べんきょう}してから遊^{あそ}ぶ。
	E	日本酒^{にほんしゅ}を温^{あたた}めてから飲^のむ。
	P.035 中譯	●有位美國人住在附近。●她是一個漂亮的女人。●我對她用英語說早上好。

	A	髪を短くした。
	B	散歩を日課にする。
	C	町が賑やかになった。
05	D	子供が大きくなった。
	E	桜が満開になった。
	P.039 中譯	● 我住的地方很安靜。● 早上，我去公園散步。● 我坐在長椅上吃甜食。
	A	横浜に住んでいる。
	B	空に星が見える。
	C	一日に一回お風呂に入る。
06	D	花子に香りのいい花をあげた。
	E	おいしいケーキを食べに行った。
	P.044 中譯	● 夜晚的高原很黑，但很漂亮。● 很暗，什麼都看不到。● 聽到貓頭鷹的叫聲。
	A	楽しい映画を見た
	B	彼女は良い友達を持っている。
	C	小鳥が空を飛んでいる。
07	D	エレベータを降りた。
	E	商店街を通った。
	P.048 中譯	● 我喜歡開玩笑。● 不好的玩笑，有時會傷到人。● 我想當個更好的人。
	A	iPadがほしい。
	B	思いやりがほしい。
	C	恋人といっしょに喜びたい。
08	D	友達を信じたい。
	E	世界旅行をしたい。
	P.052 中譯	● 在俄羅斯也有日語學校。● 在學校的看板上不是寫「日本」而是「日水」。● 那間學校，到底是在教什麼的呀？

09	**A**	<ruby>何<rt>なに</rt></ruby>か<ruby>食<rt>た</rt></ruby>べたい
	B	いつか<ruby>地震<rt>じしん</rt></ruby>が<ruby>起<rt>お</rt></ruby>こる。
	C	どこか<ruby>海外旅行<rt>かいがいりょこう</rt></ruby>に<ruby>行<rt>い</rt></ruby>きたい。
	D	<ruby>部屋<rt>へや</rt></ruby>に<ruby>誰<rt>だれ</rt></ruby>もいない。
	E	<ruby>何<rt>なに</rt></ruby>も<ruby>食<rt>た</rt></ruby>べたくない。
	P.056 中譯	● 隔了好久回到了日本。● 老婆為我做了卷壽司。● 和母親做的味道一樣。
10	**A**	<ruby>火事<rt>かじ</rt></ruby>のとき、<ruby>消防署<rt>しょうぼうしょ</rt></ruby>に<ruby>電話<rt>でんわ</rt></ruby>する。
	B	<ruby>道<rt>みち</rt></ruby>に<ruby>迷<rt>まよ</rt></ruby>ったとき、<ruby>交番<rt>こうばん</rt></ruby>で<ruby>聞<rt>き</rt></ruby>く。
	C	さっき、<ruby>本<rt>ほん</rt></ruby>を<ruby>読<rt>よ</rt></ruby>んだところだ。
	D	<ruby>今<rt>いま</rt></ruby>、<ruby>本<rt>ほん</rt></ruby>を<ruby>読<rt>よ</rt></ruby>んでいるところだ。
	E	これから、<ruby>本<rt>ほん</rt></ruby>を<ruby>読<rt>よ</rt></ruby>むところだ。
	P.061 中譯	● 老婆和我都喜歡花。● 我想住在有小庭園的房子裡。● 想著住哪裡好呀，就會很開心。
11	**A**	かれの<ruby>家<rt>いえ</rt></ruby>へ<ruby>行<rt>い</rt></ruby>く<ruby>前<rt>まえ</rt></ruby>に、<ruby>電話<rt>でんわ</rt></ruby>をした。
	B	<ruby>電話<rt>でんわ</rt></ruby>をしたあとで、<ruby>彼<rt>かれ</rt></ruby>の<ruby>家<rt>いえ</rt></ruby>へ<ruby>行<rt>い</rt></ruby>った。
	C	<ruby>夜中<rt>よなか</rt></ruby>の2<ruby>時<rt>じ</rt></ruby>までずっと<ruby>起<rt>お</rt></ruby>きていた。
	D	<ruby>大人<rt>おとな</rt></ruby>になるまでお<ruby>酒<rt>さけ</rt></ruby>を<ruby>飲<rt>の</rt></ruby>まない。
	E	30<ruby>歳<rt>さい</rt></ruby>までに<ruby>結婚<rt>けっこん</rt></ruby>したい。
	P.065 中譯	● 和青森的客戶通電話。● 他有津輕的口音。● 由於我聽不懂津輕的口音，所以很困擾。
12	**A**	まだ<ruby>彼<rt>かれ</rt></ruby>は<ruby>寝<rt>ね</rt></ruby>ている。
	B	もう<ruby>彼<rt>かれ</rt></ruby>は<ruby>起<rt>お</rt></ruby>きた。
	C	まだコーヒーは<ruby>熱<rt>あつ</rt></ruby>い。
	D	もうコーヒーは<ruby>冷<rt>つめ</rt></ruby>たい。
	E	まだ<ruby>彼<rt>かれ</rt></ruby>は<ruby>来<rt>こ</rt></ruby>ない。
	P.069 中譯	● 我在困擾時常會說「真是的」。● 是「真不像話」的意思。● 這壞習慣一直改不掉。真是的。

13	**A**	早く帰宅してください。
	B	新聞を読んでください。
	C	石けんを貸してくださいませんか。
	D	署名をしてくださいませんか。
	E	静かにしてくださいませんか。
	P.073 中譯	● 早上太早起床，所以去郵筒拿報紙。● 煮咖啡然後吃巧克力。● 聽著音樂又睡著了。
14	**A**	酸っぱくて辛いスープを飲んだ。
	B	彼はイギリス人で英語の先生だ。
	C	冬は寒くて嫌だ。
	D	彼はいつも早起きで、元気だ。
	E	景色が良くて、広い部屋は家賃が高い。
	P.077 中譯	● 媽媽很會稱讚別人。● 因此至今我還是喜歡去市場買東西做菜。● 誇獎小孩，他就會很開心地幫我。
15	**A**	残業しないでデートをした。
	B	食事をしないでずっと待っていた。
	C	何も言わないでキスをした。
	D	親に相談せずに結婚した。
	E	浮気せず、彼女をずっと愛する。
	P.081 中譯	● 我以前喜歡的那個人頭髮很長。● 我們一起吃飯的時候，她對我說，她已有其他的交往對象了。● 因為大受打擊，現在只要看到長頭髮的人就會想起。
16	**A**	歩きながら、考えた。
	B	テレビを見ながら、食事をした。
	C	音楽を聴きながら、勉強した。
	D	授業を受けながら、寝てしまった。
	E	酔っぱらいながら、運転すると危険だ。
	P.085 中譯	● 我參加了朋友的結婚典禮。● 某一個貴人祝賀的話說不停。● 我肚子很餓，想快一點吃到。

17	**A**	Tシャツだけ着た。
	B	ポロシャツしか着なかった。
	C	3時間だけ勉強した。
	D	新幹線で大阪から東京まで2時間しかかからない。
	E	餃子だけ食べた。
	P.089 中譯	● 昨天放假，睡到飽。● 沒吃早餐只吃午餐。● 太熱了，所以只穿T恤和短褲輕輕鬆鬆的過日子。
18	**A**	男性の靴下はあまり高くない。
	B	このハイヒールはあまり高くない。
	C	革靴はあまり履かない。
	D	彼はあまり勉強しない。
	E	東京まであまり遠くない。
	P.093 中譯	● 我買了一雙不怕水的人工皮做的鞋子。● 果真，又輕又不會進水。● 但不透氣很熱。
19	**A**	姉は外出のときイヤリングをしたり、ネックレスをしたりします。
	B	父はときどきサングラスをかけたり、帽子をかぶったりする。
	C	夏休みに海に行ったり、山に行ったりした。
	D	貴金属店は金を売ったり買ったりする。
	E	映画を見て泣いたり笑ったりした。
	P.097 中譯	● 朋友送我很漂亮的耳環。● 我出國旅行時還戴著去。● 但是回來時卻找不到，好可惜。
20	**A**	あいつは悪い男だ。
	B	あなたが持っているそれは何ですか。
	C	これが私の家内です。
	D	こちらが私の恩師です。
	E	彼が言ったあの話は嘘だ。
	P.101 中譯	● 我個子矮。● 兒童尺寸的衣服還可以穿，但大人的就太大的。● 在宴會時，穿著長禮服是我的夢想。

	A	ファッションショーを見ることが好きです。
	B	たまにサウナに行くことがある。
	C	昔、パーマをあてたことがある。
21	D	暑いので、美容院で髪を切ることにします。
	E	修学旅行はハワイに行くことになった。
P.106 中譯		● 我認為微笑的臉龐比上妝來的更重要。● 住家附近的麵包店老闆娘總是笑臉迎人很親切。● 我也想成為那麼有魅力的人。
	A	猫が魚をとろうとした。
	B	夕食を食べようとしたら、友達が来た。
	C	車を修理して、動くようにした。
22	D	注意して、失敗しないようにする。
	E	赤ちゃんが歩けるようになった。
P.110 中譯		● 門牙像刀子，而臼齒像石磨。● 我有聽說過，是為了要吃遍各式的食物。● 不要偏食，蔬菜肉類魚類都要攝取。
	A	将来、海外で働こうと思います。
	B	今度彼女とおいしい料理を食べに行こうと思います。
	C	明日、辞書を買うつもりだ。
23	D	画家になるつもりだ。
	E	国会議員を辞めるつもりはない。
P.115 中譯		● 我小時候不喜歡吃親子丼。● 自從工作到東京以後，在大阪吃到了很久沒吃的親子丼真是太好吃了。● 還是大阪的又好吃又便宜。
	A	彼女は料理が作れる。
	B	彼は寿司が食べられない。
	C	この鍋で蒸し物ができる。
24	D	彼女は和食を作ることができる。
	E	彼は泳ぐことができない。
P.119 中譯		● 我喜歡吃烏龍麵。● 特別是讚岐烏龍麵最好吃。● 在車站前的那間烏龍麵店、放了很多的裙帶菜非常好吃。

25	A	桜が咲き始めた。
	B	雪が融け始めた。
	C	お湯が沸き出した。
	D	電車が動き出した。
	E	借金を全部払い終わった。
	P.123 中譯	● 我用了電鍋，試做了鬆餅。● 將鬆餅粉加水攪拌，用電鍋只要加熱就好。● 完成後比一般的鬆餅再厚實些。
26	A	馬は人参を食べたがる。
	B	彼は野菜しか食べたがらない。
	C	彼は私のゲームで遊びたがる。
	D	彼は東京に行きたがっている。
	E	彼は私も東京に行きたがると思っている。
	P.127 中譯	● 將竹筍水煮後，再淋上美乃滋就很好吃。● 但是台灣的美乃滋太甜了。● 我覺得日本的美乃滋最好吃。
27	A	私は彼が刺身を食べるかどうか知らない。
	B	私は彼女に肉を食べるのかどうか聞いた。
	C	私は彼がどんな用事で来たのか聞いた。
	D	いつ地震が起こるか心配だ。
	E	私は彼に何故野菜を食べないのか聞いた。
	P.131 中譯	● 我不會挑食。● 但是出國時我不吃生的牡蠣。● 我曾在韓國一次嚴重拉肚子。
28	A	豚は何でも食べる。
	B	コンビニはいつでも開いている。
	C	彼は誰とでも友達になれる。
	D	彼はどこでも人気者だ。
	E	そのことはどうでも良い。
	P.136 中譯	● 我喜歡豆漿，牛奶也喜歡。● 三角飯糰和豆漿一起吃，很好吃。● 日本的豆漿有個青草的氣味。

29	A	お客様をトイレにご案内した。
	B	お客様に住所をお聞きした。
	C	お客様に商品をご説明した。
	D	社長が車にお乗りになった。
	E	社長が報告書をご覧になった。
	P.141 中譯	● 我最喜歡巧克力。● 義大利的巧克力味道很甜，沒想到俄羅斯的巧克力很好吃。● 我認為日本的巧克力最好吃。
30	A	お手紙、ありがとう。
	B	ご出席を待っています。
	C	社長がお怒りです。
	D	社長は横浜にお住みです。
	E	何をお飲みですか。
	P.145 中譯	● 紅酒越貴越好喝是當然的。● 法國紅酒雖然很有名但很貴，有時也會喝到不好喝的。● 我喜歡尋找好喝的，且價格在一千日圓以下的紅酒。
31	A	課長、いつ東京に行かれますか。
	B	お客様はどのワインを召し上がりますか。
	C	あなたのお父さんは、スポーツをなさいますか。
	D	課長は事情をご存知だ。
	E	課長のお父さんがお亡くなりになった。
	P.150 中譯	● 有客人進來，所以說了「歡迎光臨」。● 說：「請慢慢看」然後將菜單送上。● 客人說很好吃我很開心。
32	A	あなたのペンをちょっと拝借します。
	B	あなたにこのペンをさしあげます。
	C	あなたのお名前は存じています。
	D	明日は家におります。
	E	ご出席、お願い申し上げます。
	P.154 中譯	● 在日本可以吃到各式各樣的料理。● 在我家附近有各式各樣的餐廳，像中華料理、義大利餐、法式餐廳等等。● 下次去吃大阪燒吧。

33	**A**	あなたの電話番号をお教えください。
	B	お早めにご注文ください。
	C	メニューをご覧ください。
	D	明日、お電話ください。
	E	レジでお支払いください。
	P.158 中譯	● 在（西伯利亞南部的）伯力市，吃了烏克蘭料理的豬肉。● 很好吃但是很貴。● 菜單上是100公克的價格，但我吃了300公克。
34	**A**	先生にほめられた。
	B	弟にパソコンを壊された。
	C	彼は皆から尊敬されている。
	D	この絵はピカソによって描かれた。
	E	夜中、赤ちゃんに泣かれた。
	P.164 中譯	● 我最近愛上了做麵包。● 有時候我使用乾酵母發酵、有時候就用葡萄試做酵母。● 雖然也會失敗，但當它發成功蓬鬆時非常高興。
35	**A**	彼女に指輪をあげた。
	B	母は彼女にお菓子をあげた。
	C	彼にタバコをもらった。
	D	母は彼女からカーネーションをもらった。
	E	彼が本をくれました。
	P.169 中譯	● 我想住在清晨聽到鳥叫聲而起床的家。● 夏天在海水浴場玩，冬天則泡完溫泉吃火鍋。● 好像沒有…在車站附近又買東西方便的地方。
36	**A**	彼に料理を作ってあげた。
	B	赤ちゃんを抱いてあげた。
	C	画家に絵を描いてもらった。
	D	彼に私の料理を食べてもらった。
	E	彼が私の代わりに出張してくれた。
	P.174 中譯	● 我的房間雖然很小但朝南邊，所以曬得到太陽。● 房間內有桌子、電腦、鋼琴還有沒整理的紙箱。● 書櫃裡都是旅行、音樂、電腦的書。

37	**A**	部屋を片づけていただけませんか。
	B	いすを動かしていただけませんか。
	C	テーブルを拭いていただきたいのですが。
	D	ストーブを点けていただきたいのですが。
	E	布団を掛けてくださいませんか。
	P.178 中譯	● 我最喜歡的家具是暖爐矮桌。● 不是將房子整個弄溫暖，而是將腳部弄暖和，而使整個身體熱起來，這樣比較實在。● 當然想睡的時候就躺下來睡。
38	**A**	テレビの音を小さくした方がいい。
	B	電子レンジを使わない方がいい。
	C	テレビの音を大きくしてはいけない。
	D	電子レンジを使ってはいけない。
	E	エアコンをつけなくてもいい。
	P.183 中譯	● 在現代的時代，不論停電是還是停水，都會大受困擾。● 停水時先發通知就能事先預備存水。● 要是沒電，就點蠟燭那也令人沉浸在羅曼蒂克的氣氛之中。
39	**A**	カーテンを閉めなければならない。
	B	写真を撮ったはずだ。
	C	目覚まし時計をかけたはずだ。
	D	家がせまいので、シャンデリアを買うはずがない。
	E	怠け者の彼が部屋を整理するはずがない。
	P.187 中譯	● 我想房間還是裝飾樸素一點好。● 在走廊裡裝飾有些古典的畫，在客廳裡只要擺上觀賞植物就好。● 我的房間要裝飾不如先來整理。
40	**A**	車で行けば駅に早く着ける。
	B	運転免許があったらいいのになあ。
	C	交差点を右折するとガソリンスタンドがある。
	D	彼が車を運転するといつもスピードを出しすぎる。
	E	健康のためなら、自転車がいい。
	P.193 中譯	● 說起交通規則，不如先注意各國的禮節，由於不盡相同必須更留意。● 好像是在德國，當我想穿過馬路時，車子會停下來等我。● 在台灣要自己保護自己。

	A	タクシーに乗っても、間に合わない。
	B	タクシードライバーでも、道を間違える。
	C	ガイドがいなくてもいい。
41	D	次の駅で降りてもいい。
	E	座席はどこに座ってもいい。
	P.197 中譯	● 從羅馬搭計程車到阿西西。● 司機順便到咖啡廳，大口喝義式咖啡。● 由於是公事出差，所以計程車費再貴也無所謂。
	A	この寝台車は寝やすい。
	B	この駅は乗り換えやすい。
	C	弁当は普通列車で食べにくい。
42	D	切符売り場を見つけにくい。
	E	冬の朝は起きにくい。
	P.201 中譯	● 帶義大利朋友遊覽名古屋時搭錯了電車。● 幾年後和他一起搭大阪環狀線時，搭到相反方向的電車。● 他一直記得當年的事。
	A	私にはファーストクラスは高すぎる。
	B	エコノミークラスの座席は窮屈すぎる。
	C	機内食を食べすぎた。
43	D	手荷物をたくさん持ちすぎた。
	E	シートベルトを締めすぎてお腹が痛い。
	P.205 中譯	● 在（科羅拉多河的）大峽谷，搭乘觀光輕型飛機旅遊。● 在山谷間，因為風向不定，所以會上下左右搖擺很恐怖。● 我一直看著飛機的地板，外面的景色完全沒有印象。
	A	博物館までどうも遠そうだ。
	B	今日は商店街はどうも休みらしい。
	C	あのタワーから街全体が見えるようだ。
44	D	あの高層ビルに展望台があるそうだ。
	E	彼女はいかにも女性らしい。
	P.211 中譯	● 每天早上去公園散步。● 不同的季節，飛來公園的鳥也會不同。● 今天飛來的小鳥看似很罕見。

413

45	**A**	姉はショッピングに行ったまま、帰ってこない。
	B	バッグを値札の値段のまま買った。
	C	クレジットカードを机の上に置いたまま、忘れてきた。
	D	店員が売り場で黙ったまま立っていた。
	E	この服はデパートで買ったが、まだ新品のままだ。
	P.216 中譯	● 和朋友去北京旅行。● 在土產店，朋友向店員殺價但都沒成功。● 說了走吧！店員就算我們半價。
46	**A**	駅の近くはホテルとか旅館とかが多い。
	B	チェックインの後、非常口とか見ておかなければならない。
	C	部屋は全室満員とかで予約できなかった。
	D	ボーイにチップをあげるとかが面倒だ。
	E	モーニングコールを頼むとか、目覚ましをかけておくとかしなければならない。
	P.221 中譯	● 由於飛機在半夜裡抵達巴基斯坦的喀拉蚩市機場，所以就睡在附近的飯店。● 房間不到兩個榻榻米大，又暗又髒。● 連換衣服都覺得不舒服，就直接躺在硬梆梆的床上。
47	**A**	毎月、息子に郵便為替でお金を送り続けた。
	B	このまま利息を払い続けるのは大変だ。
	C	彼女に毎週手紙を出し続けた。
	D	たくさんの招待状に切手を張り続けた。
	E	積立預金をし続けていく。
	P.225 中譯	● 在餐廳裡積了很多的硬幣。● 為了要換成紙幣，帶著裝了硬幣的很重的袋子去銀行。● 硬幣太多了，自己也數不完。
48	**A**	彼と旅行するのが楽しみだ。
	B	コーヒーをブラックで飲むのが好きだ。
	C	格安チケットがあるのを知っている。
	D	スーツケースが開いているのに気づいた。
	E	小鳥が鳴いているのが聞こえる。
	P.230 中譯	● 從威尼斯的機場要去街上的話，一定要搭水上計程車。● 半夜到達真是辛苦，迷了路必須用走的尋找飯店。● 在寒冷的冬天，不僅路上無人可詢問，想上廁所也沒辦法，真的很傷腦筋。

	A	健康のために毎日ウオーキングをする。
	B	オリンピックに出場するために練習した。
	C	サッカーを観戦するために入場券を買った。
49	**D**	スケートをするために靴を履きかえた。
	E	試合に勝つために練習した。
	P.234 中譯	● 我喜歡散步。● 對老人家來說，激烈的運動是不太好的，但如果是散步就可依照自己的速度行走。● 在路旁尋找小花和路人打招呼令我開心。
	A	明日はハイキングだから、弁当を作る。
	B	雨が降っているので、海水浴には行かない。
	C	歩き疲れたから、休みたい。
50	**D**	山の夜は寒いので寝袋がいる。
	E	この川は水泳禁止だから、泳げない。
	P.239 中譯	● 我年輕時和埔里的朋友們去日月潭玩。● 在附近的商店買了烤肉、啤酒一大堆東西去野餐。● 女生沒有穿泳衣只穿著普通的衣服就下水玩，我嚇一跳。
	A	この曲はメロディーが単純なのに、歌うのは難しい。
	B	彼女はプロの歌手のくせに、童謡が歌えない。
	C	彼女はオペラ歌手でありながら、演歌も歌う。
51	**D**	有名なミュージカルを聴きに行ったのに、寝てしまった。
	E	彼のフルートは高価でありながら、あまりいい音は出ない。
	P.244 中譯	● 音樂可安定人的心靈。● 聽說有牧場放著古典音樂給牛聽，而製造出好喝的牛奶。● 也有一種運用聽莫札特的音樂而使血壓升高的治療方法。
	A	映画は、喜劇も好きだし、悲劇も好きだ。
	B	漫才は、おもしろいし、気晴らしになる。
	C	この映画は、アニメだし、子供向けにいい。
	D	彼女は美人だし、演技も良かったから、大人気だ。
52	**E**	この映画は以前から見たかったし、チケットをもらったので、明日見に行くことにした。
	P.249 中譯	● 目前在NHK正上演著一齣叫做「純和愛」的連續劇。● 是一齣想要表達自己心意的純和能讀取人心的愛的故事。● 開場時異想天開的那一幕非常有趣。

53	**A**	彼女は文学賞受賞によって、有名になった。
	B	詩により、自然の美しさを描く。
	C	この本は、有名な作家によって書かれた。
	D	作者によって表現の仕方が異なる。
	E	著者によると、主人公は著者自身だそうだ。
	P.255 中譯	● 年輕時，在我讀過的書裡有一本叫做「聖女小德蘭自傳」的書。● 是一本像是生長在路邊的小白花那般可愛又勵志的聖人自傳。● 雖然我也曾想變成一朵小白花，但為何現在是如此的醜惡。
54	**A**	展覧会が町の美術館において開かれる。
	B	ピカソの初期の作品においては写実的な絵が多い。
	C	絵画においてはデッサンが重要だ。
	D	デジカメの使い方について、写真家が説明した。
	E	出入口につき駐車禁止。
	P.260 中譯	● 我喜歡像塞尚雷諾瓦等等的印象派畫家。● 不僅顏色漂亮感覺很溫暖。● 也看到了自由奔放，異想天開的達利作品真是很開心。
55	**A**	私にとってゴルフは苦痛だ。
	B	彼にとっての生き甲斐は陶芸だ。
	C	彼はカジノの公営化に対して反対した。
	D	カップ1杯に対してスプーン1杯の砂糖を入れる。
	E	昔は子供は家の外で遊んでいたのに対し、今は家の中で遊ぶ方が多い。
	P.265 中譯	● 也曾有過一直盯著電腦程式設計的時期。● 當輸入「語言」畫面轉動的那一刻是很感動。● 就像是和外國人說話能溝通時的喜悅是一樣的。
56	**A**	中学校と言うと、体育の先生は怖かったなあ。
	B	大学と言えば、彼は今頃どうしてるかなあ。
	C	酒と言ったら、やはり日本酒が好きだ。
	D	あの人は教師として非常に優秀な人だ。
	E	あの幼稚園は保育園としても使われている。
	P.270 中譯	● 在學校，我和從很遠來的朋友感情很好。● 那時我們搭電車去他家玩。在他家附近的菜田裡偷摘了小黃瓜來吃。當時真的很開心。● 由於沒錢搭電車回家，大概走了兩個小時的路才到家。

57	**A**	冬のプールの管理に関して討議した。
	B	彼の成績に関しては全く問題がない。
	C	体育館の使用に関する規則を決めた。
	D	教科書をめぐって話し合った。
	E	試験結果の評価をめぐる意見がいろいろ出た。
	P.274 中譯	● 我總是和住在我家對面的朋友一起去學校。● 他很會畫畫，寫字也很像鉛字排版一般的漂亮。● 我模仿他寫字，現在寫字也跟鉛字排版一般。
58	**A**	今、子供たちには国語こそ重要なのだ。
	B	彼は算数が好きだったからこそ、数学者になったのだ。
	C	心理学を学んでいればこそ、彼の気持ちがわかる。
	D	彼は天文学の学者であるからこそ、いろんな星の名前を知っているのだ。
	E	彼は数学が好きならばこそ、複雑な計算も嫌がらない。
	P.279 中譯	● 班導師由於眉毛很濃，下巴很寬，所以大家都叫他「紙老虎」。● 在文化祭時，臉部就用老師肖像圖，身體部分就用紙老虎來變裝遊行。● 就像文字一樣是紙老虎。
59	**A**	女性はバッグにたくさんの小物を入れがちだ。
	B	忘れがちなことを手帳に書いておく。
	C	間違いがちな単語に色鉛筆で印をつける。
	D	物忘れは、老人にありがちだ。
	E	万年筆は高いと思いがちだが、安いのもある。
	P.283 中譯	● 我還是常使用我用了10年左右小的口袋型電腦「HP200LX」。● 不僅電池使用時間很長，開機又快，也可自己做簡單的軟體。● 就算現在Windows已開發出智慧型手機，我依舊離不開它。
60	**A**	パソコンがインターネットを通じてウイルスに感染した。
	B	友達を通じて、彼女のアドレスを知った。
	C	ケーブルを通じてモニターに信号が送られる。
	D	プロバイダーを通してネットに接続する。
	E	山中湖は四季を通して楽しめる。
	P.288 中譯	●電腦裡最常用的還是電子郵件。● 長時間出外不在家，SKYPE還真是最好用。● 拿到做料理的方法，當然是很有幫助的。

	A	パスポート申請の際、写真が必要だ。
	B	部品をとりつける際は、静電気に注意する。
	C	石油ストーブをつける際は、換気に気をつける。
61	D	まだ明るいうちに、ホテルに着いた。
	E	赤ちゃんが笑っているうちに、写真をとった。
	P.293 中譯	● 我小時候很嚮往國外。● 進入公司後，公司以我個子高為理由，把我編入外銷部門。● 無論任何工作都會遇到討厭的情況，但由於實現了小時候的夢想，算是很幸福了。
	A	辛いことは忘れてしまうものだ。
	B	動物の赤ちゃんは可愛いものだ。
	C	山中湖でよくバーベキューをしたものだ。
62	D	働いたあとのビールはうまいものだ。
	E	彼の才能はまんざら捨てたものではない。
	P.298 中譯	● 我現在在餐廳工作。● 幫客人點餐、擦桌子、洗盤子。● 幫客人端茶和客人聊天，也算是工作的一部分。
	A	渋滞さえなければ、試験に間に合った。
	B	この仕事さえ終われば、帰ることができる。
	C	あの飛行機に乗りさえしなければ、彼は助かったのに。
63	D	鍵さえ見つかれば、部屋に入れる。
	E	電子辞書がもう少し小さくさえあれば、ポケットに入る。
	P.303 中譯	● 餐廳的工作不僅是賣餐而已。● 也賣笑臉。● 當客人對我說「真好吃下次還會再來」時，我就感到很滿足了。
	A	靴下の値段は、サイズにかかわらず、同じだ。
	B	本は、読んだか読んでないかにかかわりなく、返品できない。
	C	彼は未成年にもかかわらず、タバコを吸っている。
64	D	のど自慢は、年齢を問わず、参加できる。
	E	約束の時間に行ったにもかかわらず、彼は来なかった
	P.308 中譯	● 人際關係漸漸的越來越疏遠。● 我想和隔壁鄰居至少微笑打個招呼。● 如果能夠和附近的人，還有再附近的人，都能夠打招呼就好了。

	A	田舎暮らしはのんびりしている反面、買い物が不便だ。
	B	インターネットは便利な反面、個人情報流出の危険がある。
	C	プラスティックは水に強い反面、熱に弱い。
65	**D**	客が多くてうれしい半面、忙しくて疲れる。
	E	その仕事はもうかるが、その反面、危険も多い。
	P.312 中譯	● 說謊，基本上是不好的事。● 只是，要是有人來推銷，我就會說我老爸不在而拒絕他。● 事實上父親已經不在人世了。
	A	彼はアマチュアと言うよりプロだ。
	B	あの議員は視察旅行というより観光旅行をしてきたのだ。
	C	夏休みをとると言っても、3日間だけだ。
66	**D**	彼は社長と言っても、町工場の社長だ。
	E	お腹がいっぱいだと言っても、ケーキはまだ食べられる。
	P.316 中譯	● 在剛進公司時借給別人一萬日圓。● 前輩告訴我說，他是個沒信用的人經常向別人借錢。● 他當時要是說會馬上還的那還好，但如果放著一直不管是不是就不會還我了。
	A	新聞に比べると、テレビの方が訴える力が大きい。
	B	新聞に比べ、週刊誌の方がスキャンダル記事が多い。
	C	民放放送に比べて、NHKの番組の方がおもしろい。
67	**D**	テレビに比べて、ラジオの方が想像力を掻き立てられる。
	E	録画に比べ、生放送の方が、迫力がある。
	P.321 中譯	● 我常看「所さんの目が点」。● 看科學生活訊息教養節目是有幫助的。● 事實上，有很多經過實驗做出驗證這點是很有趣的。
	A	彼は先月司法試験に受かったうえ、今日税理士試験に受かった。
	B	地図の上では、台湾と沖縄はすぐ近くだ。
	C	同音異義は意味の上で異なるのだ。
68	**D**	運動は健康を保つ上で、重要だ。
	E	新商品を使ってみた上で評価する。
	P.326 中譯	● 我最喜歡夏天。● 身體就會自然活動起來。● 上高原也可感受其清涼。

	A	朝だけでなく、夜も散歩する。
	B	彼は日中ばかりか、深夜も働いている。
	C	留学は1年間のコースばかりでなく、1か月のコースもある。
69	**D**	昨夜は雨も降れば、雷も鳴った。
	E	駐在員になれば1年間は言うまでもなく、2年間帰国できないかもしれない。
	P.332 中譯	● 我是早起型的。● 早上早起。沖泡咖啡吃巧克力把報紙從頭看到尾是每天要做的事。● 吃過了晚餐，就會打瞌睡。
	A	彼は語学の天才で、ロシア語さえ話せる。
	B	料理の下手な私でさえ、チャーハンができた。
	C	宝くじで1億円当たった時は、死ぬほど驚いた。
70	**D**	彼はコーヒーが好きで、一日に10杯も飲むほどだ。
	E	彼女は辛いものが好きで、唐辛子を真っ赤になるほど入れる。
	P.336 中譯	● 不論是月曆、時鐘還是電話號碼，全是數字。● 如果沒有數字，電話就要用兩個紙聽筒做成振動傳達玩具式的電話。● 只要不老就會比較好嗎？
	A	高く登るにつれて、視界が広くなってきた。
	B	夜明けとともに、小鳥たちが鳴き出した。
	C	雷の音と同時に、雨が降り出した。
71	**D**	出張のとき、商談と同時に、観光もした。
	E	彼女は私の顔を見て、泣きながら話した。
	P.341 中譯	● 我在美術學校時的朋友，他老家在充滿森林清溪的四萬十川附近。● 他邀我去他家玩，但是當時由於我沒有錢所以去不了。● 很可惜和那位朋友已沒有連絡了。
	A	暖かくなって、桜が咲きつつある。
	B	出発の日が近づきつつある。
	C	思いやりの心が失われつつある。
72	**D**	風力発電などが見直されつつある。
	E	町の様子が変わりつつある。
	P.345 中譯	● 我最擅長的是模仿動物。● 我會模仿小鳥的叫聲、芋蟲的也會。● 最不會的是賺錢。

73	**A**	生きている限り、毎日を楽しもう。
	B	彼が社長をしている限りは、会社は安全だ。
	C	私が経験した限りでは、イギリスの料理はおいしくない。
	D	できる限り、彼を助けたい。
	E	声の限り、叫び続けた。
	P.350 中譯	● 喜歡的顏色是深藍色。● 因為看起來很聰明的樣子。● 牛仔褲也是、袋子也是藍色，甚至於宿醉的臉色也是藍的。
74	**A**	風邪を引かないように、暖かくする。
	B	早く起きられるように、目覚ましをセットしておいた。
	C	ピアノがうまくなるように、毎日練習した。
	D	静かにするよう、子供達に言った。
	E	鳩にえさをやらないようにと看板に書いてある。
	P.355 中譯	● 刮鬍刀是電動迴轉式刮鬍刀。● 因為刮鬍刀會刮到受傷，而往返式的電動刮鬍刀刮起來也會痛。● 我一直很寶貝使用的是，女兒在我生日時送我的電動刮鬍刀。
75	**A**	若い女性向けのショップができた。
	B	子供向けの童話の本を買った。
	C	この赤い傘は女性向きだ。
	D	お誂え向きの本が見つかった。
	E	この服はあなたには不向きだ。
	P.359 中譯	● 如果中了彩券，我想要買有小庭園的房子。● 我想要在自家庭園裡種香草等。● 那時就一定要買烤肉組架。
76	**A**	ワインを買ってきたものの、せんぬきがない。
	B	卒業したものの、就職先がない。
	C	彼女をデートに誘ったものの、財布を忘れてきた。
	D	小鳥は小さいものの、鳴き声はよく響く。
	E	パソコンを買ったものの、使い方がわからない。
	P.363 中譯	● 比較常去區公所。● 是為了要辦戶口謄本等等。● 由於也有開學義大利話的課、我也有參加過。

77	**A**	雨が降ったおかげで、草花が生き生きしている。
	B	インターネットのおかげで、世界が近くなった。
	C	地震のせいで、家が傾いた。
	D	テレビを見続けたせいで、目が疲れた。
	E	年のせいか、物忘れが多くなった。
	P.368 中譯	● 我認為聲音像爸爸。● 經常有人說，我的臉長得像媽媽。● 父親年輕時，據說很帥，可惜我長得不太像我父親。
78	**A**	ここの餃子屋はおいしいので、行列ができるわけだ。
	B	ここの店は、おいしいからと言って、高いわけではない。
	C	牛肉麺がとてもおいしいので、客が来ないわけはない。
	D	行列が長すぎるからと言って、食べないわけにはいかない。
	E	店のサービスもよいので、評判が良いわけだ。
	P.373 中譯	● 據說打嗝的時候，有人從後面打大力一下就可治好。● 也有此一說，喝水時從杯子的另一邊喝也可治好打嗝。● 我嘗試過很多的方法，都沒用，總是等到它自然好。
79	**A**	冬は、朝とはいえ、まだ暗い。
	B	彼は年はとっているとはいえ、まだまだ元気だ。
	C	大学を卒業したとはいえ、就職は簡単ではない。
	D	天気が悪いとはいえ、洗濯はしなければならない。
	E	彼女は恋人とはいえ、結婚の対象ではない。
	P.378 中譯	● 年輕時我喜歡大海。● 因為我老婆不喜歡曬太陽，所以總是上山遊玩。● 年紀老了，還是在高原上休閒度假來得好。
80	**A**	雨が上がったばかりで、道路がまだ濡れている。
	B	焼き上がったばかりのパンはおいしい。
	C	パソコンを買ったばかりで、使い方がわからない。
	D	退院したばかりで、リハビリが必要だ。
	E	買ったばかりの服を汚してしまった。
	P.383 中譯	● 我最討厭在好天氣的假日裡，還要加班。● 下雨天樹木叢生，道路也變的乾淨。● 比起下雨天，我還是比較喜歡晴天。

	A	あの医者は技術の良さは別として、人柄が良くない。
	B	このレストランは料金は別として、雰囲気がよい。
	C	量販店の商品は、品質は別として、非常にやすい。
81	D	山に登る苦しさは別として、頂上からの眺めは感動的だった。
	E	味は別として、父はよく料理を作ってくれる。
	P.388 中譯	● 在醫院裡，什麼也沒做，只是等待真的很煩。● 在等待時，我就會用iPod聽音樂。● 有時候也會把正在看的書，帶去看。
	A	市民が反発したことを受け、政府は原発稼動につき再検討を始めた。
	B	消費税の増税の動きを受け、市民団体が署名活動を始めた。
	C	デビュー作の好評を受けて、新曲を次々と発表した。
82	D	シートベルト着用の規制を受けて、車内に警告書を張った。
	E	テレビのデジタル放送化を受けて、家電メーカーは新機種を発表した。
	P.393 中譯	● 最近一次受傷，是住在伯力市時在浴室割到腳。● 因為排水不良，地板潮濕，所以滑倒。● 還好，頭沒有受傷。
	A	惑星は、恒星と違って、反射によって光るのだ。
	B	クオーツ時計は機械式と違って、正確だが温かみがない。
	C	猫が家に馴染むのと違って、犬は人に馴染む。
83	D	豚肉は牛肉と違って、よく焼いてから食べないといけない。
	E	ガスコンロは電器コンロと違って、火力が強い。
	P.397 中譯	● 在老家附近有一家「麵館風一夜藥本舖藥局」。● 吃了熱騰騰的烏龍麵，吃這個藥，就可治好感冒。● 我喜歡喝蛋酒來治感冒。
	A	彼は隠れた才能を持っているので、決して侮ってはいけない。
	B	ステンレスは決して錆びない。
	C	天気予報は必ずしも当たらない。
84	D	難病は必ずしも直らないとは限らない。
	E	洗濯板は今やほとんど使われていない。
	P.402 中譯	● 整理的方式，基本上就是將東西放在常放的地方一看就知道。● 我總是將飯後要吃的藥放在餐桌上。● 一定要記得吃過藥之後，要再確認吃過的日期。

國家圖書館出版品預行編目資料

會寫就會說!日本老師教你用寫日記學日文 /
三木勳著. -- 新北市:知識工場, 2013.01
面; 公分
ISBN 978-986-271-318-1(平裝)
1.日語 2.作文 3.寫作法

803.17 102000430

 知識工場・日語通 19

會寫就會說!日本老師教你用寫日記學日文

出版者 / 知識工場
作者 / 三木勳
印行者 / 知識工場
總編輯 / 歐綾纖
文字編輯 / 蔡靜怡
審訂、校正 / 張貞媛
美術設計 / 蔡瑪麗

本書採減碳印製流程
並使用優質中性紙
(Acid & Alkali Free)
最符環保需求。

郵撥帳號 / 50017206 采舍國際有限公司(郵撥購買,請另付一成郵資)
台灣出版中心 / 新北市中和區中山路2段366巷10號10樓
電話 / (02) 2248-7896 傳真 / (02) 2248-7758
ISBN / 978-986-271-318-1
出版日期 / 2019年最新版

全球華文國際市場總代理 / 采舍國際
地址 / 新北市中和區中山路2段366巷10號3樓
電話 / (02) 8245-8786 傳真 / (02) 8245-8718

全系列書系特約展示門市
新絲路網路書店
地址 / 新北市中和區中山路2段366巷10號10樓
電話 / (02) 8245-9896 網址 / www.silkbook.com

本書於兩岸之行銷(營銷)活動悉由采舍國際公司圖書行銷部規畫執行。

線上總代理 ■ 全球華文聯合出版平台 www.book4u.com.tw
主題討論區 ■ http://www.silkbook.com/bookclub ● 新絲路讀書會
紙本書平台 ■ http://www.silkbook.com ● 新絲路網路書店
電子書平台 ■ http://www.book4u.com.tw ● 華文電子書中心

知識工場
Knowledge is everything！

nowledge.　知識工場

Knowledge is everything！